तीन हजार टाँके

तीन हजार टाँके

सुधा मूर्ति

प्र
प्रभात
प्रकाशन

प्रकाशक

प्रभात प्रकाशन प्रा. लि.

4/19 आसफ अली रोड, नई दिल्ली–110002

फोन : 23289777 • हेल्पलाइन नं. : 7827007777

इ-मेल : prabhatbooks@gmail.com ❖ वेब ठिकाना : www.prabhatbooks.com

संस्करण

2026

अनुवाद

रमा शंकर सिंह

पेपरबैक मूल्य

चार सौ रुपए

मुद्रक

नरुला प्रिंटर्स, दिल्ली

TEEN HAZAR TANKE

stories by Smt. Sudha Murty

(Hindi translation of 'THREE THOUSAND STITCHES')

Published by **PRABHAT PRAKASHAN PVT. LTD.**

4/19 Asaf Ali Road, New Delhi-110002

ISBN 978-93-90101-10-8

₹ 400.00 (PB)

श्री टी.जे.एस. जॉर्ज

को समर्पित

जिन्होंने मुझे अंग्रेजी में लिखने का

प्रथम अवसर प्रदान किया।

लेखकीय

अकसर विद्यार्थियों एवं उनके माता-पिता के पत्र प्राप्त होते रहते हैं, जिनमें मुझे बताया जाता है कि मेरी पुस्तकें उनके तथा बच्चों के लिए लाभप्रद रही हैं। मैं उन सभी लोगों को धन्यवाद देना चाहती हूँ, जिन्होंने मेरी जिज्ञासा के पात्र को ज्ञान एवं अनुभव से भरते हुए जीवन के विभिन्न पहलुओं से मेरा परिचय कराया। इसमें वे युवक एवं युवतियाँ शामिल हैं, जिन्होंने मुझे दरशाया कि किस प्रकार वे अपने कटु अनुभवों को किनारे रखकर आनंद एवं आशा के साथ जीवन में आगे बढ़े।

कुछ महानुभाव हैं, जो महसूस करते हैं कि मेरा अधिकांश लेखन काल्पनिक कथानक है; परंतु मेरे जीवन ने यथार्थतः सिद्ध किया है कि मैं उससे सर्वथा अपरिचित रही हूँ।

पंद्रह वर्ष पूर्व सुविज्ञ पत्रकार श्री टी.जे.एस. जॉर्ज ने मुझसे 'न्यू इंडियन एक्सप्रेस' में एक साप्ताहिक स्तंभ लिखने का अनुरोध किया। पहले-पहल मैं झिझकी और मेरी हिचकिचाहट का मुख्य कारण यह था कि दसवीं कक्षा तक मेरी पढ़ाई कन्नड़ माध्यम के स्कूल में हुई थी। उस समय मेरे लिए अंग्रेजी की अपेक्षा कन्नड़ में लिखना सर्वथा स्वाभाविक एवं सुविधाजनक था। जॉर्ज ने मुझसे कहा, "भाषा एक वाहन है। महत्त्वपूर्ण तो वह व्यक्ति है, जो कथानक बुनता है। तुम एक कहानीकार हो। अतः अपनी कहानी के साथ प्रारंभ करो, भाषा अपना स्थान स्वयं बना लेगी।"

इस प्रकार अंग्रेजी में मेरी लेखन यात्रा प्रारंभ हुई। एक अंग्रेजी लेखिका

के रूप में मैं आज जो कुछ भी हूँ, श्री जॉर्ज के कारण हूँ। उन्होंने मेरी पहली पुस्तक का शीर्षक 'वाइज एंड अदरवाइज' दिया और उसकी भूमिका भी लिखी। उनकी दूरदृष्टि और उत्साहवर्द्धन ने मुझे एक संकोची लेखिका से बहुपठित कथाकार बना दिया।

मैं अकसर ऐसी दुनिया का स्वप्न देखती हूँ, जो अनेक जॉर्जों से परिपूर्ण हो और आगे आकर ऐसे लेखकों को अपने अनुभव एवं उर्वरा की खोज हेतु समर्थन एवं प्रोत्साहन प्रदान करें।

अनुक्रम

1

तीन हजार टाँके

इन्फोसिस फाउंडेशन की स्थापना हमने सन् 1996 में की। दुर्भाग्यवश, मुझे किसी अलाभकर संगठन की कार्य-प्रणाली के विषय में कोई विशेष जानकारी नहीं थी। हाँ, सॉफ्टवेयर, मैनेजमेंट, प्रोग्रामिंग और सॉफ्टवेयर बग्स से निपटने का मुझे अच्छा ज्ञान था। मेरा अधिकतर समय परीक्षाओं, अंक तालिकाओं एवं अंतिम तिथियों तक कार्य पूर्ण करने में व्यतीत हो जाता था। फाउंडेशन की संकल्पना में निहित था कि वह आम आदमी के जीवन में अंतर अवश्य लाए—बहुजन हिताय, बहुजन सुखाय; वह किसी जाति, मत, भाषा या धर्म का विचार किए बिना सबको सहायता उपलब्ध कराए।

हमारे समक्ष कुपोषण, शिक्षा, ग्रामीण विकास, आत्मनिर्भरता, दवाओं की उपलब्धता, सांस्कृतिक गतिविधियों एवं कला के पुनरुत्थान जैसे मुद्दे विचारणीय थे। इनके अतिरिक्त देवदासी प्रथा का मुद्दा भी मेरे मस्तिष्क को सर्वाधिक सोचने पर विवश कर रहा था और यह प्रथा संपूर्ण भारत में व्यापक रूप से प्रचलित थी।

'देवदासी' शब्द का अर्थ है—'ईश्वर की सेविका'। परंपरागत तौर पर देवदासियाँ संगीतज्ञ एवं नृत्यांगनाएँ थीं, जो मंदिरों में देवताओं को प्रसन्न करने हेतु अपनी कला का अभ्यास किया करती थीं। समाज में उनका ऊँचा स्थान था। इसके साक्ष्य हम बदामी की गुफाओं के साथ-साथ देवदासी वीणापोडि, जो छठी एवं सातवीं शताब्दी में उत्तरी कर्नाटक के चालुक्य राजवंश के राजा की अत्यंत प्रिय नर्तकी थी, की कहानियों में देख सकते हैं।

राजा ने मंदिरों को अपार धन दान में दिया। बहरहाल, समय बीतने के साथ मंदिर नष्ट होते गए और देवदासियों की परंपरा गलत हाथों में चली गई। प्रारंभ में छोटी लड़कियों को सदिच्छा एवं निष्ठा के आधार पर किसी देवता अथवा मंदिर की सेवा में समर्पित कर दिया जाता था; परंतु अंततः 'देवदासी' शब्द सेक्स वर्कर (वेश्या) का पर्याय बन गया। कुछ देवदासी के रूप में पैदा हुईं, जबकि अन्यों को उनके माता-पिता द्वारा अनेक कारणों से मंदिरों में 'बलिदान' कर दिया गया। इसके अतिरिक्त, कुछ लड़कियों को बालों में दाद या खुजली जैसा रोग हो जाने के कारण उनके देवदासी होने का द्योतक मानकर मंदिरों के हवाले कर दिया गया।

उनकी व्यथा पर विचार करते हुए मुझे अपनी वर्षों पूर्व कर्नाटक के बेलगाम जनपद स्थित येल्लम्मा गुड्डा (या रेणुका मंदिर) की यात्रा का स्मरण हो आया। मुझे याद आया कि किस प्रकार उन्होंने हरे रंग की साड़ी, चूड़ियाँ, माथे पर हल्दी का पीला लेप एवं देवी का मुखौटा लगाए हाथों में नारियल, नीम की पत्तियाँ और कलश लिये मंदिर में प्रवेश किया। 'इस समस्या से मैं क्यों नहीं निपट सकती?' मैं चकित थी। उस समय मुझे इस बात का जरा भी भान नहीं हुआ कि मैं अपनी पहली ही परियोजना हेतु अत्यंत कठिन लक्ष्य का चयन कर रही हूँ।

मासूमियत एवं प्रबल उत्साह के साथ मैंने उत्तरी कर्नाटक में एक ऐसे स्थान को चुना, जहाँ देवदासी प्रथा जोरों पर थी और धर्म के नाम पर वेश्यावृत्ति चलाई जा रही थी। मेरी योजना देवदासियों से बातचीत करके उनकी चिंताओं व समस्याओं को रेखांकित करना था, ताकि मुझे उनके हालात को समझने में सहायता मिले और उसके पश्चात् मैं चर्चाएँ आयोजित करके कुछ महीनों में उनकी समस्या को हल कर सकूँ।

पहले दिन जनपद में एक नोटबुक और पेन लेकर—बिना कोई जेवर पहने या बिंदी लगाए—जींस एवं टी-शर्ट पहनकर टोपी लगाए हुए मैं पहुँच गई। थोड़ी देर बाद एक मंदिर के पास मुझे एक पेड़ के नीचे बैठी कुछ देवदासियाँ मिलीं। वे एक-दूसरे के बालों से जूएँ निकालते हुए आपस में बातें कर रही थीं।

बिना कुछ सोचे-विचारे मैं उनके पास पहुँच गई और 'नमस्कारम् अम्मा' कहकर उनकी चर्चा में व्यवधान डाला—"मैं यहाँ आपकी सहायता करने आई हूँ। आप सब मुझे अपनी समस्याएँ बताएँ, ताकि मैं उन्हें लिख लूँ।"

वे अवश्य कोई गंभीर चर्चा कर रही थीं, क्योंकि उन्होंने मुझे निगाहों से घूरकर देखा। उन्होंने मेरे ऊपर प्रश्नों की झड़ी लगा दी।

"कौन हो तुम ? क्या हमने तुम्हें यहाँ आने का न्योता दिया है ?"

"क्या तुम हमारे बारे में लिखने के लिए आई हो ? यदि ऐसा है तो हम तुमसे कोई बात नहीं करना चाहतीं।"

"तुम कोई अधिकारी हो या कोई मंत्री ? यदि हम तुम्हें अपनी समस्याएँ बताएँ तो क्या तुम उन्हें हल कर दोगी ?"

"दूर हटो। जहाँ से आई हो, वहीं वापस लौट जाओ।"

मैं वहाँ से नहीं हिली। सच कहूँ तो उनकी बात से विचलित हुए बिना मैं उनके पास ही खड़ी रही। "मैं आपकी मदद करना चाहती हूँ। कृपया मेरी बात सुनिए। क्या आप लोगों को एड्स नामक खतरनाक बीमारी के बारे में जानकारी है ? उसका कोई इलाज नहीं है···"

एक देवदासी मेरे ऊपर टूट पड़ी और बोली, "फौरन दफा हो जाओ यहाँ से!"

मैंने उनके चेहरे पर दृष्टि डाली। वे अत्यंत क्रोधित थीं।

यह सोचकर कि शायद उन्हें थोड़ा और समझाने की जरूरत है, मैं वहीं खड़ी रही।

बिना कोई चेतावनी दिए एक देवदासी खड़ी हुई और अपनी चप्पल मेरे ऊपर फेंकते हुए चिल्लाई, "तुम सरल कन्नड़ भाषा नहीं समझती हो क्या ? फौरन दूर हो जाओ यहाँ से।"

मैंने अत्यंत अपमानित एवं व्यथित महसूस किया। मुझे लगा कि मेरे आँसू निकल आएँगे। मैं बिना एक पल गँवाए वहाँ से वापस चल पड़ी।

मैं अपमानित होकर लौटी थी। घर पहुँचने के बाद मैंने अपने आप से कहा, 'मैं अब वहाँ दुबारा नहीं जाऊँगी।'

बहरहाल, कुछ दिनों बाद मुझे खयाल आया कि औरतें शायद इसलिए नाराज थीं कि मैं गलत तिथि और समय पर उनसे मिलने पहुँच गई थी।

अत: एक सप्ताह बाद मैं वहाँ फिर गई। यह मुलाकात टमाटर के खेतों में हुई। देवदासियाँ टोकरियों में रखे विभिन्न आकार–प्रकार के टमाटरों को आपस में बाँट रही थीं। एक मृदु मुसकान के साथ मैंने उन्हें 'हैलो' किया और बोली, ''आपसे मिलने मैं फिर आ गई हूँ। कृपया मेरी बात सुनिए। मैं सचमुच आपकी मदद करना चाहती हूँ।''

वे मेरे ऊपर हँसीं, ''हमें तुम्हारी मदद नहीं चाहिए। लेकिन क्या तुम कुछ टमाटर खरीदना चाहोगी?''

''नहीं, मुझे टमाटरों में कोई खास रुचि नहीं है।''

''कैसी औरत हो तुम? टमाटरों को भला कौन पसंद नहीं करता!''

मैंने उन्हें बातचीत में उलझाने की एक बार फिर कोशिश की, ''क्या आपने एड्स के बारे में सुना है? आपको यह अवश्य मालूम होना चाहिए कि सरकार इसके बारे में जागरूकता फैलाने हेतु ढेर सारा धन खर्च कर रही है।''

''क्या तुम सरकारी एजेंट हो या किसी राजनीतिक दल से संबंधित हो? तुम्हें इस काम के लिए कितना कमीशन मिल रहा है? मुझे बताओ। हमारे क्षेत्र में ढंग का अस्पताल तक नहीं है और तुम मुझे किसी डरावनी बीमारी के बारे में शिक्षित करने का प्रयास कर रही हो। हमें तुम्हारी सहायता की कोई आवश्यकता नहीं है। संकट के समय हमारी देवियाँ हमारी सहायता करेंगी।''

मैं उनकी बातें सुनकर अवाक् रह गई। उनसे बात करने हेतु मेरे पास शब्द नहीं थे।

एक स्त्री ने निर्णायक रूप से कहा, ''यह औरत अवश्य कोई पत्रकार है। यही कारण है कि इसके पास कागज और कलम है। यह हमारे विषय में लिखेगी और हमारा शोषण करके धन कमाएगी।'' इतना सुनने के बाद अन्य स्त्रियों ने मेरे ऊपर टमाटर फेंकना शुरू कर दिया।

इस बार मेरी भावनाएँ मुझ पर हावी हो गईं और मैं रोने लगी। एक बार फिर मैं सिसकते हुए वहाँ से वापस लौट आई।

मैं निराश थी। मुझे इस परियोजना पर काम क्यों करना चाहिए? वे मेरा अपमान क्यों करती हैं? ऐसी कौन सी जगह है, जहाँ लाभान्वित होनेवाले लोग उनकी भलाई के लिए कार्यरत व्यक्ति का अपमान करते हैं? हाँ, इसे छोड़कर मैं अपने अकादमिक पेशे में वापस लौट जाऊँगी। फाउंडेशन कोई अन्य ट्रस्टी चुन सकता है।

घर पहुँचने के बाद मैं अपना त्याग-पत्र तैयार करने बैठ गई। मेरे पिताजी सीढ़ियों से नीचे उतरे तो उन्होंने मुझे सिर झुकाए कागज पर कुछ लिखते देखकर पूछा, ''इतनी व्यग्रता से तुम क्या लिख रही हो?''

मैंने संपूर्ण वृत्तांत उन्हें सुना दिया।

मैं यह देखकर हैरान रह गई कि मुझसे हमदर्दी जताने की बजाय वह मुसकरा रहे थे। अपनी हँसी दबाते हुए उन्होंने कहा, ''मैं नहीं जानता था कि तुम इतनी अव्यावहारिक हो।''

मैंने क्षुब्ध होकर उनकी ओर देखा।

पिताजी फ्रिज से आइसक्रीम निकालकर लाए और बैठकर मुझसे उसे खाने के लिए कहने लगे। उन्होंने मुसकराते हुए कहा, ''इससे तुम्हारा चित्त शांत हो जाएगा।''

कुछ समय बाद उन्होंने कहा, ''याद रखो कि वेश्यावृत्ति हमारे समाज में प्राचीनकाल से विद्यमान है और जीवन का अभिन्न अंग बन गई है। सभी सभ्यताओं की यह एक मूल समस्या है। अनेक राजाओं एवं संतों ने इसे समाप्त करने के प्रयास किए, परंतु वे इसे जड़ से नहीं मिटा पाए। दुनिया का कोई देश इससे मुक्त नहीं है। तब फिर तुम अकेले समूची प्रणाली को कैसे बदल सकती हो? तुम एक साधारण स्त्री मात्र हो! तुम्हें करना यह चाहिए कि तुम अपनी अपेक्षाओं को घटाओ और अपने लक्ष्य को छोटा करो। उदाहरण के तौर पर, तुम वेश्यावृत्ति त्यागने हेतु दस देवदासियों की सहायता करने का प्रयास करो। उनका पुनर्वास करो और उन्हें दिखाओ कि सामान्य जीवन जीने का क्या अर्थ होता है। इससे यह बात पक्की हो जाएगी कि उनके बच्चे अपनी माताओं के पद-चिह्नों पर नहीं चलेंगे। इसे ही अपना लक्ष्य बनाओ और जिस

दिन तुम यह लक्ष्य प्राप्त कर लोगी, मैं अत्यंत गौरवान्वित महसूस करूँगा कि मैंने ऐसी बेटी को जन्म दिया है, जिसने दस असहाय औरतों को अपना नारकीय जीवन त्यागकर आत्मनिर्भर नारी बनने में सहायता की।''

''लेकिन काका, उन्होंने मेरे ऊपर चप्पलें और टमाटर फेंके।'' मैं अपने पिताजी को हमेशा 'काका' कहकर पुकारती थी।

''वास्तव में आज तुम्हें तरक्की मिली है—चप्पलों से टमाटर तक। यदि तुम इस कार्य को जारी रखते हुए तीसरी बार वहाँ जाओ तो संभव है कि कोई और अच्छी चीज पाओ।'' उनके इस विनोद से मेरा क्षोभ शांत हुआ और मेरे चेहरे पर मुसकान तैर गई।

''उन्होंने मुझसे बात तक नहीं की। फिर ऐसी स्थिति में मैं उनके लिए काम कैसे कर सकती हूँ?''

पिताजी मुझे खींचते हुए दर्पण के सामने ले गए और बोले, ''अपना हुलिया देखो। जींस, टी-शर्ट और टोपी में कितनी अजीब लग रही हो। यह तुम्हारी शैली हो सकती है; परंतु आम आदमी या एक देहाती देवदासी जैसी औरतें तुम्हारे साथ जुड़ना पसंद नहीं करेंगी। यदि तुम साड़ी व मंगलसूत्र पहनो, माथे पर बिंदी लगाओ और बालों को बाँधकर उनके पास जाओगी तो मुझे पूरा विश्वास है कि वे तुमसे पहले की अपेक्षा अधिक अच्छी तरह मिलेंगी और बात करेंगी। मैं भी तुम्हारे साथ चलूँगा। मेरे जैसा बूढ़ा आदमी तुम्हारे इस अभियान में अत्यंत सहायक साबित हो सकता है।''

मैंने विरोध जताते हुए कहा, ''उनके लिए मैं अपनी वेशभूषा नहीं बदल सकती और मैं ऐसी बनावटी बातों में यकीन भी नहीं करती।''

''अच्छा, यदि तुम उन्हें बदलना चाहती हो तो पहले तुम्हें अपने आपको बदलना होगा। अपना व्यवहार बदलो। अंतिम निर्णय तुम्हारा ही होगा।''

पिताजी मुझे शीशे के सामने खड़ी छोड़कर बाहर निकल गए।

शिक्षा, व्यवसाय या विवाह के विषय में मेरे माता-पिता ने मेरे या अन्य भाई-बहनों के ऊपर अपनी पसंद या मान्यताएँ कभी भी नहीं थोपीं। उन्होंने हमेशा हमें अपने सुझाव दिए और जरूरत पड़ने पर हमारी सहायता की; परंतु

मैंने वही किया, जो मुझे अच्छा लगा।

कुछ दिनों तक मैं दिग्भ्रमित रही। मैंने सामाजिक कार्य हेतु आवश्यक कौशलों के विषय में विचार किया। इस व्यवसाय में कोई तड़क-भड़क या धन नहीं था और मैं उसमें किसी कॉरपोरेट हाउस के एग्जीक्यूटिव की तरह व्यवहार नहीं कर सकती थी। मुझे भाषा-कौशल चाहिए था, जिसमें अंग्रेजी की कोई जरूरत नहीं थी। इस बात से कोई फर्क नहीं पड़ता कि मैं कार्य हेतु यात्रा करके कहीं गई। मुझे जमीन पर बैठने और स्थानीय खाना खाने का अभ्यस्त होना चाहिए। मुझे धैर्यपूर्वक उनकी बात सुननी चाहिए और सबसे बड़ी बात यह कि मुझे अपने काम से प्यार होना चाहिए। मुझे किस कार्य से अधिकतम संतोष मिलेगा—अपनी बाहरी वेशभूषा से या जो कार्य मैं करने जा रही हूँ, उससे?

थोड़े आत्मावलोकन के पश्चात् मैंने अपनी वेशभूषा बदलकर पूरी तरह काम पर ध्यान केंद्रित करने का निर्णय लिया।

अपनी अगली यात्रा से पूर्व मैंने अपने बालों का जूड़ा बनाया और उसे फूलों से सजा लिया। मैंने दो सौ रुपए की साड़ी, माथे पर बिंदी, मंगलसूत्र और हाथों में काँच की चूड़ियाँ पहनकर स्वयं को एक भारतीय नारी के परिधान में ढाल दिया और पिताजी को साथ लेकर देवदासियों से मिलने चल पड़ी।

इस बार वहाँ पहुँचने पर मेरे वृद्ध पिताजी को मेरे साथ देखकर उन्होंने 'नमस्ते' कहा।

मेरे पिताजी ने मेरा परिचय कराते हुए कहा, "यह मेरी बेटी है और यह एक अध्यापिका है। यह यहाँ छुट्टियाँ मनाने आई है। मैंने इसे बताया कि तुम लोगों का जीवन कितना कठिन है। तुम्हारी इस दशा का कारण तुम्हारे बच्चे हैं। चाहे तुम्हारा स्वास्थ्य खराब ही क्यों न हो जाए, फिर भी तुम उन्हें पढ़ाना-लिखाना चाहती हो। मैं ठीक कह रहा हूँ न?"

उन्होंने समवेत स्वर में कहा, "हाँ श्रीमान!"

"चूँकि मेरी बेटी टीचर है, इसलिए वह तुम्हारे बच्चों की शिक्षा और अच्छी नौकरी दिलाने के बारे में सहायता करेगी। यह तुम्हें ऐसी छात्रवृत्तियों

के बारे में बताएगी, जिनसे तुम अभी तक अनजान हो। इससे तुम्हारा आर्थिक बोझ कम होगा। क्या तुम इससे संतुष्ट हो? यदि नहीं, तो भी कोई बात नहीं। वह किसी अन्य गाँव की देवदासियों की मदद करने चली जाएगी। इस विषय में सोचकर हमें बताओ। दस मिनट बाद हम वापस यहीं मिलेंगे।"

पिताजी सख्ती से मेरा हाथ पकड़कर मुझे थोड़ी दूर तक खींच ले गए।

मैंने पिताजी से पूछा, "आपने यह सब क्यों कहा? आपको सबसे पहले उन्हें एड्स जैसी खतरनाक चीजों के बारे में बताना चाहिए था।"

"मूर्ख मत बनो। उसके बारे में हम उन्हें किसी अन्य समय पर बताएँगे। यदि तुम किसी नकारात्मक चीज से शुरुआत करोगी तो उसे कोई पसंद नहीं करेगा। पहला परिचय सदैव सकारात्मक एवं लाभार्थी में सच्ची आशा जाग्रत् करनेवाला होना चाहिए। जैसा कि मैंने उन्हें वचन दिया है, पहले तुम उनके बच्चों को छात्रवृत्ति दिलाने में सहायता करोगी, उसके बाद एड्स पर काम प्रारंभ करोगी।"

मैंने प्रश्न किया, "काका, आपने उन्हें यह क्यों बताया कि मैं अध्यापिका हूँ? आप मुझे सामाजिक कार्यकर्ता बता सकते थे।"

पिताजी ने मेरे प्रश्न का शांत रहकर खंडन किया, "वे अध्यापन को अत्यंत सम्मानजनक व्यवसाय मानती हैं; और क्या तुम प्रोफेसर नहीं हो?"

उनकी रणनीति से अनभिज्ञ होते हुए मैंने अनिच्छापूर्वक सिर हिला दिया।

जब हम वापस गए तो औरतें हमारी बात सुनने को तैयार थीं। उन्होंने मुझे 'अक्का' कहकर संबोधित किया। कन्नड़ भाषा में बड़ी बहन को 'अक्का' कहते हैं।

इस प्रकार मैंने उनके बच्चों को छात्रवृत्ति दिलाने में सहायता करने के वादे को पूरा करने हेतु देवदासियों के साथ कार्य प्रारंभ कर दिया। उनके कुछ बच्चों ने तो एक वर्ष के भीतर ही कॉलेज जाना भी प्रारंभ कर दिया। यह सब होने के बाद ही मैंने एड्स का विषय उठाया और इस बार उन्होंने हमारी बातें गौर से सुनीं।

महीने-दर-महीने गुजरते गए। उनके साथ एक रिश्ता कायम करने में

मुझे लगभग तीन वर्ष लग गए। अब मैं उनकी प्यारी अक्का थी। अंततः उन्हें मुझ पर पर्याप्त विश्वास हो गया और वे मुझसे अपनी मर्मांतक कहानियाँ साझा करने लगीं कि उन्होंने अब तक कितनी यातना सही है।

मासूम लड़कियों को उनके पतियों, भाइयों, पिताओं, दोस्तों, चाचाओं और अन्य संबंधियों द्वारा इस घृणित व्यवसाय में बेच दिया गया था। कुछ स्त्रियाँ अपने परिवार के लिए धन अर्जित करने और अपनी भावी पीढ़ियों को गरीबी से बचाने हेतु स्वयं इस पेशे में प्रविष्ट हुईं। अब भी अनेक लड़कियों को नौकरी का प्रलोभन देकर सेक्स वर्कर के रूप में इस धंधे में धकेल दिया जाता है। उनकी व्यथा-कथा सुनते हुए कई बार ऐसे क्षण भी आए, जब मैं चाहकर भी अपने आँसू नहीं रोक पाई। कई देवदासियों ने मेरा हाथ थामकर मुझे सांत्वना दी। हरेक की कहानी भिन्न थी, परंतु अंत सभी का समान था—वे सब उस समाज के हाथों सताई गई थीं, जिसने उनका शोषण किया और अंततोगत्वा हीन-भावना एवं शर्म से भर दिया।

मैंने महसूस किया कि धन उपलब्ध कराने मात्र से उनमें आत्मविश्वास जाग्रत् नहीं होगा और न ही उनमें आत्मसम्मान का भाव पैदा होगा। इसलिए सर्वोत्तम समाधान के रूप में मैंने उन्हें समान लक्ष्य की पूर्ति के लिए अपना निजी संगठन बनाने हेतु उनकी सहायता करना आवश्यक समझा। कर्नाटक राज्य सरकार की अनेक अच्छी नीतियाँ थीं, जो आवास, विवाह एवं छात्रवृत्तियों को प्रोत्साहन देती थीं; परंतु यदि हम खासतौर से केवल देवदासियों के लिए कोई संगठन या यूनियन शुरू करते तो वे एक-दूसरे की समस्याओं पर ज्यादा अच्छी तरह ध्यान दे सकती थीं। इस प्रक्रिया में वे कुछ ही समय में सशक्त एवं आत्मनिर्भर हो जाएँगी तथा स्वयं को संगठित करना भी सीख जाएँगी।

इस प्रकार देवदासियों हेतु एक संगठन बना लिया गया। मेरा विश्वास है कि भगवान् एक ही समय में हर जगह उपस्थित नहीं हो सकते, परंतु अपनी जगह वे किसी व्यक्ति को कार्य करने हेतु भेज देते हैं। ऐसे ही एक दयालु एवं आदर्शवादी दिल्ली निवासी युवक अभय कुमार अनपेक्षित रूप से हमसे आ जुड़े। वे मेरे साथ काम करने के इच्छुक थे, अतः सामाजिक कार्य के प्रति

उनके जुनून की परीक्षा लेने के उद्‌देश्य से मैंने उन्हें कठिनतम कार्य सौंपने का निर्णय लिया। मैंने अभय से कहा, ''यदि तुम देवदासियों के साथ आठ महीने काम करने के बाद जीवित रहे तो मैं तुम्हें इस परियोजना में पूर्णकालिक रूप से समायोजित करने के विषय में विचार करूँगी।''

वादे के मुताबिक वह आठ महीने तक नजर नहीं आया और फिर एक दिन टहलते हुए मेरे कार्यालय में प्रविष्ट हुआ। वह थोड़ा दुबला अवश्य हो गया था, परंतु उसके चेहरे की मुसकान भरपूर थी।

मैंने कहा, "अभय, अब तुम समझ गए होगे कि सामाजिक कार्य कितना कठिन है। इसमें आगे बढ़ने के लिए अत्यधिक वचनबद्धता एवं दृढ़ता की आवश्यकता होती है। अब तुम अनेक जिंदगियों में बदलाव लाने के संतोष के साथ वापस दिल्ली जा सकते हो। तुम एक अच्छे व्यक्ति हो। मुझे पूरा विश्वास है कि यह छोटा अनुभव तुम्हारे साथ बना रहेगा और आगे चलकर तुम्हारी मदद करेगा।"

उसने मुसकराते हुए शुद्ध कन्नड़ में उत्तर दिया, "किसने कहा कि मैं वापस दिल्ली जाना चाहता हूँ? मैंने कर्नाटक में ठहरने और परियोजना को पूरा करने का निर्णय लिया है।"

''अभय, यह एक कठिन कार्य है। तुम अभी युवा हो और इस तरह के कार्य में यह बहुत बड़ी कमी है···।'' मेरी आवाज मंद होने लगी और मुझे कुछ समझ नहीं आया कि आगे क्या कहूँ।

''मैडम, आप उस विषय में चिंता न करें। संभवत: जो कार्य मुझे मिल सकता था, आपने मुझे उससे भी उत्तम कार्य दिया है। मैंने सोचा था कि आप मुझे डेस्क जॉब देंगी। मैंने कभी कल्पना भी नहीं की थी कि आप मुझे देवदासियों के साथ काम करने का गौरवपूर्ण कार्य सौंपेंगी। बीते वर्ष ने मुझे उनकी पीड़ा और असह्य कठिनाइयों को समझने का अवसर दिया है। यह जानते हुए मैं यहाँ के अतिरिक्त किसी अन्य स्थान पर कार्य कैसे कर सकता हूँ!''

इतनी कम आयु के युवक में ऐसी ईमानदारी और करुणा देखकर मैं दंग रह गई। मैंने उसे वजीफे की पेशकश की, परंतु उसने इशारे से मना कर दिया।

"मुझे अधिक धन की आवश्यकता नहीं। मेरे पास कुछ कपड़े और एक स्कूटर पहले ही है। मुझे दो वक्त का भोजन, सिर ढकने के लिए छत और पेट्रोल के लिए थोड़ा सा धन चाहिए, बस!''

मैंने उसे अपलक नेत्रों से देखा और जाना कि मैं ऐसे व्यक्ति को देख रही हूँ, जिसे अपने जीवन का उद्देश्य प्राप्त हो गया है। उसने मुझे अलविदा कहा और लंबे डग भरता हुआ मेरे ऑफिस से निश्चयात्मक मुद्रा में बाहर निकल गया।

अंततः अभय परियोजना प्रमुख बन गया। मैंने पूर्ण मनोयोग से उसका समर्थन किया और प्रोजेक्ट की प्रगति के विषय में उसके साथ नियमित तौर पर बात करने लगी।

एक दिन मैं देवदासियों से मिली और उनके बच्चों के कल्याण के विषय में पूछताछ की।

उन्होंने कहा, ''हमारी सबसे बड़ी परेशानी बच्चों की पढ़ाई को लेकर है। कई बार हम उनकी स्कूल फीस दे पाने में असमर्थ होती हैं और तब हमें उस मार्ग पर चलना पड़ता है, जहाँ जल्दी पैसा कमाया जा सकता है।''

''हम तुम्हारे सभी बच्चों के शैक्षणिक व्यय का ध्यान रखेंगे, चाहे वे किसी भी कक्षा में पढ़ते हों; परंतु अब चाहे जो भी हो, तुम किसी भी परिस्थिति में देवदासियों के रूप में नहीं रहोगी।'' मैंने उन्हें निश्चयात्मक रूप से उत्तर दिया।

औरतें बिना किसी संकोच के मेरी बात से सहमत हो गईं। उन्हें मेरे और अभय के ऊपर विश्वास था। वे जानती थीं कि हम अपना वचन निभाएँगे।

सैकड़ों बच्चों को परियोजना में प्रवेश दिया गया। उनमें से कुछ व्यावसायिक पाठ्यक्रमों में गए, जबकि अन्य अपनी प्राइमरी, मिडिल और हाई स्कूल कक्षाओं की पढ़ाई पूरी करने में लग गए। हमने एड्स जागरूकता एवं निवारण शिविर आयोजित किए। बच्चों एवं स्त्रियों को चिकित्सा संबंधी अनेक मुद्दों पर शिक्षित करने हेतु नुक्कड़ नाटक एवं कला शिविर प्रायोजित किए, जिनमें उन्हें यह भी समझाया गया कि बालों में खुजली या इन्फेक्शन

होना किसी भी रूप में देवदासी बनने का संकेत नहीं है। बल्कि यह एक सरल उपचार योग्य रोग है, जो बालों के आपस में चिपक जाने के कारण होता है और समय बीतने के साथ जटा का रूप धारण कर लेता है। औरतों ने अपना उपचार कराया और यहाँ तक कि उनमें से कुछ ने तो अपना मुंडन ही करवा लिया।

आखिरकार हम उनके गारंटीदाता बनकर उन्हें ऋण दिलाने में सफल हो गए। औरतें अकसर मुझसे कहती थीं, ''अक्का,]दिलाने में हमारी मदद करो। ऋण की अदायगी न कर पाने की दशा में यह धोखा देने के समान होगा और आप जानती हैं कि हम ऐसा कभी नहीं करेंगी।''

अब तक मैं यह बात जान गई थी कि कोई धनी व्यक्ति संभवतः मुझे ठग सकता है, लेकिन हमारी देवदासियाँ ऐसा कभी नहीं करेंगी। उनका मुझ पर और मेरा उनपर अटूट विश्वास था।

दूसरी ओर, मुझे और अभय को जीवन जीना कठिन हो गया। हमें दलालों, स्थानीय गुंडों एवं अन्य लोगों की ओर से टेलीफोन, पत्रों और संदेशों के माध्यम से जान से मार देने की धमकियाँ मिलने लगीं। मैं अभय के लिए ज्यादा डर गई थी। यद्यपि मैंने पुलिस सुरक्षा लेने के लिए कहा, परंतु अभय ने साफ इनकार करते हुए कहा, ''हमारी देवदासियाँ मेरी रक्षा करेंगी। मेरे बारे में चिंता न करें।''

कुछ सप्ताह बाद दलालों ने पेशा छोड़ चुकी तीन देवदासियों के ऊपर तेजाब फेंक दिया। परंतु हम सबने फिर भी अपना इरादा नहीं बदला। एसिड की शिकार देवदासियों की प्लास्टिक सर्जरी कराई गई, जिससे उनका आत्मविश्वास वापस लौटा। वे उस हमले से बिल्कुल भी नहीं डरीं। हमारी शक्ति का स्रोत यही औरतें थीं, जो सामूहिक रूप से इस घृणित पेशे को छोड़ने की कोशिश कर रही थीं। यद्यपि सरकार ने उनकी आय में वृद्धि की; अनेक औरतों ने बकरी, गाय एवं भैंस पालना शुरू कर दिया।

समय गुजरने के साथ-साथ हमने छोटे स्कूल स्थापित किए, जिनमें रात्रिकालीन कक्षाएँ भी चलाई जाती थीं, जिनमें देवदासियाँ भी पढ़ सकती

थीं। यह एक कठिन लड़ाई थी, जो वर्षों चली और सबने मिलकर प्रयास किया। बारह वर्षों के पश्चात् किसी विषय पर चर्चा हेतु कुछ औरतों ने मुझसे संपर्क किया।

''अक्का, हम एक बैंक शुरू करना चाहती हैं; परंतु हमें डर है कि हम इसे स्वयं चला पाएँगी।''

''तुम क्या सोचती हो कि बैंक में क्या होता है ?'' मैंने पूछा।

''आपको बैंक शुरू करने के लिए बहुत सारे धन की जरूरत होगी और एक खाता खोलना होगा। आपको अनिवार्यतः अच्छे कपड़े पहनने होंगे। हमने देखा है कि बैंकवाले आमतौर पर सूट व टाई पहनते हैं और वातानुकूलित कार्यालयों में बैठते हैं। लेकिन अक्का, हमारे पास इन सब चीजों के लिए धन नहीं है।''

देवदासियों द्वारा हमारे समक्ष यह समस्या उठाए जाने के बाद अभय और मैंने औरतों के साथ बैठकर उन्हें बैंक चलाने की आधारभूत बातें समझाईं। कुछ पेशेवर लोगों से भी संपर्क किया गया और उनके मार्गदर्शन में देवदासियों ने अपना निजी बैंक खोल दिया। कानूनी और प्रशासनिक सेवाएँ हमने उपलब्ध कराईं। बहरहाल हमने इस बात पर विशेष बल दिया कि बैंक के कर्मचारी और अंशधारक केवल देवदासी समुदाय के ही हों। अंततः औरतों ने फिक्स्ड डिपॉजिट के जरिए बचत की और कम ब्याज दरों पर ऋण दिए। सारा लाभ बैंक के सदस्यों में बाँट दिया जाना था। आखिरकार बैंक चल पड़ा। औरतें स्वयं उसकी निदेशक बनीं और उसका संचालन अपने हाथों में ले लिया।

तीन साल से भी कम अवधि के पश्चात् बैंक में 80 लाख रुपए जमा हो गए और पूर्व देवदासियों को नौकरियाँ दी गईं; परंतु उसकी सर्वाधिक महत्त्वपूर्ण उपलब्धि यह रही कि लगभग 3,000 औरतें देवदासी प्रथा से मुक्त हो गईं।

बैंक की तीसरी वर्षगाँठ पर मुझे बैंक से एक पत्र प्राप्त हुआ—

"हमें यह बताने में खुशी हो रही है कि बैंक की स्थापना के तीन वर्ष

पूरे हो चुके हैं। बैंक की वित्तीय स्थिति मजबूत है। अब हममें से कोई न तो देवदासी परंपरा का पालन करती है और न ही उसके जरिए धन अर्जित करती है। हमने सौ-सौ रुपए जमा करके एक बड़े समारोह के लिए 3 लाख रुपए की राशि जुटाई है। हमने किराए पर एक हॉल लिया है और प्रत्येक आगंतुक के लिए लंच की व्यवस्था की है। हमारे लिए यह एक बड़ा दिन है। कृपया हमारा साथ दें। अक्का, आप हमें अत्यंत प्रिय हैं और हम आपको इस अवसर पर अपना मुख्य अतिथि बनाना चाहती हैं। आप सैकड़ों बार अपने खर्चे पर हमसे मिलने आई हैं और अजनबी होते हुए भी आपने हमारी भलाई के लिए अकूत धन व्यय किया है। इस बार हम आपकी यात्रा हेतु वातानुकूलित वॉल्वो बस का टिकट और एक अच्छा होटल बुक करना चाहती हैं। इस यात्रा पर व्यय होनेवाला सारा धन हमने विधिक, मर्यादित एवं नैतिक रूप से अर्जित किया है। हमें पूर्ण विश्वास है कि आप हमारी विनम्र प्रार्थना को अवश्य स्वीकार करेंगी।''

पत्र पढ़कर मेरी आँखों में आँसू आ गए। सत्रह वर्ष पूर्व जिन्होंने मुझे चप्पलों का उपहार दिया था, आज वे अपने सर्वोत्तम सामर्थ्य के अनुसार मेरी यात्रा हेतु होनेवाले व्यय का भुगतान करना चाहती हैं। मैं जानती थी कि वातानुकूलित वॉल्वो बस और होटल के आराम का उनके लिए क्या अर्थ है।

मैंने समारोह में शामिल होने हेतु निजी खर्च पर जाने का निर्णय लिया।

समारोह में पहुँचने पर मैंने पाया कि वहाँ न कोई नेता था, न फूलमाला और न ही लंबे भाषण जैसी कोई रस्म थी। वह एकदम सादा कार्यक्रम था। सबसे पहले कुछ स्त्रियों ने देवदासियों द्वारा लिखित एक गीत गाया, उसके बाद एक अन्य समूह ने अपनी मुक्ति यात्रा के अनुभवों का उल्लेख किया। उनके बच्चों—जिनमें से अनेक डॉक्टर, नर्स, वकील, क्लर्क, सरकारी कर्मचारी, अध्यापक, रेलवे कर्मचारी और बैंक अधिकारी बन चुके थे—ने आकर शिक्षा में सहयोग और समर्थन देने हेतु अपनी माताओं एवं संगठन को धन्यवाद दिया।

उनके बाद मेरी बारी आई।

मैं खड़ी हुई, परंतु मेरे शब्दों ने मेरा साथ छोड़ दिया। मेरा मस्तिष्क शून्य हो गया और तब, दूर से ही मैंने अपने पिताजी द्वारा कहे गए शब्दों को याद किया—'मुझे यह जानकर अत्यंत गर्व महसूस होगा कि मैंने एक ऐसी बेटी को जन्म दिया है, जिसने दस असहाय औरतों का देवदासी (सेक्स वर्कर) से स्वतंत्र स्त्रियों के रूप में कायाकल्प करने का कठिन कार्य किया।'

सामान्यतया मैं एक आशु वक्ता हूँ, परंतु उस दिन भावनात्मक रूप से मेरा कंठ अवरुद्ध हो गया। मुझे कुछ समझ में नहीं आया कि कहाँ से प्रारंभ करूँ। मैंने अपने जीवन में पहली बार महसूस किया कि जिस दिन मैं ईश्वर से मिलूँगी, मैं स्पष्ट और आत्मविश्वासपूर्वक कहूँगी कि 'प्रभु! आपने इस जीवनकाल में मुझे बहुत कुछ दिया है। मुझे आशा है कि मैंने उसमें से आखिर कुछ तो वापस लौटाया। मैंने आपकी 3,000 संतानों की अपने सामर्थ्य के अनुसार सर्वोत्तम सेवा की और उन्हें निरर्थक एवं क्रूर देवदासी प्रथा से मुक्ति दिलाई। आपकी संतानें आपके पुष्प हैं और आपके वे पुष्प मैं वापस लौटा रही हूँ।'

उसके पश्चात् मेरी दृष्टि स्त्रियों पर पड़ी। वे मुझे सुनने को आतुर थीं। वे सुनना चाहती थीं कि मैं क्या कहूँगी। अभय भी वहाँ मौजूद था और देवदासियों ने हमारे लिए जो कुछ किया, उसे देखकर वह अत्यंत अभिभूत था।

छह वर्ष की आयु में दादाजी द्वारा सिखाया गया संस्कृत का एक श्लोक मैंने उद्‌धृत किया—'हे प्रभु! न मुझे राज्य चाहिए और न ही मैं राजा बनना चाहता हूँ। मुझे न तो पुनर्जन्म की कोई अभिलाषा है और न ही स्वर्ग की स्वर्णिम नौकाओं की। मुझे आपसे कुछ नहीं चाहिए। हे प्रभु! यदि आप मुझे कुछ देना ही चाहते हैं तो एक कोमल हृदय और मजबूत हाथ दीजिए, ताकि मैं अन्य लोगों के आँसू पोंछ सकूँ।'

मौन होकर मैं वापस अपनी कुरसी पर आ गई। मुझे नहीं मालूम कि उस समय स्त्रियाँ क्या महसूस कर रही होंगी।

एक वृद्ध देवदासी मंच पर आई और गर्व से खड़ी हो गई। उसने दृढ़ स्वर में कहा, "हम अपनी अक्का को कुछ विशेष उपहार देना चाहती हैं।

यह एक कढ़ाईदार पलंगपोष है और हममें से प्रत्येक ने इसके कुछ भाग में टाँके लगाए हैं। अत: इसमें तीन हजार टाँके हैं। संभव है, यह खूबसूरत न हो, परंतु हम सबकी इच्छा है कि हम इस पलंगपोष में एक साथ मौजूद रहें।'' तत्पश्चात् उसने सीधे मेरी ओर देखते हुए कहा, ''हमारे दिलों की ओर से यह आपका है। यह आपको गरमी में ठंडा और सर्दी में गरम रखेगा—आपके प्रति ठीक हमारे प्यार की तरह। मुसीबत के दिनों में आप हमारे साथ थीं और अब हम भी आपके साथ रहना चाहती हैं।''

वह मुझे प्राप्त होनेवाला अब तक का सर्वोत्तम उपहार था।

□

2

लड़कों को कैसे परास्त करें

हाल ही में मैं अमेरिका की यात्रा पर गई। वहाँ मुझे एक जलसे को संबोधित करना था। श्रोताओं में विद्यार्थी और सफल एवं प्रति ष्ठित दोनों प्रकार के लोग शामिल थे। मैं हमेशा श्रोताओं से वार्त्तालाप को प्राथमिकता देती हूँ, अत: मैंने उन्हें प्रश्न पूछने हेतु आमंत्रित किया।

अनेक लोगों द्वारा प्रश्न पूछ लिये जाने के बाद एक अधेड़ व्यक्ति ने खड़े होकर पूछा, ''मैडम, आप अपने विचार बड़ी स्पष्टता एवं आत्मविश्वासपूर्वक व्यक्त करती हैं। आप हमारे साथ बड़े आराम से वार्त्ता कर रही हैं…''

मैंने उन सज्जन को टोकते हुए कहा, ''कृपया मेरी प्रशंसा न करें, बल्कि अपना प्रश्न पूछें।''

उन्होंने कहा, ''मैं सोचता हूँ कि आपने अवश्य विदेश में शिक्षा ग्रहण की होगी या किसी पाश्चात्य विश्वविद्यालय से एम.बी.ए. किया होगा। क्या यही आपके आत्मविश्वास का कारण है?''

एक पल भी खराब किए बिना मैंने उत्तर दिया, "यह आत्मविश्वास मुझे 'मेरे बी.वी.बी.' से प्राप्त हुआ है।"

प्रश्नकर्ता भ्रमित दिखाई पड़ा।

"मेरे बी.वी.बी. से आपका क्या आशय है?"

मैंने मुसकराते हुए कहा, "मैं बासप्पा वीरप्पा भूमारेड्डी कॉलेज ऑफ इंजीनियरिंग एंड टेक्नोलॉजी के विषय में बात कर रही हूँ। यह भारत के कर्नाटक राज्य के एक मझोले कस्बे हुबली में स्थित है। मैंने कभी भारत के बाहर शिक्षा

प्राप्त नहीं की। मेरे यहाँ खड़े होने का एकमात्र कारण वही कॉलेज है।"

हलके-फुलके अंदाज में मैंने अपनी बात जारी रखी। मुझे पूरा यकीन है कि सॉफ्टवेयर उद्योग के जितने युवा लोग आज यहाँ उपस्थित हैं, वे भारत और अमेरिका में इन्फोसिस के योगदान को अवश्य सराहेंगे। इन्फोसिस ने कर्नाटक में बेंगलुरु और भारत का मान बढ़ाया है। यदि मैं बी.वी.बी. में नहीं होती तो इंजीनियर भी नहीं बनती। यदि मैं इंजीनियर न होती तो अपने पति को सहयोग देने के काबिल न होती। और यदि मेरे पति को उनके परिवार का समर्थन न मिलता तो वे किसी भी स्थिति में इन्फोसिस की स्थापना न कर पाते। उस स्थिति में आज आप लोग यहाँ मेरा भाषण सुनने हेतु एकत्र नहीं होते।''

हरेक व्यक्ति ने हँसते हुए तालियाँ बजाईं; परंतु मेरे कथन का अर्थ मुझे भलीभाँति ज्ञात था। सत्र की समाप्ति के पश्चात् लोग चले गए। तब तक मैं अत्यंत थक चुकी थी। अत: आराम करने हेतु कुछ देर मैं एकांत में सोफे पर बैठ गई।

मेरा मन अतीत में विचरण करने लगा। सन् 1968 में मैं इंजीनियर बनने का स्वप्न सँजोए आत्मविश्वास एवं साहस से ओत-प्रोत सत्रह वर्षीया एक लड़की थी। मैं एक रूढ़िवादी मध्य वर्गीय शिक्षित ब्राह्मण परिवार से आती हूँ। मेरे पिताजी हुबली, कर्नाटक के एक मेडिकल कॉलेज में प्रसूति एवं स्त्री रोग विज्ञान के प्रोफेसर थे और माताजी विवाह से पूर्व एक स्कूल अध्यापिका थीं।

मैंने अपनी विश्वविद्यालय-पूर्व परीक्षा उत्तम अंकों के साथ उत्तीर्ण की और अपने परिवारवालों को बताया कि मैं इंजीनियरिंग की पढ़ाई करना चाहती हूँ। मैं विज्ञान एवं उसके प्रयोग के प्रति मंत्रमुग्ध थी। इंजीनियरिंग विज्ञान की उन्हीं शाखाओं में से एक थी, जो मेरी रचनात्मकता—विशेषतया डिजाइन—में प्रयोग की अनुमति देती थी। मेरी इच्छा जानते ही घर पर मानो बिजली गिर पड़ी।

तात्कालिक प्रतिक्रिया स्तब्ध कर देनेवाली थी। उन दिनों इंजीनियरिंग

लड़कों का विषय था, इसलिए उसमें लड़कियों का प्रवेश निषिद्ध माना जाता था। यथास्थिति को लेकर कोई प्रश्न उठाने के बजाय लड़कियों से मेडिकल या साइंस कॉलेज में जाने की अपेक्षा की जाती थी। किसी स्त्री के इंजीनियरिंग में प्रवेश लेने का विचार संभवत: कभी उत्पन्न ही नहीं हुआ। यह सुअरों के उड़ने के समान था।

मैं अपनी दादी की सबसे दुलारी पोती थी। उन्होंने भी मुझे उपेक्षापूर्ण दृष्टि से देखा और कहा, ''यदि तुम इंजीनियरिंग करोगी तो उत्तरी कर्नाटक में कोई लड़का तुम्हारे साथ विवाह नहीं करेगा। महिला इंजीनियर के साथ कौन विवाह करना चाहता है! तुम्हें लेकर मैं अत्यंत अप्रसन्न हूँ।'' मेरी दादी ने कभी नहीं सोचा था कि उनके मना करने के बावजूद मैं कोई काम करूँगी। बहरहाल, उन्हें भी नहीं पता था कि तुंगभद्रा नदी के उस पार मैसूर शहर में नारायण मूर्ति नामक व्यक्ति रहता है, जो कालांतर में मेरे साथ विवाह करना चाहेगा।

दादाजी, जो इतिहास के अध्यापक थे और मेरे प्रथम गुरु भी और उन्होंने ही मुझे पढ़ना-लिखना सिखाया था, ने हलका विरोध किया। उन्होंने कहा, ''मेरी बच्ची, तुम इतिहास में काफी तेज हो। तो इसी क्षेत्र में कुछ क्यों नहीं करतीं? एक दिन तुम महान् इतिहासकार बन सकती हो। इंजीनियरिंग जैसे शुष्क विषय के पीछे मत भागो।''

गणित में दक्ष मेरी माँ ने कहा, ''तुम गणित में अत्यंत तेज हो। गणित में स्नातकोत्तर उपाधि प्राप्त कर प्रोफसर की नौकरी क्यों नहीं करतीं? इससे विवाह के बाद भी तुम कॉलेज में काम कर सकती हो; जबकि इंजीनियर बनने के बाद परिवार एवं नौकरी के बीच संतुलन बनाने हेतु तुम्हें हमेशा संघर्ष करना होगा।''

पिताजी स्त्रियों की शिक्षा में विश्वास रखनेवाले एक उदार व्यक्ति थे। उन्होंने एक क्षण विचार करने के बाद कहा, ''मैं सोचता हूँ कि तुम्हें मेडिकल (चिकित्सा) की पढ़ाई करनी चाहिए। तुम लोगों के साथ व्यवहार एवं भाषाओं में अत्यंत निपुण हो। सच कहूँ तो मुझे इंजीनियरिंग के विषय में अधिक जानकारी नहीं है। हमारे परिवार में एक भी इंजीनियर नहीं है। यह

एक पुरुष–प्रधान कार्य है और तुम्हारी कक्षा में एक भी लड़की नहीं होगी। यदि चार वर्ष किसी सहेली से बात किए बिना बिताना पड़े तो कैसा लगेगा? इस विषय में सोचो। बहरहाल निर्णय तुम्हें करना है और मैं तुम्हारा समर्थन करूँगा।''

मेरी अनेक चाचियों का विचार था कि इंजीनियरिंग का चयन करने के बाद कोई भी मेरे साथ विवाह नहीं करेगा। परिणामस्वरूप मुझे किसी अन्य समुदाय के व्यक्ति से विवाह करना होगा, जो कि उन दिनों सर्वथा अप्रचलित था।

मैंने परवाह नहीं की। इतिहास के विद्यार्थी के रूप में मैंने ह्वेनसांग की किताब 'सी–यू–की' पढ़ी थी। सांग की भारत–यात्रा से पूर्व हरेक व्यक्ति ने उसे पैदल यात्रा करने के लिए हतोत्साहित किया था; परंतु उसने सबको अनसुना करते हुए यात्रा पर जाने का निर्णय लिया। वह कुछ ही समय में भारत की सत्रह वर्षीय लंबी यात्रा करने हेतु विख्यात हो गया। सांग से साहस की प्रेरणा लेते हुए मैंने अपने घरवालों को बता दिया, 'मैं इंजीनियरिंग करना चाहती हूँ। चाहे जो भी हो, मैं प्रत्येक परिणाम भुगतने के लिए तैयार हूँ।'

मैंने बी.वी.बी. कॉलेज ऑफ इंजीनियरिंग एंड टेक्नोलॉजी का आवेदन–पत्र भरकर जमा करवा दिया और शीघ्र ही मुझे सूचना भी मिल गई कि अंकों के आधार पर कॉलेज में मेरा चयन हो गया है। मैं आनंदित थी, परंतु मुझे इस बात का कोई ज्ञान नहीं था कि कॉलेज स्टाफ को इससे कितनी असुविधा हुई।

तत्कालीन प्रधानाचार्य बी.सी. खानापुरे मेरे पिताजी के परिचित थे। एक दिन दोनों की मुलाकात नाई की दुकान में हुई। प्रधानाचार्य ने अपनी वास्तविक कठिनाई का वर्णन करते हुए कहा कि मैं बड़ी दुविधा में हूँ। उन्होंने पिताजी से कहा, ''डॉक्टर साहब, मैं जानता हूँ कि आपकी लड़की अत्यंत बुद्धिमान है। इसीलिए उसे केवल मेरिट के आधार पर प्रवेश मिला है। परंतु मैं व्यावहारिक कठिनाइयों से भयभीत हूँ। कॉलेज में वह अकेली लड़की होगी। पहली समस्या तो यह है कि परिसर में एक भी महिला प्रसाधन नहीं है। दूसरी बात यह कि लड़के अभी युवा हैं और शारीरिक परिवर्तनों के कारण वे निश्चय ही

उसे परेशान कर सकते हैं। हालाँकि वे कॉलेज के स्टाफ के सामने तो कुछ नहीं कर पाएँगे, परंतु बाद में निश्चित ही उसे परेशान कर सकते हैं। चूँकि वे लड़कियों के साथ बात-व्यवहार करने के अभ्यस्त नहीं हैं, अत: न तो वे उसके साथ सहयोग करेंगे और न ही कोई सहायता। लड़कियों का पिता होने के नाते मैं आपकी बेटी के बारे में भी चिंतित हूँ। क्या आप उसके हित में उसे अपना मन परिवर्तित करने के लिए समझा सकते हैं?"

मेरे पिताजी ने उत्तर दिया, "प्रोफेसर साहब, मैं आपसे सहमत हूँ। मैं जानता हूँ कि आप सबकुछ भलीभाँति समझते हैं; परंतु मेरी बेटी इंजीनियरिंग करने के लिए अडिग है। स्पष्ट कहूँ तो वह कुछ गलत भी नहीं कर रही है। इसीलिए मैंने उसे पढ़ाई करने की अनुमति देने का निर्णय लिया है।"

"यदि ऐसी बात है तो डॉक्टर साहब, मेरी एक प्रार्थना है। आप उसे कृपया कॉलेज में साड़ी पहनकर आने के लिए कहें, क्योंकि वह पुरुषों की दुनिया है। उस वातावरण में उसका साड़ी में आना ही श्रेयस्कर रहेगा। उसे यह भी समझा दें कि वह लड़कों के साथ अनावश्यक बात न करे, वरना उससे बिना वजह अफवाहें फैलेंगी, जो हमारे समाज में लड़कियों के लिए अच्छा नहीं है। उसे यह भी बता दें कि वह कॉलेज की कैंटीन में जाने और वहाँ लड़कों के साथ समय गुजारने से बचे।"

पिताजी ने वापस लौटकर इस वार्त्तालाप के विषय में बताया। चूँकि अपना मन बदलने का मेरा कोई इरादा नहीं था, इसलिए प्रधानाचार्यजी के सभी सुझावों को मैंने फौरन मान लिया।

अंततोगत्वा कुछ लड़कों के साथ मेरी दोस्ती हो गई, परंतु मैंने सदैव अपनी मर्यादा बनाए रखी। दरअसल ये वही लड़के थे, जो कालांतर में मुझे जीवन का पाठ पढ़ाने वाले थे, जैसे—दृष्टिकोण का मूल्य समझना, जब-तब समस्याओं के समय सहज रहने का महत्त्व और खेल-भावना से सोचना। उन लड़कों में से अनेक 50 वर्षों बाद बूढ़े हो चुके हैं और मेरे भाइयों जैसे हैं। कॉलेज परिसर में महिला प्रसाधन के अभाव ने भारत में अनेक स्त्रियों द्वारा झेली जानेवाली कठिनाइयों को समझने में मेरी मदद की। इस समस्या ने मुझे

केवल कर्नाटक में 13,000 शौचालयों के निर्माण हेतु प्रेरित किया!

इस बीच माँ ने मेरी ट्यूशन फीस जमा कराने हेतु एक शुभ दिन चुना। वह दिन महीने का अंतिम गुरुवार था। माँ उसी शुभ दिन फीस के 400 रुपए जमा कराने के लिए पीछे पड़ी थीं, हालाँकि पिताजी के पास केवल 300 रुपए बचे थे। उन्होंने माँ से कहा, ''कुछ दिन प्रतीक्षा करो। मुझे मेरा वेतन मिल जाएगा तो सुधा अपनी फीस जमा करवा देगी।''

माँ ने उनकी बात को अनसुना करते हुए कहा, ''मेरी बेटी कॉलेज जा रही है। यह बड़ा काम है। हमें हर हाल में उसकी फीस आज ही जमा करानी होगी—उसकी पढ़ाई के लिए यह अच्छा रहेगा।''

जब वे इस उधेड़बुन में लगे हुए थे, तभी मेरे पिताजी के सहायक डॉ. एस.एस. हीरेमठ अपने ससुर पाटिलजी के साथ पधारे, जो कि शिग्गाँव के निकट बाड गाँव के सरपंच थे। मैं उसी कस्बे में पैदा हुई थी। श्री पाटिल ने जिज्ञासावश पूछा, ''अरे भई, यह सब क्या चल रहा है?''

पिताजी ने उनके समक्ष स्थिति स्पष्ट कर दी।

उसके बाद उन्होंने अपने बटुए से सौ रुपए का नोट निकालकर पिताजी के हाथ पर रख दिया। उन्होंने कहा, ''डॉक्टर साहब, मेहरबानी करके यह धन स्वीकार कर लीजिए। मैं इस लड़की को गिफ्ट करना चाहता हूँ, क्योंकि यह लीक से हटकर कोई काम करने जा रही है। मैंने ऐसे अनेक पैरेंट्स को देखा है, जो अपने बेटों की फीस अदा करने के लिए अपनी जमीन-जायदाद तक बेच देते हैं, ताकि वे इंजीनियर बन सकें। जबकि वास्तविकता तो यह है कि कई बार उन्हें पता तक नहीं होता कि उनका बच्चा ठीक से पढ़ भी रहा है या नहीं। आप अपनी पुत्री को देखिए। यह हर हालत में इंजीनियरिंग करना चाहती है, और मैं समझता हूँ कि यह सही है।''

पिताजी ने उनके प्रस्ताव को ठुकराते हुए कहा, ''नहीं मिस्टर पाटिल, मैं ऐसा महँगा गिफ्ट नहीं ले सकता। मैं इसे ऋण की तरह ले रहा हूँ और अगले महीने वेतन मिलने के बाद आपको लौटा दूँगा।''

ऐसा लगा, मानो उन्होंने पिताजी की बात सुनी नहीं और कहा, ''आपकी

पुत्री के लिए सर्वाधिक महत्त्वपूर्ण यह है कि वह अपना कोर्स पूरा करे और अन्य लड़कियों के लिए आदर्श प्रस्तुत करे।'' इसके बाद वे मेरी ओर मुड़े और कहा, ''सुधा, मुझे वचन दो कि तुम हमेशा मर्यादित, निष्पक्ष एवं अत्यंत परिश्रमी बनोगी और समाज तथा अपने परिवार का नाम उज्ज्वल करोगी।''

मैंने चुपचाप सिर हिला दिया।

कॉलेज में मेरा पहला दिन एक महीने बाद आया। मैंने पहली बार साड़ी पहनी, घर के सभी बड़ों के पाँव छुए और माँ सरस्वती, जिनकी मुझ पर विशेष कृपा रही है, की प्रार्थना की तथा कॉलेज के लिए चल पड़ी।

मेरे कॉलेज पहुँचते ही प्रधानाचार्य ने मुझे अपने पास बुलाया और एक चाबी देते हुए कहा, ''मिस कुलकर्णी, इसे सँभालो। यह इलेक्ट्रिकल इंजीनियरिंग विभाग के कोने में दूसरी मंजिल पर स्थित एक छोटे कमरे की चाबी है। आप अपनी आवश्यकतानुसार जब चाहें, उसका प्रयोग कर सकती हैं।''

मैंने उन्हें बारंबार धन्यवाद दिया और चाबी लेकर तत्काल कमरा देखने चली गई। मैंने उत्सुकता से कमरा खोला! कमरे में टूटे हुए दो डेस्क पड़े थे, परंतु प्रसाधन का कोई संकेत नहीं था। कमरे में इतनी धूल जमी थी कि मैंने उसमें प्रवेश करने का विचार भी नहीं किया। मुझे वहाँ देखकर हाथ में झाड़ू लिये एक सफाईकर्मी भागता हुआ आया। उसने मुझे देखे बिना ही कहा, ''मुझे अत्यंत खेद है। प्रिंसिपल साहब ने मुझे कल ही बताया था कि कॉलेज में आज एक लड़की आएगी; परंतु मैंने सोचा कि वे मजाक कर रहे हैं। यही सोचकर मैंने कमरा साफ नहीं किया। खैर, कोई बात नहीं, मैं इसे अभी साफ किए देता हूँ।''

उसके सफाई करने के बाद भी कमरा गंदा ही था। मैंने उससे कहा कि आप कमरा छोड़ दो और मुझे एक गीला कपड़ा लाकर दो। मैं कमरे को स्वयं साफ कर लूँगी। कमरे की संतोषजनक सफाई कर लेने के बाद मैंने कपड़ों पर पड़ी धूल झाड़ी और कक्षा में चली गई।

भूतल स्थित कक्षा में ज्यों ही मैंने प्रवेश किया, 149 जोड़ी नजरों को

अपनी ओर घूरते हुए पाया, मानो मैं कोई विचित्र प्राणी हूँ। वैसे यह बात सही भी थी। उस प्राणि उद्यान की मैं 150वीं जीव थी। मुझे पता था कि वे सीटी बजाना चाह रहे थे, परंतु मैंने सीधे अपने लिए सीट खोजनी शुरू कर दी। पहली बेंच खाली थी। मैं जैसे ही बैठने को हुई, मैंने देखा कि किसी ने सीट के बीचोबीच नीली स्याही गिरा दी। वस्तुतः वह मेरे लिए ही गिराई गई थी। मेरी आँखें डबडबा आईं, परंतु मैंने आँसुओं को रोकते हुए अखबार से सीट को पोंछकर साफ किया और बेंच के एक किनारे पर बैठ गई।

मैंने पीछे बैठे लड़कों को कानाफूसी करते साफ सुना। एक लड़का दूसरे से कह रहा था कि "मूर्ख, तूने स्याही क्यों गिराई? अब वह प्रिंसिपल के पास जाकर शिकायत करेगी।" एक अन्य लड़के ने जवाब दिया, "वह कैसे प्रमाणित करेगी कि स्याही मैंने ही गिराई है? आखिर 149 लोग हैं यहाँ।"

व्यथित होने के बावजूद मैं प्रिंसिपल के पास शिकायत करने नहीं गई, क्योंकि उन्होंने पिताजी को पहले ही चेतावनी दे रखी थी कि यदि मैंने शिकायत की तो लड़के मुझे आगे भी बार-बार परेशान कर सकते हैं और आखिरकार तंग आकर मुझे कॉलेज छोड़ना पड़ेगा। मैंने चुप रहने का निर्णय लिया, चाहे लड़के मुझे सताने की कितनी ही कोशिश क्यों न करें।

मैं भलीभाँति जानती थी कि लड़के मुझे परेशान करने का कोई अवसर नहीं छोड़ेंगे और दुःखी होकर अंततः मुझे इंजीनियरिंग छोड़नी पड़ेगी। मैं शारीरिक एवं मानसिक रूप से सशक्त होने का उपाय सोचने लगी। यही मेरी तपस्या होगी। समाधान के रूप में मैंने तत्काल निर्णय किया कि आगामी चार वर्षों तक कोई भी कक्षा नहीं छोड़ूँगी और कक्षा के नोट्स बनाने में किसी की सहायता भी नहीं लूँगी। मैंने यह भी निर्णय लिया कि जब तक इंजीनियरिंग की डिग्री नहीं मिलती, हमेशा सफेद साड़ी ही पहनूँगी, मिठाइयों से परहेज करूँगी, चटाई पर सोऊँगी और शीतल जल से स्नान करूँगी। मैंने आत्मनिर्भर बनने का संकल्प लिया और तय किया कि मैं अपनी सहेली और शत्रु स्वयं ही बनूँगी। यद्यपि उस समय मुझे ज्ञात नहीं था कि श्रीमद्‌भगवद्‌गीता में एक श्लोक पूर्ववत विद्यमान है, जिसमें श्रीकृष्ण कहते हैं, 'आत्मैव हि आत्मनो बन्धु आत्मैव रिपु आत्मनः।'

वास्तव में पढ़ाई में उत्कृष्ट होने के लिए हमें ऐसी तपस्या करने की आवश्यकता नहीं है; परंतु मैं छोटी थी और इंजीनियरिंग पास करने के लिए सारे प्रयास करने के प्रति दृढ़ संकल्प थी।

मेरे अध्यापक श्रेष्ठ और आत्मीय थे। वे कक्षा में हमेशा मेरा खयाल रखते थे। समय-समय पर मुझसे पूछते रहते थे, "मिस कुलकर्णी, आपके साथ सबकुछ ठीक है न?"

यहाँ तक कि हमारे कॉलेज के प्रधानाचार्य प्रो. खानापुरे ने भी लीक से हटकर मेरे कल्याण के विषय में जानकारी प्राप्त की और पूछा कि लड़के तुम्हें परेशान तो नहीं करते।

बहरहाल, मैं अपने सहपाठियों के बारे में समान विचार व्यक्त नहीं कर सकती।

एक दिन वे कक्षा में फूलों का एक छोटा सा गुच्छ लेकर आए और अध्यापक की अनुपस्थिति में उसे मेरे बालों में लगा दिया, जिसका मुझे पता नहीं चला। मैंने पीछे बैठे लड़कों में से किसी को कहते सुना, "मिस गुलदस्ता!" मैंने अपने बालों पर हाथ फेरा और फूलों का गुच्छा निकालकर फेंक दिया तथा कुछ कहे बिना वहाँ से चली गई।

कई बार उन्होंने मेरी पीठ पर कागज के विमान बनाकर फेंके। कागज खोलकर पढ़ने पर 'एक स्त्री का स्थान रसोईघर या मेडिकल साइंस या प्रोफेसर के रूप में है, इंजीनियरिंग कॉलेज में तो कदापि नहीं' जैसी टिप्पणियाँ पढ़ने को मिलीं।

अन्य में लिखा होता—'हमें सचमुच तुम्हारे ऊपर दया आती है। तुम देवी पार्वती की तरह तपस्या क्यों कर रही हो? कम-से-कम पार्वती के पास तपस्या करने का कारण तो था—वे शिव से विवाह करना चाहती थीं। तुम्हारा शिव कौन है?' मैं उन कागजी विमानों को रख लेती और जवाब देने से बचती।

हमारे कॉलेज में एक विद्यार्थी-मित्र गतिविधि होती थी, जिसे 'फिशपॉण्ड' अर्थात् मत्स्य ताल के रूप में जाना जाता है। यह वास्तविक मत्स्य ताल की

बजाय एक मत्स्य पात्र था, जिसमें बेनाम नोट्स या 'फिश' डाल दिए जाते थे। कॉलेज का कोई भी व्यक्ति उसमें अपनी टिप्पणियाँ या विचार लिखकर डाल सकता था, जिन्हें कॉलेज के वार्षिकोत्सव पर पढ़ा जाता था। सभी विद्यार्थी यह सुनने के लिए साल भर प्रतीक्षा करते थे कि किसकी मजाकिया और हाजिर-जवाब टिप्पणियाँ इस साल चुनी गई हैं। नामित मेजबान कॉलेज के चौराहे पर खड़ा होकर उन नोट्स को ऊँचे स्वर में पढ़ता था। हर साल ज्यादातर नोट्स मेरे बारे में होते थे। अकसर मैं कन्नड़ तुक्तकों का निशाना बनती थी, जिनमें से एक मुझे आज भी अच्छी तरह याद है, जिसका हिंदी रूपांतर इस प्रकार है—

अम्माँ, अम्माँ वहाँ एक मीठा आलू है,
कृपया मुझे एक काली साड़ी दो और मुझे ससुराल भेज दो।

ऐसा इसलिए लिखा गया था, क्योंकि मैं हमेशा सफेद साड़ी पहनती थी।

कुछ उत्तर भारतीय रोमांटिक छात्रों ने हिंदी फिल्म 'तीसरी कसम' की पैरोडी बनाकर लिखा—

सजन रे झूठ मत बोलो
सुधा के पास जाना है।
न हाथी है, न घोड़ा है
वहाँ पैदल ही जाना है।

लड़के मेरी प्रतिक्रिया जानने के लिए मुझे कनखियों से देखते; परंतु मैं सरलता से अपने आँसुओं को रोक लेती और हँसने की कोशिश करती।

मैं जानती थी कि मेरे सहपाठी एक कारण से अभिनय कर रहे थे। ऐसा नहीं था कि वे आजकल की तरह मुझे जान-बूझकर सताना या मुझपर धौंस जमाना चाहते थे। उनकी शरारतों का कारण सिर्फ यह था कि वे अपने साथ पढ़नेवाली छात्रा के साथ आचरण करने हेतु मानसिक व शारीरिक रूप से अपरिपक्व थे। हमारे संरक्षणवादी समाज में लड़कों और लड़कियों की मित्रवत् निकटता को हतोत्साहित किया जाता था। यही कारण था कि मैं उनके

लिए पराई और दिलचस्प थी। मेरे मन ने लड़कों के व्यवहार को उचित ठहराया और मुझे उनसे निपटने में सहायता की। हालाँकि उसके बाद भी उनके ताने, व्यंग्य और टिप्पणियाँ मुझे व्यथित करते रहे।

कॉलेज में मेरा एकमात्र मनोरंजन मेरी शिक्षा थी। मैंने इंजीनियरिंग विषयों का आनंद लिया और परीक्षाओं में सर्वोत्तम किया। मैंने लुहारी, रेतीबाजी, बढ़ईगीरी और वेल्डिंग जैसे दुर्दांत विषयों में भी लड़कों से श्रेष्ठ प्रदर्शन किया। लड़के नीला चोगा और मैं अपनी साड़ी के ऊपर नीला एप्रन पहनती थी। मैं जानती हूँ कि मैं अत्यंत मजाकिया लगती; परंतु जो शिक्षा मैं ग्रहण कर रही थी, उसके लिए वह कीमत बहुत छोटी थी।

परिणाम घोषित कर दिए जाने के बाद मेरे अंकों की जानकारी मेरे अतिरिक्त हरेक को थी। लगभग प्रत्येक सत्र में मेरे सहपाठी और वरिष्ठ छात्रों का एकमेव प्रयास मेरे अंक प्राप्त करके उसे सूचनापट्ट पर प्रदर्शित करना था, ताकि सब लोग उसे देख सकें। मेरी निजता लेश मात्र भी नहीं थी।

पढ़ाई के दौरान मैंने महसूस किया कि 'इंजीनियरिंग केवल पुरुषों का विषय क्षेत्र है', यह कथन पूर्णतया असत्य है। न केवल मैं पुरुषों की भाँति सक्षम थी, वरन् मैंने अपनी कक्षा के सभी सहपाठियों से अधिक अंक प्राप्त किए। इससे मुझे अतिरिक्त आत्मविश्वास प्राप्त हुआ और मैंने कक्षा से अनुपस्थित न होना जारी रखा। मैं परिश्रमी बनी रही और अगली परीक्षाओं में शिखर पर पहुँचने के लिए कृतसंकल्प थी। मैं इस बात से जरा भी विचलित नहीं हुई कि मेरे अंक सूचनापट्ट पर प्रदर्शित किए जा रहे थे। इसके विपरीत, मुझे इस बात का गर्व था कि मैं सभी लड़कों को उनके अपने ही खेल में परास्त कर रही थी, क्योंकि मैंने विश्वविद्यालय में प्रथम स्थान प्राप्त करना जारी रखा।

आत्मनिर्भर होने की मेरी योग्यता ने मुझे दृढ़ बनाया और आखिरकार लड़कों ने मेरा सम्मान करना प्रारंभ कर दिया। सर्वेक्षणों, रेखांकनों हेतु वे पूरी तरह मुझ पर निर्भर हो गए तथा सत्रीय कार्य के उत्तर मुझसे पूछने लगे। मैंने मित्र बनाना शुरू कर दिया और यहाँ तक कि आज भी सिविल शाखा

के रमेश जांगल, मेरे प्रयोगशाला साथी सुनील कुलकर्णी एवं फकीर गौडा, एम.एम. कुलकर्णी, हिरे गौडा, आनंद उठूरी, गजानन ठाकुर, प्रकाश पडाकी, एच.पी. सुदर्शन और रमेश लोडाया मेरे अच्छे मित्रों में शामिल हैं।

मैं अपने गुरुजनों—सर्वश्री एल.जे. नोरोन्हा, इलेक्ट्रिकल इंजीनियरिंग विभाग; बेंगलुरु के उपहारस्वरूप प्राप्त शिक्षक योगा नरसिम्हा; प्रोफेसर मल्लापुर, रसायन विभाग; हाइड्रोलिक्स से प्रो. कुलकर्णी एवं अनेक लोगों को कभी नहीं भूल सकती। कक्षाओं के दौरान मैंने पुस्तकालय में भी काफी समय बिताया। कुछ ही समय में पुस्तकालयाध्यक्ष मेरे प्रति काफी उदार बन गए और अंततोगत्वा वह मुझे अतिरिक्त पुस्तकें देने लगे।

मैं कॉलेज के सामने लगाए जानेवाले वृक्षों के विषय में माली से भी बार-बार चर्चा करती थी और अपनी पढ़ाई की चार वर्षीय अवधि के दौरान वहाँ उससे नारियल के पौधे लगवाए। मैं जब कभी भी बी.वी.बी. जाती हूँ, नारियल के पेड़ों को बड़े स्नेहपूर्वक निहारती हूँ और परिसर में बिताए अपने स्वर्णिम दिनों को याद करती हूँ।

चार वर्ष बड़ी तेजी से बीत गए और अंतत: कॉलेज से मेरे विदा होने का समय आ गया। मैंने स्वयं को दु:खी महसूस किया। यहाँ मैं एक भयभीत किशोरी के रूप में आई और एक आत्मविश्वास से ओत-प्रोत मेधावी युवती इंजीनियर के रूप में यहाँ से जा रही हूँ। कॉलेज ने मुझे किसी भी चुनौती का सामना करने हेतु लचीलापन सिखाया; जैसे—परिस्थिति के अनुसार व्यवहार में नरमी, अन्य लोगों के साथ श्रेष्ठ एवं स्वस्थ संबंध स्थापित करने का महत्त्व, सहपाठियों के साथ नोट्स साझा करना तथा आत्मकेंद्रित रहने की बजाय दूसरों के साथ सहयोग करना। इस प्रकार मैं जब मित्रों की बात करती हूँ, सामान्यतया स्त्रियों की अपेक्षा पुरुषों के बारे में सोचती हूँ, क्योंकि वास्तव में मैं उनके साथ ही बड़ी हुई। कालांतर में जब मैंने कॉरपोरेट जगत् में प्रवेश किया, पुन: वह पुरुष-प्रधान क्षेत्र था। अत: मेरे सहयोगियों में बड़ी संख्या में पुरुषों का होना स्वाभाविक था। कुछ स्त्रियाँ भी थीं, जिनसे मेरा परिचय वर्षों बाद हुआ।

कॉलेज महज ईंट-गारे से बनी दीवारों की इमारत, बेंच या डेस्क नहीं है। उससे भी आगे बढ़कर वह ज्ञान का खजाना है। सही शिक्षा आपको आत्मविश्वासी व्यक्ति बनाती है और बी.वी.बी. ने मेरे लिए यही किया है।

आगे चलकर मैंने भारतीय विज्ञान संस्थान, बेंगलुरु से स्नातकोत्तर पूर्ण किया, तद्यपि बी.वी.बी. का विशेष स्थान मेरे हृदय में लगातार बना हुआ है।

वृद्धावस्था के कारण जब पिताजी का निधन हो गया तो मैंने उनकी स्मृति में कुछ करने का निर्णय लिया। उन्होंने तमाम बाधाओं एवं कठिनाइयों के बावजूद मुझे आगे बढ़कर इंजीनियर बनने की अनुमति दी थी। इसके लिए उन्हें परिवार और समाज की ओर से काफी कुछ सुनना और सहन करना पड़ा। अत: उनकी स्मृति में मैंने हमारे कॉलेज परिसर में लेक्चर हॉल का निर्माण करवाया।

मैं जब कभी भी विदेश में भाषण देने जाती हूँ, विभिन्न आयु वर्ग के कम-से-कम पाँच लोग मेरे पास आकर बताते हैं कि वे भी बी.वी.बी. से हैं। मैं उनसे तत्काल जुड़ जाती हूँ। मैं उनकी कोई सहायता तो नहीं कर सकती, परंतु मुसकराकर उनसे इतना अवश्य पूछती हूँ, 'आप किस वर्ष स्नातक हुए? आपके अध्यापक कौन थे? आपकी कक्षा में कितनी लड़कियाँ पढ़ती थीं?'

अब जब कभी मैं कॉलेज जाती हूँ, किसी बेटी के अपने घर आने जैसा उत्सव होता है। यात्रा के अंत में अकसर मैं मंच के आंतरिक चतुर्भुज में खड़ी हो जाती हूँ। मेरी स्मृतियाँ मुझे अतीत के अनेक अवसरों पर ले जाती हैं, जहाँ मैं स्वयं को शैक्षणिक उत्कृष्टता हेतु पुरस्कार प्राप्त करते देखती हूँ। इसके बाद मैं कुछ मिनट सूचनापट्ट के आगे खड़ी होकर द्वितीय तल पर इलेक्ट्रिकल इंजीनियरिंग विभाग के पास बने छोटे से कमरे की ओर बढ़ जाती हूँ, जो अब 'कुलकर्णी कक्ष' है; परंतु अब उसमें धूल नजर नहीं आती। मैं उस बेंच को याद करती हूँ, जिस पर बैठकर मैं परीक्षाओं की तैयारी करती थी। जब मैं अपने कुछ दिवंगत सहपाठियों एवं शिक्षकों को याद करती हूँ तो मेरे हृदय में अपनेपन की पीड़ा महसूस होती है।

और तब, जैसे ही मैं सीढ़ियों से नीचे उतरती हूँ, मेरा सामना लड़कियों

के समूह से होता है, जो प्रसन्नतापूर्वक जींस-स्कर्ट या पारंपरिक सलवार-कमीज पहने आपस में बातचीत में मगन होती हैं। कॉलेज में अब लड़कों के साथ-साथ अनेक लड़कियाँ भी हैं। मुझे देखते ही वे प्यार से ऑटोग्राफ लेने के लिए घेर लेती हैं। भीड़ के बीच हस्ताक्षर करते हुए मैं अपने माता-पिता और पचास वर्षों की यात्रा के विषय में सोचती हूँ, जिससे मेरी आँखें भर आती हैं।

ईश्वर हमारे बी.वी.बी. कॉलेज की रक्षा करे!

□

3

विचार हेतु भोजन

रेखा मेरी बड़ी प्यारी सखी है और हमारे परिवार कई पीढ़ियों से एक–दूसरे को जानते हैं। चूँकि काफी समय से मैंने उसे नहीं देखा था, अत: मैंने उससे मिलने का निर्णय किया। मैंने फोन उठाकर उसका नंबर डायल किया।

मेरे लिए पिता तुल्य उसके पिता श्री राव ने फोन उठाया, ''हैलो।''

अभिवादन के आदान–प्रदान के बाद मैंने कहा, ''अंकल, मैं कल आपके घर लंच करने आ रही हूँ।''

उसके वनस्पति–विज्ञानी पिताजी अत्यंत प्रसन्न होकर बोले, "अवश्य आओ। कल रविवार है और हम थोड़ा आराम से रहेंगे।" उन्होंने कहा, ''जल्दबाजी मत करना!''

बेंगलुरु जैसे शहर में साप्ताहिक दिनों में जयनगर से मल्लेश्वरम पहुँचने में सामान्यतया दो घंटे लगते हैं। रविवार को आधा समय लगता है। यात्रा करना अधिक सरल है। अगले दिन उसके घर पहुँचने पर मैंने सूँघकर महसूस किया कि लंच लगभग तैयार था और रसोई से आनेवाली खुशबू से जाना कि आज का भोजन कुछ भिन्न होगा। मेज पर कोई भी पारंपरिक कन्नड़ थाली नहीं लगाई गई और सच कहूँ तो खाना मेरे अनुसार एकदम बेस्वाद था।

"रेखा, मैं बहुत खब्बू हूँ, इसलिए साधारण साड़ी पहनकर आई हूँ।" मैंने मजाक करते हुए कहा, ''क्या मेरे लिए विशेष भोजन की व्यवस्था की गई है, ताकि मैं दुबारा न आऊँ?"

वह मेरी पुरानी सहेली थी और मैं जानती थी कि उसका गलत अर्थ

लगाकर बुरा नहीं मानेगी।

रेखा के पिता दिल से हँसे और शरमाते हुए बोले, ''हाँ, आज मेरी माँ का श्राद्ध है। आज के दिन हम केवल स्वदेशी सब्जियों से भोजन बनाते हैं।''

मैंने चकित होते हुए पूछा, ''स्वदेशी से आपका क्या आशय है? शायद फूलगोभी, बंदगोभी और आलू को छोड़कर क्या अपने देश में उपलब्ध सारी सब्जियाँ स्वदेशी नहीं हैं?''

रेखा ने अप्रसन्नता जताते हुए कहा, "हे भगवान्! तुमने गलत आदमी से गलत दिन पर गलत विषय छेड़ दिया है। मैं सोचती हूँ कि लंच के बाद तुम्हें चार घंटे के लिए पिताजी के पास छोड़ दूँ, ताकि तुम उनके साथ जी भरकर बातें कर सको। मैं तुम्हें चार घंटे बाद पुनः मिलूँगी।"

मैं जानती थी कि रेखा के पिताजी वनस्पति-विज्ञानी थे और इस विषय में काफी जागरूक थे। यद्यपि मैं उन्हें काफी समय से जानती थी, परंतु उनके व्यक्तित्व का वह रूप पहले नहीं देखा था। शायद इसका कारण यह था कि वे अपनी नौकरी के वर्षों में अत्यंत व्यस्त रहते थे और हम दोनों खेलने एवं नादानियाँ करने में मस्त रहती थीं।

मैंने पूछा, ''अंकल, क्या यह सच है?''

उन्होंने सहमति में सिर हिलाया।

चूँकि मैं एक किसान परिवार से आती थी, अतः सब्जियों के बारे में मुझे हमेशा दिलचस्पी रहती थी। मुझे सब्जियों के बारे में स्पष्ट रूप से ज्ञात था कि कौन सी सब्जी हम किस मौसम में उगा सकते हैं, कौन सी नहीं और क्यों। बहरहाल खेती-किसानी में रुचि रखनेवाले मित्रों से जब कभी इस विषय में चर्चा करती तो उनसे उचित उत्तर नहीं मिलता था। अंततोगत्वा यहाँ एक ऐसा व्यक्ति था, जो अपना ज्ञान मेरे साथ बाँटना चाहता था। अतः मैं अपने आपको रोक नहीं पाई।

मैंने कहा, ''तुम जानती हो रेखा, ऐसे विद्वान् मिलना कठिन हैं, जो अपने विषय को अन्य लोगों को समझाने में समय लगाएँ। आज गूगल मेरी दादी के समान है। मैं किसी चीज के बारे में कुछ जानने-समझने के लिए

वेबसाइट पर किसी भी समय लॉग-ऑन करती हूँ।''

रेखा ने अपने पिता की ओर आदरपूर्ण नजरों से देखा और मुसकराते हुए बोली, ''और अब तुम विश्व ज्ञानकोश (एन्साइक्लोपीडिया) पर लॉग-ऑन कर रही हो।''

लंच करते समय अन्य अनेक विषयों पर बातें होती रहीं। भोजन में चावल, बिना लाल मिर्च वाला सांबर, काली मिर्च-युक्त दाल, गोरिकाई, मेथी का साग, ककड़ी का रायता और चावल पायसम शामिल था। एक ओर सादा दही और अचार भी रखा था। अस्पताल में स्वास्थ्य-लाभ कर रहे मरीजोंवाला वह लंच करने के बाद रेखा के पिताजी ने कहा, ''आओ, बगीचे में चलें।''

रेखा के परिवार के पास गली के नुक्कड़ पर एक पुराना घर था। उसके पिताजी ब्रिटिश रेलवे में काम करते थे और बहुत कम कीमत में किनारे वाला प्लॉट खरीदने में सौभाग्यशाली रहे। उसमें उन्होंने छोटा सा घर और बड़ा सा बगीचा बनवाया था। छोटी जगहवाले अपार्टमेंट्स से भरे बेंगलुरु जैसे शहर में बगीचे को शान और ऐशो-आराम की चीज माना जाता था।

मैं और अंकल बगीचे में चले गए, जबकि रेखा ने इस बीच झपकी ली। वे एक बेंच पर जम गए और मैं इधर-उधर निगाह दौड़ाती रही। वह मुझे छोटा-मोटा जंगल जैसा नजर आया, जिसमें एक किचन गार्डन भी था, जहाँ अलग-अलग क्यारियों में गाजर, मूली, मेथी और पालक बड़े करीने से बोए गए थे। कुछ गन्ने भी लहराते नजर आए, जबकि कोने में फलों से लदा पपीते का एक बौना सा पेड़ खड़ा था। दूसरे किनारे पर एक पंक्ति में मक्की के साथ-साथ पारिजात और विभिन्न रंगों वाले गुलाब के फूलों के पौधे खड़े थे।

मैंने सोचा, 'इस स्थान को खूबसूरत बनाने के लिए अंकल और आंटी यहाँ ढेर सारा समय जरूर गुजारते होंगे।' लगभग सभी पेड़-पौधे स्वस्थ दिखाई पड़े, मानो यहाँ रहकर वे अत्यंत प्रसन्न हों!

अंकल ने आसमान की ओर देखते हुए पूछा, ''क्या तुम समझती हो कि हमारे आस-पास जितनी सब्जियाँ हैं, सब भारत से हैं? या वे अन्य देशों से आई हैं?''

मुझे लगा, जैसे मैं बचपन में अपने स्कूल के अध्यापक के सामने खड़ी हूँ। परंतु मैं भयभीत नहीं थी। यदि मैं उन्हें गलत उत्तर देती तो भी मेरी प्रगति रिपोर्ट पर कोई फर्क पड़ने वाला नहीं था। ''हाँ अंकल, भारत में शाकाहारियों की विशालतम जनसंख्या है। अत: समय के साथ-साथ हमने अलग-अलग किस्म के शाकाहारी व्यंजन बनाना सीख लिया। यहाँ तक कि मांसाहारी लोग भी त्योहारों, विवाहों, पुण्यतिथियों एवं श्रावण मास जैसे परंपरागत अवसरों पर मांस त्याग देते हैं।''

''मैं हरेक चीज के तुम्हारे आकलन से सहमत हूँ, सिवाय इसके कि अधिकतर सब्जियाँ भारत में पैदा होती हैं। सच तो यह है कि सब्जियों की एक बड़ी संख्या हमारी अपनी नहीं है। वे विभिन्न देशों से आई हैं।''

मैंने अविश्वासपूर्वक उनकी ओर देखा।

उन्होंने टमाटर के पौधे की ओर इशारा किया। वह एक लता थी, जिसमें अनेक फल लगे हुए थे, जिसे बाँस की मजबूत लाठी के सहारे बाँधकर रखा गया था। ''इसकी तरफ देखो, क्या यह कोई भारतीय सब्जी है?''

मैंने टमाटर सूप, टमाटर रसम, टमाटर भात, सैंडविच और चटनी के बारे में विचार किया। ''जी हाँ, सचमुच यह भारतीय ही है। हम इसका प्रतिदिन उपयोग करते हैं। यह भारतीय भोजन का अभिन्न अंग है।''

अंकल मुसकराए और बोले, ''टमाटर की उत्पत्ति भारत नहीं, बल्कि मेक्सिको में हुई। सन् 1554 में यह यूरोप आया। चूँकि उन दिनों वहाँ कोई भी टमाटर नहीं खाता था, इसलिए अपने सुंदर गाढ़े लाल रंग के कारण यह सजावटी फल बन गया। एक समय यूरोप में यह मान्यता भी प्रचलित हो गई कि टमाटर नपुंसकता के उपचार के लिए उत्तम है; जबकि कुछ लोगों का विचार था कि यह विषाक्त है। उन्हीं विरोधाभासी मान्यताओं के कारण इस फल को लंबे समय तक उनकी खुराक में शामिल होने से दूर रखा गया। इसके मूल्य की कमी अवश्य ही स्पेन में 'टोमैटो फेस्टिवल' की शुरुआत की असली वजह बनी, जहाँ इस दिन करोड़ों टमाटर प्रयोग में लाए जाते हैं। टमाटर के विषय में एक कहानी यह बताई जाती है कि एक यूरोपीय

व्यापारी ने टमाटर के पौधों को अपनी मजबूत चहारदीवारी से पड़ोसियों को यह दिखाने के लिए बाँध दिया कि इसके फल जहरीले नहीं हैं, बल्कि ये कीमती और उपयोगी हैं। धीरे-धीरे यह फल भारत पहुँच गया और यहाँ एक वाणिज्यिक फसल के रूप में प्रयोग होने लगा। यह अवश्य ही ब्रिटिश शासनकाल में यहाँ आया होगा। परंतु आज हम टमाटर के बिना कुछ पकाने के विषय में सोच भी नहीं सकते।''

मैंने बलात् कहा, ''वाह अंकल! अब मुझे उस आवश्यक वस्तु के विषय में बताइए, जो हमारे भोजन में प्रयोग तो होती हो, परंतु हमारी न हो।''

''स्वयं अनुमान लगाने का प्रयास करो। सामान्यतया हम इस खास सब्जी के बिना कुछ भी नहीं पका सकते।''

मैंने आँखें बंद कर सांबर के बारे में सोचा। सांबर एक आवश्यक दक्षिण भारतीय भोजन है तथा मटर-पनीर परंपरागत उत्तर भारतीय भोजन है। थोड़ी देर सोचने के बाद मैंने उस सामान्य तत्त्व को मिर्च कहा। मैंने अपने विचारों को एक तरफ झटकते हुए अनुमान लगाया कि मिर्च किसी भी तरह आयातित सब्जी नहीं हो सकती। मैंने सोचा, मिर्च के बगैर कोई भी भारतीय भोजन नहीं बन सकता।

अंकल ने मेरी ओर देखकर कहा, ''तुम सही हो। वह मिर्च ही है।'' उन्होंने मानो मेरा मन पढ़ लिया हो।

''तुम्हें कैसे पता ?''

''क्योंकि यदि मिर्च को किसी अन्य देश से संबंधित बताया जाए तो लोग हैरान हुए बिना न रह पाएँगे। मैं लोगों के सिर के भीतर घूमनेवाले चक्र को उनके चेहरे पर साफ देख सकता हूँ।''

मेरा अविश्वास स्पष्ट था। हम मिर्च के बिना खाना कैसे पका सकते हैं ? यह उतनी ही महत्त्वपूर्ण है, जैसे भारतीय खाने में नमक।

अंकल ने कहा, ''मिर्च के बारे में अनेक कहानियाँ और उससे जुड़े कई सिद्धांत हैं। वास्कोडिगामा जब ब्राजील होते हुए पुर्तगाल से भारत आया तो अपने साथ अनेक बीज लाया। कालांतर में मार्को पोलो और अंग्रेज भारत में आए। इस प्रकार अनेक पौधों के बीज यहाँ पहुँचे। सत्य यह है कि जिसे

हम 'स्वदेशी' कहते हैं, वह वास्तव में हमारा नहीं है। मिर्च, शिमला मिर्च, मक्की, मूँगफली, काजू, फलियाँ, आलू, पपीता, अनानास, कस्टर्ड, सेब, अमरूद और चीकू के बारे में सोचो—ये सभी दक्षिण अमेरिकी हैं। समय के साथ हमने इन्हें देशज बना लिया और पकाना सीख गए। कुछ लोगों का मत है कि मिर्च अपने ही नामवाले देश 'चिली' से आई, जबकि अन्य कहते हैं कि यह मेक्सिको से आई। एक सिद्धांत के अनुसार काली मिर्च नामक तत्त्व परंपरागत तौर पर भारत में खाने को तीखा और मजेदार बनाने हेतु इस्तेमाल किया जाता था। कुछ विद्वानों का विश्वास है कि ईस्ट इंडिया कंपनी का एकमात्र लक्ष्य भारतीय काली मिर्च के व्यापार पर एकाधिकार प्राप्त करना था, जिसकी परिणति अंत में भारत के उपनिवेश के रूप में हुई। परंतु जब हमने लाल मिर्च का प्रयोग करना आरंभ किया तो उसका स्वाद काली मिर्च से अच्छा लगा। तुम्हें एक उदाहरण देने हेतु मैं काली मिर्च को कन्नड़ में 'कालु मिनासु' के नाम से संदर्भित करूँगा। हमने मिर्च को भी उससे मिलता-जुलता नाम दिया—मिनासिन काई। हिंदी में इसे 'मिर्ची' के नाम से पुकारा जाता है। 'काली मिर्च और मिर्च के बीच द्वंद्व युद्ध हुआ, जिसमें मिर्च विजयी हुई और उसने अपने आपको नई राजकुमारी के रूप में स्थापित कर लिया। भारतीय आहार उद्योग में आज भी उसी का शासन है। उत्तरी कर्नाटक अब अपनी लाल मिर्च के लिए प्रसिद्ध है।''

''यह सब तो मैं भी जानती हूँ, अंकल!'' मैं आँखें बंद करके अपने बचपन के दिनों को याद करने लगी। मुझे बचपन में सैकड़ों एकड़ में लगे लाल मिर्च के पौधे याद आए। यह फसल दीपावली के मौसम में आती है। मुझे स्मरण है कि बागदी जनपद लाल मिर्च की बिक्री के लिए समर्पित था। एक दिन अपने चाचा के साथ मैं वहाँ गई थी और लाल मिर्च के पहाड़ों को देखकर अचंभित थी।

''अरे हाँ, तुम ठीक कह रही हो! वे लाल मिर्चें चमकीले लाल रंग की हैं, लेकिन वास्तव में तीखी या जायकेदार नहीं हैं। इसके विपरीत, आंध्र प्रदेश के गुंटूर क्षेत्र में पैदा होनेवाली मिर्चें अधिक जायकेदार हैं। वे थोड़े गोल

आकार की हैं और रंग में अधिक लाल नहीं हैं। उन्हें 'गुंटूर मिर्च', कहा जाता है। एक अच्छा रसोइया खाने को स्वादिष्ट एवं आकर्षक बनाने के लिए भिन्न प्रकार की लाल मिर्चों के मिश्रण का प्रयोग करता है। इसी कारण से उसे मैं स्वदेशी कहता हूँ।''

''हमारे खेत में दो अन्य प्रकार की मिर्चें भी हैं—एक मिर्च गांधार या रवन्ना मिर्ची कहलाती है, जो उलटी उगती है और दूसरी शिमला मिर्च है।''

अंकल ने सहमति जताई, ''भारत की शिमला मिर्च और कुछ नहीं, बल्कि पश्चिम में पाई जानेवाली हरी या लाल बेल पेप्पर है। परंतु यदि तुम एक छोटी रवन्ना मिर्च खा लो तो तुम्हें बाथरूम में बैठना पड़ेगा, पीठ में दर्द हो जाएगा और काफी समय तक पानी पीते रहना होगा या तुम्हें आधा किलो कैंडी, मिठाई या चॉकलेट खानी पड़ेगी।''

हम दोनों हँस पड़े।

हँसी सुनकर रेखा की माँ बाहर आकर हमारे साथ बैठ गईं। ''क्या आप दोनों आज के खाने की सूची का मजाक उड़ा रहे हो? मुझे दुःख है कि उसमें अधिक किस्में नहीं थीं। जब मैंने सुना कि आज तुम लंच पर आ रही हो तो मैंने तुम्हारे अंकल से कहा कि वे तुम्हें किसी अन्य रविवार को आने के लिए सूचित कर दें, क्योंकि आज का खाना बेस्वाद होने वाला था; परंतु उन्होंने मुझसे कहा कि तुम परिवार के सदस्य की तरह हो और कतई बुरा नहीं मानोगी।''

उनकी बात से मेरी जिज्ञासा बढ़ी, ''इस बेस्वाद खाने का क्या कारण है, आप मुझे बताइए, आंटी?''

''मेरा अनुमान है कि यह पागलपन का एक तरीका है। पुण्यतिथियों के दौरान हम किसी अन्य देश की सब्जियों और मसालों का प्रयोग नहीं करते। अतः हम मेथी, काली मिर्च, ककड़ी का प्रयोग करते हैं। हमारे पूर्वज नई सब्जियों का प्रयोग करने से डरते थे और इन आयातों को विश्वामित्र सृष्टि कहते थे।''

''ऐसी चीज के बारे में मैं पहली बार सुन रही हूँ। इसका क्या तात्पर्य है?''

आंटी कुरसी खींचकर अमरूद के पेड़ के नीचे बैठ गईं, ''यह कथा कुछ इस प्रकार है—त्रिशंकु नाम के एक राजा थे। वह जीवित, सदेह स्वर्ग जाने के इच्छुक थे। ऋषि विश्वामित्र अपनी तपस्या के बल पर उन्हें स्वर्ग भेजने में समर्थ थे; परंतु देवताओं ने उन्हें वापस धकेल दिया, क्योंकि वे इस बात से चिंतित थे कि इससे एक परंपरा बन जाएगी और लोग सदेह स्वर्गारोहण करने लगेंगे। उसे अनुमति नहीं मिली थी। विश्वामित्र ने त्रिशंकु को पुनः स्वर्ग की ओर भेजने का प्रयास किया, परंतु देवताओं ने उसे वापस नीचे धकेल दिया। कुछ समय तक खींचने-धकेलने का युद्ध चला और अंत में विश्वामित्र ने त्रिशंकु हेतु एक नई दुनिया का निर्माण कर दिया, जिसे उन्होंने 'त्रिशंकु स्वर्ग' की संज्ञा दी। यहाँ तक कि उन्होंने ऐसी सब्जियों की सृष्टि भी की, जो न तो स्वर्ग में पाई जाती थीं, न ही पृथ्वी पर। इस प्रकार बैंगन और फूलगोभी को विश्वामित्र की सृष्टि माना जाता है, जिसे अनिवार्यतः किसी प्रियजन की पुण्यतिथि पर प्रयोग किया जाना चाहिए।''

हम दोनों के मध्य खामोशी छा गई और मैं आंटी की कहानी पर मनन करने लगी। कुछ समय बाद मैंने देखा कि रेखा कुछ केले, संतरे और मिठाई का डिब्बा लिये चली आ रही थी।

उसने मुझसे कहा, ''आओ, कुछ लो। केला हमारे बगीचे का है और मिठाई भी हमारे अपने उत्पादों से बनी है। तुम्हें अवश्य···"

अंकल ने हस्तक्षेप करते हुए कहा, ''क्या तुम जानती हो कि हम अनेक ऐसी मिठाइयाँ बनाते हैं, जो मूलतः हमारे देश की नहीं हैं?''

रेखा ने कहा, ''अप्पा, इसे अमरूद और केले की कहानी बताइए। मुझे भी वह अच्छी लगती है।'' मुझे केला देते हुए रेखा मुसकराई।

अंकल मुसकराते हुए हमें कुछ और जानकारी देने के लिए तैयार हो गए। उन्होंने कहा, ''अमरूद के बीज गोवा से आए। कन्नड़ में हम इसे 'पेराला हन्नू' के नाम से पुकारते हैं; क्योंकि हमारा मत है कि यह मूलतः पेरू, दक्षिण अमेरिका से आया। आओ, तुम्हें एक कहानी बताता हूँ।

"हमारी पुराकथाओं में दुर्वासा को प्रसिद्ध क्रोधी ऋषि के रूप में वर्णित

किया गया है। जो भी उन्हें रुष्ट करता था, उसे वे तत्काल शाप दे देते थे। कांदाली नामक स्त्री से ऋषि का विवाह हुआ था। एक दिन उनकी पत्नी ने कहा, 'हे ऋषिवर! लोग आपसे सदा भयभीत रहते हैं, जबकि मैं आपके साथ दीर्घकाल से रह रही हूँ। क्या आपको नहीं लगता कि मुझे आपसे किसी विशेष वरदान की अपेक्षा करनी चाहिए?'

"यद्यपि दुर्वासा अपनी पत्नी की प्रार्थना से रुष्ट हुए, किंतु उन्होंने उसे शाप नहीं दिया। उन्होंने पत्नी के कथन पर विचार किया और निर्णय किया कि उसका अनुरोध उचित है। ऋषि ने कहा, 'मैं तुम्हें केवल एक वरदान दूँगा, अत: सावधानीपूर्वक विचार करो।'

"थोड़ा विचार करने के बाद उनकी पत्नी ने कहा, 'आप मेरे लिए किसी ऐसे फल की सृष्टि कीजिए, जो अद्‍भुत और सुंदर रंग का हो। उसका वृक्ष स्वर्ग की बजाय पृथ्वी पर उगना चाहिए। उसमें सारे देश में उत्पन्न होने का गुण होना चाहिए। उसे वर्षपर्यंत फल दो और उसके फल गुच्छों में लगें। फल में कोई बीज नहीं होना चाहिए और उसे खाने के बाद कोई कष्ट नहीं होना चाहिए। हम कच्चे फल की सब्जी बना सकें और पक जाने पर उसे पूजा में चढ़ा सकें। उसके पेड़ के सभी भागों का हम किसी-न-किसी रूप में उपयोग करने में सक्षम हों।'

"दुर्वासा की पत्नी उन्हें फल की जो विशेषताएँ बता रही थीं, उसे सुनकर वे चकित और प्रभावित थे। वे क्रोध में शाप देने और शांत होने पर उसका समाधान बताने के लिए ख्यात थे, लेकिन पत्नी की यह सरल दिखाई देनेवाली प्रार्थना उनकी बुद्धिमानी की परीक्षा थी। उन्होंने सोचा, 'इसमें कोई आश्चर्य नहीं कि स्त्रियाँ चतुर होती हैं। मेरे जैसे लोग परिणाम का पूर्णतया विचार किए बिना तत्काल रुष्ट हो जाते हैं।'

"ऋषि ने देवी सरस्वती की प्रार्थना की कि उन्हें ज्ञान दें, ताकि वे अपनी पत्नी की माँग पूरी करके उसे संतुष्ट कर सकें। कुछ मिनटों बाद उन्होंने महसूस किया कि अब वे अपनी पत्नी की इच्छा पूर्ण कर सकते हैं। अत: उन्होंने कदली फल (केला) के वृक्ष की सृष्टि कर दी, जो संपूर्ण भारत में

पाया जाता है। वृक्ष का प्रत्येक भाग—पत्तियाँ, छाल, तना, फूल एवं फल प्रतिदिन उपयोग में लाए जाते हैं। कच्चे केले को पकाया जा सकता है और पके केले का छिलका उतारकर आसानी से खाया जा सकता है। ईश्वर की पूजा का यह अनिवार्य अंग है। यह फल बीज-रहित है और गुच्छों में पैदा होता है। वयस्क वृक्ष का जीवन एक वर्ष का होता है और उसके आस-पास छोटे-छोटे अन्य पौधे पाए जाते हैं।

"ऋषि-पत्नी कांदाली अत्यंत आनंदित हुई और पौधे का नामकरण कंदरी के रूप में किया। उसने घोषणा की, 'जो कोई भी इस फल को खाएगा, वह इस तथ्य के बावजूद कि इसकी सृष्टि मेरे क्रोधी पति द्वारा की गई है, कभी रुष्ट नहीं होगा।'

"समय बीतने पर लोगों ने बड़े पैमाने पर इसे प्यार से खाना आरंभ कर दिया। धीरे-धीरे इसका नाम 'कंदरी' से परिवर्तित होकर 'कदली' हो गया और केला संस्कृत में कदली फल के रूप में जाना जाने लगा।" कहानी के अंत में अंकल ने गहरी साँस ली।

कहानी एक उर्वर कल्पना का परिणाम लगी, जिसे सुनकर मैं मुसकराई और आनंदित हुई। मेरे मन में केला खाने की दृढ़ इच्छा उत्पन्न हुई और मैंने अपने सामने रखी प्लेट से एक केला उठा लिया। मैंने कहा, "निस्संदेह तुमने आज मुझे बेस्वाद भोजन खिलाया, परंतु अब मैं सचमुच थोड़ा मिष्टान्न चाहती हूँ।"

रेखा ने डिब्बा खोल दिया। वह भिन्न प्रकार की मिठाइयों से भरा हुआ था। मैंने देखा कि उसमें गुलाब जामुन, झांगड़ी (गुलगुला) एवं गुलकंद आदि था। गुलाबजामुन देखकर मेरे मुँह में पानी आ गया। मैं खुद को रोक नहीं पाई और झट से एक गुलाबजामुन उठाकर मुँह में डाल लिया। वह मीठा और मुलायम था। उसके स्वाद पर हैरान होते हुए मैंने कहा, "वाह, क्या स्वादिष्ट मिठाई है! भारतीय मिठाइयों के मामले में हमें कोई भी पराजित नहीं कर सकता। मुझे नहीं पता कि अन्य देशों में लोग गुलाबजामुन के बगैर कैसे रहते हैं।"

रेखा ने टोकते हुए कहा, ''एक मिनट रुको, ऐसी टिप्पणी मत करो। गुलाबजामुन भारत का नहीं है।''

मैं रेखा से कतई सहमत नहीं थी। इससे पहले कि वह मुझे रोके, मैं दूसरा गुलाबजामुन उठाकर निगल गई।

''मैं यह बात गंभीरतापूर्वक कह रही हूँ। एक बार एक भाषाविद् हमारे कॉलेज में वक्तव्य देने आए। उन्होंने हमें बताया कि हम अंग्रेजी के अलावा अनेक भाषाएँ बोलते हैं, जिनमें फारसी, अरबी और पुर्तगाली शब्द हैं, जिनसे हम परिचित नहीं हैं। 'गुलाबजामुन' फारसी शब्द है और यह ईरान में बनाया जाता है। यह भारत में मुगल सल्तनत के दौरान फारसी के अदालती भाषा होने के कारण लोकप्रिय हुआ। यही बात झांगड़ी के लिए भी सच है, जो कि एक आभूषण है और कलाई में पहना जाता है।''

मैंने उच्च स्वर में शिकायत करते हुए कहा, ''अब तुम मुझे यह बताओगी कि गुलकंद किसी अन्य जगह का है।''

वह दाँत दिखाते हुए बोली, ''तुम गलत नहीं हो। 'गुलखंड' भी एक फारसी शब्द है। गुल कुछ और नहीं, बल्कि गुलाब है और खांड माने मीठा। तथ्य यह है कि गुल की उत्पत्ति 'गुलाब' नामक शब्द से हुई है।''

इस तमाम जानकारी से मेरा दिमाग पूरी तरह खाली हो चुका था। संतरों को देखकर मैंने बड़े गर्व से कहा, ''अब मैं इसे संतरा नहीं, बल्कि इसके कन्नड़ नाम 'नारंगी' से पुकारूँगी।''

अंकल ने अपना गला साफ करते हुए कहा, ''नारंगी एक भारतीय शब्द है, परंतु इसकी उत्पत्ति कर्नाटक में नहीं हुई। यह दो शब्दों—नार (संतरा या सूर्य का रंग) एवं रंगी से बना है।''

वार्त्तालाप मुझे सचमुच उबाऊ महसूस हो रहा था।

अंकल ने अपनी बात जारी रखते हुए कहा, ''जब लोग किसी स्थान पर कुछ समय निवास करते हैं तो अनजाने ही भोजन एवं भाषा सहित वहाँ की संस्कृति को भी अपना लेते हैं। कई बार हम अपने स्थानीय भोजन में परिवर्तन

लाकर उसे अपना बना लेते हैं। जिन व्यंजनों की हमने आज चर्चा की, उनके मामले में भी ठीक यही हुआ।''

मैंने अपनी घड़ी पर नजर दौड़ाई। मेरे विदा होने का समय आ चुका था। मैंने उन्हें—विशेषतया अंकल को—अत्यधिक धन्यवाद दिया, जिन्होंने मेरा इतना ज्ञानवर्द्धन किया, जितना कि गूगल भी नहीं कर सकता था।

जब मैं घर के लिए रवाना हुई तो रविवार की शाम होने के बावजूद वहाँ भारी ट्रैफिक जाम था, परंतु रास्ते में बोर नहीं हुई। दरअसल मैं अंकल की बातों को याद करके अत्यंत प्रसन्न थी और शायद उसी वजह से मुझे अचानक एक घटना याद आई।

मेरी माँ की दो बहनें थीं। हालाँकि तीनों बहनों का विवाह एक ही राज्य के पुरुषों के साथ हुआ था, परंतु उनके पतियों की नौकरियाँ अलग-अलग क्षेत्रों में थीं। एक उत्तरी कर्नाटक के पुराने मैसूर राज्य में रहते थे, मेरे पैरेंट्स महाराष्ट्र में और तीसरे कर्नाटक के सुदूर किनारे के मैदानी इलाके में रहते थे।

पतियों के रिटायर होने के बाद तीनों बहनें हुबली के समान क्षेत्र में रहने लगीं। अपने मौसेरे भाई-बहनों के साथ रोजाना मिलने और एक साथ भोजन करने में बड़ा आनंद आता था। हम त्योहारों को एक परिवार के रूप में मनाते थे। खाना एक घर में बनता था, हालाँकि हरेक अपने-अपने घर से स्वनिर्मित मिठाइयाँ लेकर आता था।

एक बार दीपावली को हमें अनेक पकवान मिले। माँ ने पूड़ी और श्रीखंड (महाराष्ट्र की एक लोकप्रिय मिठाई, जो दही व चीनी से बनाई जाती है), मेरी मैसूर वाली मौसी ने किशमिश खीर एवं चावल आधारित बीसी बेले अन्ना और तीसरी मौसी ने जाँगड़ी आधारित चिपकनी चिक्की एवं गेंद के आकारवाले गोल लड्डू बनाए।

मैंने और मौसेरे भाई-बहनों ने खूब जमकर खाया, परंतु कार में मैंने पहली बार महसूस किया तीनों बहनें अपने-अपने क्षेत्रों की कोई-न-कोई चीज अवश्य लाई थीं। पारिवारिक निकटता के बावजूद प्रत्येक गृहिणी का खाना अलग किस्म का था। मैं उनकी कोई सहायता तो नहीं कर सकी, परंतु

चकित थी कि भारत के विभिन्न भागों का भोजन कितना मजेदार होगा।

मैंने पनीर पिज्जा, चीज डोसा और भारतीय चाइनीज फूड के विषय में विचार किया। अवश्य ही उनकी भी उत्पत्ति इसी तरह हुई होगी।

वास्तव में किसने कहा कि भारत एक देश है। यह एक उपमहाद्वीप है—सांस्कृतिक ओज और खाद्य विविधता के बावजूद दिल से भारतीय।

□

4
त्रयांजलि नीर

बचपन में मैं अपने दादा-दादी के साथ कर्नाटक के एक छोटे से गाँव में रहती थी।

मेरी दादी कृष्णक्का एक सुंदर स्त्री थीं, परंतु किसी त्योहार या महत्त्वपूर्ण अवसर के अतिरिक्त मैंने उन्हें सजते-सँवरते बहुत कम देखा।

एक दिन जब मैं स्कूल से वापस आई तो पाया कि वे अपनी सिल्क की साड़ियों और अन्य प्रिय वस्तुओंवाला लकड़ी का बड़ा सा संदूक खोलने जा रही थीं। चूँकि वे उस खास संदूक को कभी-कभार ही खोलती थीं, अत: मेरे लिए हमेशा आकर्षण का केंद्र रहा। मैं सदैव काम छोड़कर उनके पास पहुँच जाती। इस बार भी वैसा ही था। अपना बस्ता एक ओर फेंककर मैं दौड़कर उनके पास चली गई। मैंने झाँककर संदूक के अंदर देखा। उसमें चाँदी की एक सिंदूर भरनी, चाँदी के दस्तेवाला छोटा दर्पण, टूटा, किंतु उपयोगी हाथीदाँत का कंघा और चाँदी के कुछ बरतन थे।

दादी ने बड़े गर्व से कहा, ''इन्हें पिताजी ने विवाह के समय मुझे दिया था।'' उनके पिताजी काफी पहले गुजर गए थे।

मैंने हाथ में लेकर कुमकुम की डिबिया देखी। वह गोल आकार की बौनी पगोडा जैसी थी। एक सेकंड भी सोचे बिना मैंने उसका ढक्कन हटा दिया। उसमें तीन खाने थे। पहले में मधुमक्खीवाला मोम, दूसरे में नन्हा सा गोल दर्पण और सबसे नीचे कुमकुम रखने की जगह थी। मैं मंत्रमुग्ध थी। मैंने थोड़ा सकुचाते हुए कहा, ''अव्वा, आपकी सभी वस्तुओं में मुझे कुमकुम

भरनी सर्वाधिक प्यारी लगी। मेरे बड़े होने पर क्या इसे आप मुझे देंगी?''

''मेरे तेरह पोते-पोतियाँ हैं, सबको कुछ-न-कुछ मिलेगा; परंतु इसे मैं तुम्हारे लिए रखूँगी।'' स्पष्ट उत्तर देते हुए वे मुसकराईं।

इसके बाद वे पूर्णाकार दर्पण के समक्ष इत्मीनान से बैठ गईं। अपने बाल सँवारे, नाक में नथनी और पीले ब्लाउज के साथ नौ गज की हरी बनारसी साड़ी पहनी, माथे पर बिंदी लगाई और कानों में मोती की छोटी बालियाँ पहनीं तथा हाथों में सोने की दो चूड़ियों के साथ हरे काँच की चूड़ियाँ पहनीं। तत्पश्चात् अपने जूड़े को फूलों से सजाया। वे उत्तरी कर्नाटक की वृद्ध महिला की संपूर्ण छवि प्रस्तुत कर रही थीं।

मैंने पूछा, ''अव्वा, आज तो कोई त्योहार भी नहीं है। आप इस तरह क्यों सजी हैं? क्या आप कहीं जा रही हैं?''

"मैं दोपहर का भोजन करने बाहर जा रही हूँ और तुम्हें भी मेरे साथ चलना है। जल्दी से तैयार हो जाओ।''

कुछ पल मेरे चुप रहने के बाद उन्होंने आगे कहा, ''अपनी अपराह्न कक्षा की चिंता मत करो। तुम्हारी टीचर भी वहाँ आ रही हैं।''

एक ग्रामीण स्कूल में इस प्रकार का तालमेल असामान्य नहीं है। कभी-कभी हम सप्ताह के मध्य एक दिन का अवकाश ले लेते हैं और उसकी प्रतिपूर्ति रविवार को अवकाश न लेकर कर देते हैं। चीजें बड़ी तरल एवं जीवन अत्यंत सरल था, परंतु मैं ऐसी कली थी, जो अपने ही वन में पुष्प बन रही थी।

मुझे दोबारा कहने की आवश्यकता नहीं पड़ी। मैं लंच पार्टी में शामिल होने के विचार से ही प्रसन्न थी, अतः कपड़े बदलने दौड़ पड़ी। उन दिनों भी मैंने तैयार होने में कुछ मिनट से अधिक कभी नहीं लगाया।

अव्वा आमतौर पर बातूनी औरत नहीं थीं, परंतु उस दिन वे अच्छे मूड में थीं, क्योंकि मेरे दादाजी उनके साथ ऐसे कार्यक्रमों में जाने के इच्छुक नहीं होते थे। उन्होंने अपने पति से कहा, ''आज मैं लंच करने इंदिरा के घर जा रही हूँ। मैंने आपका खाना केले के पत्ते से ढँककर रख दिया है। जितनी जल्दी हो सके, उसे खा लेना।''

अपने दादाजी को मैं प्यार से 'शिग्गाँव काका' पुकारती थी। उन्होंने सिर हिलाया और अखबार पढ़ने लगे।

मिनटों के अंदर हम इंदिरा अज्जी के घर की ओर पैदल चल पड़े।

मैंने पूछा, "आज क्या अवसर है?"

"मेरी सहेली इंदिरा वाराणसी से वापस आई है और हम सबको लंच पर आमंत्रित किया है। इस अद्‍भुत उत्सव को 'काशी समाराधने' कहा जाता है।"

"वह क्या है? यदि इंदिरा अज्जी किसी यात्रा से लौटी हैं तो हम उसका उत्सव क्यों मना रहे हैं? क्या यह हुबली या गडाग जाकर वापस आने जैसा नहीं है? तब तो हम कोई पार्टी या उत्सव नहीं मनाते?"

अव्वा शरमाईं—"काशी और हुबली जाने में भारी अंतर है। काशी पृथ्वी पर सर्वाधिक पवित्र स्थान है। वहाँ गंगाजी बहती हैं। ऐसा माना जाता है कि देवों के देव भगवान् विश्वनाथ वहाँ निवास करते हैं और सबको वरदान देते हैं। पृथ्वी ग्रह पर वह उनका पसंदीदा स्थान है। वहाँ स्नान करने के अस्सी घाट हैं। नगर में संस्कृत के हजारों विद्वान् रहते हैं। जो साड़ी मैं आज पहने हुए हूँ, इसे बनारसी साड़ी कहते हैं। यदि तुम्हें उपहार के रूप में ऐसी साड़ी मिले तो सौभाग्यशाली समझना, क्योंकि यह काशी की पवित्र धरती से आई है।"

मैं उनसे पूर्णरूपेण सहमत नहीं थी। मैं समारोह में अच्छी-अच्छी चीजें खाने की तीव्र इच्छा के बावजूद इस प्रश्न पर बनी रही कि 'इस प्रकार का लंच क्यों आयोजित किया गया?'

"इस बात से कोई फर्क नहीं पड़ता कि आप कितने धनी या समर्पित हैं। काशी जाना सरल नहीं है। वहाँ जाने और वापस आने की यात्रा अत्यंत दुष्कर है। आपको अनेक ट्रेनों और बसों से जाना होगा। पहली बात यह कि वहाँ के लोग भिन्न भाषा बोलते हैं, जिसे हिंदी कहते हैं। दूसरे, वहाँ हमारा कोई रिश्तेदार नही होता, जिसके यहाँ हम ठहर सकें या उनसे मार्गदर्शन प्राप्त कर सकें। तीसरे, शीतकाल में वहाँ इतनी अधिक सर्दी होती है कि आप जमती गंगा में अपने पाँव नहीं रख सकते। चौथे, ग्रीष्मकाल में गरमी धरती को इतना

अधिक तपा देती है कि आप पूजा के लिए नंगे पाँव चल भी नहीं सकते। पाँचवें, यदि वहाँ के स्थानीय लोगों को मालूम हो जाए कि हम लोग बाहरी हैं तो अकसर वे हमें ठगने की कोशिश करते हैं। ऐसी किंवदंतियाँ भी हैं कि लोग वहाँ जाकर वापस नहीं लौटते। अतः जब कोई काशी से लौटता है तो हम उसे सौभाग्यशाली समझते हैं। यही कारण है कि वे हमें दावत देते हैं और हम उपहारों का आदान-प्रदान करते हैं।''

मैंने व्यग्रता से पूछा, ''अव्वा, आप उन्हें क्या देने जा रही हैं?''

अव्वा ने अपना बैग खोला। उसके अंदर ढेर सारे फल और फूलों के अतिरिक्त एक सूती साड़ी थी।

''और वे हमें क्या देंगी?''

''हमें काशी का धागा और थोड़ा गंगाजल मिलेगा। ये दोनों ही मूल्यवान् हैं। अपनी कलाई या गले में पहनो, भगवान् कठिनाइयों से तुम्हारी प्रतिदिन रक्षा करेंगे।''

''यह तो सचमुच अच्छी खबर है। मुझे अपनी आनेवाली परीक्षाओं में पास होने के लिए सभी प्रकार की सुरक्षा की आवश्यकता थी।''

मेरी मुसकान की गलत व्याख्या करते हुए अव्वा ने कहा, ''तुम भाग्यशाली हो कि उसे इतनी छोटी आयु में प्राप्त करोगी।''

''काशी धागा देखने में कैसा है?''

दादी ने बताया, ''वह साधारण गाँठोंवाला काला धागा है। काशी की सुरक्षा भगवान् शिव के महान् एवं निष्ठावान् सेवक भैरवनाथ करते हैं। यदि तुम काशी जाने के बाद काल भैरव मंदिर के दर्शन न करो तो तुम्हारी यात्रा अपूर्ण मानी जाएगी। वहीं पर तुम्हें काशी धागा मिलेगा, जिसे भैरवनाथ के नाम पर पहनना होगा, ताकि वे तुम्हारी रक्षा करें। चूँकि काशी की यात्रा कठिन है, इसलिए वे तुम्हारे सुरक्षित घर वापस पहुँचने तक अदृश्य रूप से तुम्हारे साथ चलेंगे। उसके पश्चात् वे अन्य श्रद्धालु की सहायता करने वापस लौट जाते हैं।''

''हूँ...ऊँ...'' मैंने सोचा, 'अगर उन्हें एक से अधिक लोगों की सहायता करनी हो तो... ?'

मेरे प्रश्न करने से पूर्व ही अव्वा ने उत्तर दे दिया, "मैं जानती हूँ कि अब तुम मुझसे क्या पूछने जा रही हो। भैरवनाथ अपनी इच्छानुसार अनेक रूप धारण कर सकते हैं।"

उसके बजाय मैंने पूछा, "गंगाजल का क्या उपयोग है?"

उन्होंने मेरे सिर पर प्यार से थपकी देकर कहा, "अरे मूर्ख लड़की, अब मैं तुझे कैसे बताऊँ कि पवित्र गंगाजल का क्या उपयोग है। गंगा हमारे देश का जीवन है। हर कोई पवित्र गंगाजल का पान करना चाहता है; परंतु दक्षिण भारत में रहनेवाले हम जैसे लोगों के लिए यह संभव नहीं है। इसलिए हम पवित्र गंगाजल सँभालकर रखते हैं और व्यक्ति के अंतिम समय में उसके मुख में कुछ बूँदें डाल देते हैं, ताकि वे स्वर्ग जा सकें।"

मैंने पूछा, "अव्वा, अगर काशी इतना महत्त्वपूर्ण है और आपका अत्यंत विश्वास भी है तो आप और काका वहाँ अवश्य जाइए। मैं भी आपके साथ चलूँगी।"

अव्वा विचारमग्न हो गईं। उन्होंने कहा, "मैं कर्नाटक के बाहर कभी नहीं गई। तुम जानती हो कि काका एवं मैं यात्रा करते समय कुछ भी खाने से परहेज करते हैं और काशी जाने में कम-से-कम दस दिन लगते हैं। इससे अच्छा तो यह है कि हम समूह में यात्रा करें, क्योंकि हमें वहाँ की स्थानीय भाषा नहीं आती। यहाँ ऐसा समूह बना पाना कठिन है और हम बूढ़े भी हो रहे हैं। हम रास्ते में बीमार होकर समूह पर भार नहीं बनना चाहते। अतः मेरे लिए काशी जाना एक स्वप्न ही बना रहेगा। परंतु मैं प्रसन्न हूँ कि इंदिरा अपने रिश्तेदारों के साथ वहाँ हो आई है। उसके घर जाकर मैं कम-से-कम उससे मिल तो लूँगी और उसकी कहानियाँ भी सुन लूँगी।"

उस समय मैं नहीं समझ पाई कि अव्वा के मन में उस पवित्र स्थान के प्रति इतनी श्रद्धा क्यों थी।

शीघ्र ही हम इंदिरा अज्जी के घर पहुँच गए। वहाँ का संपूर्ण वातावरण उत्सवीय था। केले के पत्ते और तने द्वार के किनारों पर बँधे थे। हर जगह फूलों से सजावट की गई थी। प्रवेश द्वार पर फर्श पर रंगोली सजाई गई थी।

मैंने अपनी सहेलियों को खुशी से इधर-उधर भागते देखा। मेरी टीचर सभी अतिथियों और बच्चों को शरबत दे रही थीं। एक ओर फूलों से सजी मेज पर गंगाजल से भरे पचास बरतन रखे हुए थे। सभी मटकियों के गले पर काला धागा बँधा हुआ था। सभी थालियों के समीप केले का एक पत्ता रखा हुआ था, यद्यपि कोई वहाँ बैठा नहीं था। मेरा मन पत्ते पर रखी मिठाइयों की संख्या गिनने दौड़ गया।

अव्वा और मैंने मुख्य कक्ष में प्रवेश किया। चूँकि मेरी दादी वहाँ सबसे बड़ी और लोकप्रिय महिला थीं, उन्हें वहाँ देखकर लोग अत्यंत प्रसन्न हुए। अव्वा इंदिरा अज्जी की ओर मुड़ीं और बोलीं, ''तुम बड़ी भाग्यवान् हो कि तुमने काशी-यात्रा की, गंगाजी में स्नान किया और पूर्ण गौरव के साथ भगवान् विश्वनाथ के दर्शन किए।''

इंदिरा अज्जी ने सौम्य मुसकान के साथ हम दोनों को बैठने का आमंत्रण दिया। लोग उनके अधिकाधिक संस्मरण सुनने हेतु उनके आस-पास एकत्र हो गए।

किसी ने पूछा, ''आप प्रसिद्ध अन्नपूर्णा मंदिर के विषय में क्या सोचती हैं?''

उन्होंने उत्तर दिया, ''वह सुंदर था। भगवान् विश्वनाथ के मंदिर से ठीक पहले स्थित है। वह एकमात्र मंदिर है, जिसके विषय में माना जाता है कि भगवान् शिव वहाँ अपना भिक्षा-पात्र लेकर अपनी पत्नी से भोजन एवं भिक्षा माँगते हैं। कहा जाता है कि वे कुछ विशेष दिवसों पर मंदिर में दिखाई देते हैं।''

लोगों ने अधिक प्रश्न करना शुरू कर दिया तो मैं ऊबने लगी।

मैंने दादी को धीरे से कोहनी मारी। ज्यों ही वे मेरी ओर मुड़ीं, मैंने केले के पत्ते की ओर संकेत करते हुए पूछा, ''अव्वा, वहाँ पर लंच के लिए कोई बैठ क्यों नहीं रहा? मुझे भूख लगी है। क्या मैं जाकर खाना खा सकती हूँ?''

''इस विषय में सोचो भी मत! वह भोजन भैरवनाथ के लिए है। उन्हें बहुत सारा काम करके जल्दी वापस भी जाना है। परंतु तुम चाहो तो उनसे प्रार्थना कर सकती हो।''

मैंने उस स्थान पर किसी को बैठे नहीं देखा। मुझे याद आया कि वे अदृश्य रहते हैं। अतः मैंने अपने दोनों हाथ जोड़कर केले के पत्ते की ओर मुँह करके प्रार्थना कर ली।

थोड़ी देर बाद हम सबने मिलकर स्वादिष्ट भोजन किया।

वापस आते समय दादी ने टिप्पणी की, ''यह सुनना कितना विस्मयकारी है कि इंदिरा ने गंगाजी से तीन अंजलि जल लेकर उदीयमान रवि को प्रणाम किया! वह दृश्य अवश्य ही सुंदर रहा होगा। कभी-कभी मेरी भी वैसा करने की इच्छा होती है। मैंने स्वयं को इस बात से राजी कर लिया है कि मेरे बगीचे की नदिका भी गंगा का एक अन्य रूप है और यदि मैं उसकी पूजा करूँ तो वह भी काशी में गंगाजी को पूजने जैसा ही उत्तम है।''

हमारे वापस घर पहुँचते-पहुँचते शाम हो गई और मैंने अपने दादाजी को बरामदे में बैठे देखा। काका मेरे अच्छे मित्र हैं, अतः मैं दिन की घटनाओं की जानकारी देने हेतु दौड़कर उनके पास चली गई।

उनके पास पहुँचते ही उन्होंने मुसकराकर पूछा, "क्या तुम्हारी दादी ने तुम्हें इस विषय में बताया कि काशी में किसका अनिवार्यतः त्याग करना होगा?"

"आप किस विषय में बात कर रहे हैं, काका?"

"प्राचीन समय में काशी की यात्रा में दिन नहीं, बल्कि महीनों लगते थे। आज हमारे पास रेलगाड़ियाँ व सड़कें हैं, परंतु तब लोगों को पैदल चलकर अनेक नदियाँ और जंगल पार करते समय मार्ग में कई खतरों का सामना करना पड़ता था। अनेक लोग जीवित वापस नहीं आ पाते थे। अकबर ने काशी में प्रवेश हेतु जजिया कर को समाप्त कर दिया था, परंतु औरंगजेब ने उसे पुनः लागू कर दिया। इसलिए काशी की यात्रा महँगी हो गई। यदि कोई व्यक्ति सफलतापूर्वक काशी की यात्रा कर लेता था तो वह गंगा से तीन अंजलि जल लेकर, सूर्य को साक्षी मानकर अपनी किसी प्रियतमोत्तम वस्तु को त्यागने का प्रण लेता था। इस प्रकार गंगा को दिया गया वचन अनुल्लंघ्य होता था और व्यक्ति को हर हाल में उसका पालन करना पड़ता था।"

काका की बातें सुनकर मैं आनंदित थी और उनके गहरी साँस लेने तक मैंने प्रतीक्षा की।

काका ने बताया, ''कुछ नियम हैं, जिनका पालन आपको अवश्य करना होगा।''

''कौन से नियम?''

''कोई चावल, गेहूँ का आटा, दूध, मूँग की दाल, घी या मक्खन खाना नहीं छोड़ सकता। व्यक्ति अपने आस-पास या अपने क्षेत्र में पैदा होनेवाली कोई सब्जी, फल या अपनी सबसे प्यारी मिठाई का त्याग कर सकता है। अत: यदि तुम्हें जलेबी अच्छी लगती है तो उससे दूर रहने का प्रण लेना होगा। परंतु आप कद्दू जैसी अपनी किसी अप्रिय वस्तु का परित्याग नहीं कर सकते। जब भी तुम अपनी त्यागी हुई प्रिय वस्तु को देखोगी तो तुम्हें काशी की याद आएगी।''

''यह तो बड़ा कठिन है, काका!''

काका ने जैसे मेरी बात सुनी ही न हो और उन्होंने बोलना जारी रखा, ''यदि कोई पति-पत्नी एक साथ काशी जाते हैं तो वे समान वस्तु को छोड़ सकते हैं। यह सरल है और तब उन्हें अलग-अलग भोजन नहीं बनाना पड़ेगा। परंतु यदि पति एवं पत्नी अलग-अलग जाते हैं तो वे भिन्न-भिन्न चीजों को त्याग सकते हैं। उस स्थिति में एक की छोड़ी हुई वस्तु से दूसरे को भी परहेज करना होगा।''

इस बीच अव्वा भी बरामदे में पहुँच गईं।

"यह तो बड़ा कठिन है।" मैं जोर से बोली, ''काका, अपनी प्रिय वस्तु को त्यागना तो बड़ा कठिन है।''

''यह तो व्यक्ति पर निर्भर करता है। यदि आप अपने वचन को हृदय और आत्मा से पूरा करना चाहते हो तो समय के साथ वस्तु के प्रति आसक्ति भी छूट जाएगी और इस प्रकार सादा जीवन आपकी आदत बन जाएगी।''

मैंने शरारती अंदाज में कहा, ''काका, आप काशी जाएँगे तो क्या छोड़ेंगे?''

काका अपनी आँखों में चमक लाते हुए बोले, ''मैं तुम्हारी अव्वा से प्यार करता हूँ, इसलिए काशी कभी नहीं जाऊँगा!''

यद्यपि अव्वा बूढ़ी थीं, फिर भी शरमाते हुए अंदर चली गईं।

वे थोड़े अधिक गंभीर स्वर में बोले, "वहाँ जाना हमारे वश में नहीं है। यह तो भगवान् विश्वनाथ की इच्छा है। हमारा समय आएगा तो वे हमें बुला लेंगे।''

समय पंख लगाकर उड़ने लगा। मौसम बीतते गए। अव्वा काशी गए बिना ही स्वर्ग सिधार गईं। उनकी मृत्यु उनकी इच्छानुसार भीमाष्टमी को हुई। ऐसा माना जाता है कि उस दिन स्वर्ग के द्वार खुले रहते हैं। उस समय मैं पुणे में थी और जब तक हुबली पहुँची, वे अग्नि में समाधिस्थ हो चुकी थीं। मैं केवल उनकी राख और दीवार पर चित्र के ही दर्शन कर पाई। मेरी स्मृति में अव्वा की एक सक्रिय, खुशदिल, मददगार और प्यारी महिला की छवि अंकित है।

अव्वा के अंतिम निर्देश के आधार पर मेरी चाची ने कुमकुम की डिबिया मुझे सौंप दी और मैंने उसे पुराने खजाने की भाँति तिजोरी में सहेजकर रख दिया; परंतु मैं उसको कभी-कभार ही इस्तेमाल करती थी, क्योंकि तब तक भारतीय बाजार में स्टिकर बिंदियों ने तहलका मचा दिया था।

समय गुजरने के साथ मैंने गहन अध्ययन प्रारंभ कर दिया और बौद्ध धर्म के प्रति पूर्णरूपेण मुग्ध हो गई। बुद्ध के करुणापूर्ण हृदय ने मुझे इतना विचलित कर दिया कि मैं उसे व्यक्त नहीं कर सकती और यह भी जाना कि उन्होंने प्रसिद्ध मध्य मार्ग क्यों लिया था। बुद्धिज्म का प्रतिनिधित्व एक चक्र एवं दो हिरणों द्वारा किया जाता है। सारनाथ ने बुद्ध के जीवन में महत्त्वपूर्ण भूमिका अदा की थी और वाराणसी से कुछ किलोमीटर की दूरी पर स्थित हिरण उद्यान में उन्होंने अपना प्रथम धर्मोपदेश दिया था। तभी मुझे ज्ञात हुआ कि वरुणा और अस्सी नदियों के उस स्थान पर गंगा से संगम होने के कारण शहर को अपना नाम 'वाराणसी' मिला। चिरकाल से इसे एक पवित्र स्थान माना जाता है।

सन् 629 में चीनी यात्री ह्वेनसांग ने भारत की यात्रा की तो उसने मंदिरों, नदिकाओं और क्षेत्रीय धनाढ्यता के साथ वाराणसी का बड़े विस्तार से वर्णन किया; परंतु अधिक व्यस्त दिनचर्या के कारण यह मेरी प्राथमिकताओं की सूची में निचले पायदान पर था।

सन् 1995 में दीपावली के त्योहार के दौरान मुझे पुस्तक के रूप में एक उपहार प्राप्त हुआ। डायना एल. ऐक द्वारा लिखित उस पुस्तक का नाम था—'बनारस : सिटी ऑफ लाइट'। मैंने त्योहारों की अफरा-तफरी समाप्त होने के बाद पढ़ने के इरादे से एक तरफ रख दिया।

उस वर्ष मेरे परिवार ने परंपरागत आरती के साथ दीपावली मनाने का निर्णय लिया। मैंने शयनकक्ष में जाकर पुरानी आलमारी खोली। पूजा के लिए चाँदी की प्लेट खोजनी शुरू की, तभी अचानक मुझे कुमकुम की डिबिया दिखाई पड़ी। उसे देखते ही मुझे अव्वा की याद आ गई और मैं प्लेट खोजना भूल गई। मैंने धीरे से डिबिया निकाली और उनके कुमकुम लगाने की विधि का स्मरण किया। मैंने उन्हें काशी समाराधने हेतु सजते देखा और याद किया कि किस प्रकार हम दोनों लंच के लिए एक साथ पैदल गई थीं। तब मैंने कुमकुम भरनी देने के लिए दादी को बहुत परेशान किया था। काशी की पवित्रता में वे हृदय से विश्वास करती थीं, परंतु उन्होंने काशी की यात्रा कभी नहीं की और न ही कभी नहीं जा पाने का कोई अफसोस किया। मैंने अपने बारे में विचार किया, 'काशी जाना अब उतना कठिन नहीं है। इसके अलावा मेरे पास डायना की पुस्तक थी। वहाँ जाने से पूर्व शहर को समझने में यह मेरी सहायता करेगी। जो भी हो, अपनी दादी के लिए मैं यह यात्रा करूँगी…।'

मेरी माँ ने मुझे पुकारते हुए कहा, "तुम अंदर ध्यान कर रही हो क्या? यहाँ सब लोग तुम्हारी प्रतीक्षा कर रहे हैं।"

मैंने फुरती से चाँदी की प्लेट खोजकर कुमकुम भरनी के साथ माँ को थमा दिया।

उन्होंने कहा, "अति सुंदर! यह मेरी माँ की कीमती धरोहर है! आज प्रार्थना के दौरान उनकी भावना हमारे साथ रहेगी।"

त्योहारों का मौसम समाप्त होने के बाद मैंने डायना की पुस्तक पढ़नी शुरू की। वस्तुत: वह हॉर्वर्ड में लेखिका की पी-एच.डी. थीसिस थी। वह एक विदेशी महिला थी और हमारे देश में धर्मस्थलों का अध्ययन करने हेतु यहाँ तीन वर्ष रही। और एक मैं थी, जो यहाँ कुछ नहीं कर रही थी। मुझे अपने आप पर शर्म आई। पुस्तक ने मुझे शीघ्रातिशीघ्र काशी जाने की प्रेरणा दी, ताकि मैं अपने बाल्यकाल की जिज्ञासा और दादी की इच्छा पूर्ण कर सकूँ।

फरवरी 1996 में मैं अकेले वहाँ पहुँच गई। एक होटल में ठहरी और शहर के कोने में स्थित भगवान् विश्वनाथ के मंदिर में दर्शन किए। अच्छी तरह नहा-धोकर वहाँ एकत्र हुए भक्तों द्वारा तीन बिल्व पत्रों से उनकी पूजा की जाती थी। मंदिर के निकट कँटीले तारों से घिरी ज्ञानवापी मसजिद है, जहाँ सुरक्षा हेतु बंदूकधारी प्रहरी तैनात रहते हैं। मेरे मानस-पटल पर उस स्थान की एक भिन्न छवि अंकित थी, जिसे देखकर मुझे थोड़ी निराशा हुई; परंतु सारे देश से पधारे विभिन्न आयु वर्ग के लोगों की आस्था देखकर मैं अचंभित थी।

मंदिर में भगवान् विश्वनाथ के दर्शन के बाद मैं मणिकर्णिका घाट देखने गई, जहाँ असंख्य शवों का प्रतिदिन अंतिम संस्कार किया जाता है। बढ़ती साक्षरता एवं बदलती संस्कृति के बावजूद लोगों का दृढ़ विश्वास है कि काशी में मृत्यु होने से स्वर्ग प्राप्त होता है। मैंने कुछ और घाटों की यात्रा भी की और उस पवित्र नगर की गंदगी देखकर दंग रह गई। मैं पं. मदन मोहन मालवीय के एकल प्रयासों से स्थापित बनारस हिंदू विश्वविद्यालय देखने भी गई और हिंदुस्तानी रागों को मनमोहक चित्रों के माध्यम से प्रस्तुत करनेवाले सुंदर संग्रहालय देखे।

मैंने अन्नपूर्णा देवी, भैरवनाथ, संकट मोचन के नाम से प्रसिद्ध हनुमान मंदिर—जहाँ भक्तों से अधिक मंदिरों की संख्या रहती है—सहित छोटे-बड़े अगणित मंदिरों की पैदल यात्रा की। यद्यपि मेरे आस-पास बहुतायत में काले धागे बिक रहे थे, परंतु विश्वास न होने के कारण मैंने एक भी नहीं खरीदा। पवित्र गंगाजल विभिन्न आकृति एवं आकारों में प्रचुर मात्रा में बिक्री हेतु उपलब्ध था। आज भी उसे पवित्र ही माना जाता है।

काशी की छोटी गलियों में मैं उद्देश्यहीन, परंतु प्रसन्न होकर घूमी। सुंदर दृश्यों एवं मोहक साड़ियों ने मुझे अपनी ओर आकर्षित किया। भव्य बनारसी साड़ी ग्रीक, रोमन और भारतीय बुनावट की अद्भुत खोज है। मैं जब भी विदेश जाती हूँ, मेरी भेंट ऐसे लोगों से होती है, जो बॉर्डर, कीमती जरी एवं पल्लू देखकर खुश होते हैं। जो भी उसे पहनता है, उसकी राजसी छवि दृष्टिगोचर होती है।

अद्भुत बनारसी साड़ियाँ काशी का गौरव हैं, जो वर्षों से परिवर्तित होते रहने के बावजूद आज भी आकर्षक बनी हुई हैं। मैंने भी अपने लिए सायंकाल में पहनने के लिए उपयुक्त एक खाकी चमकीली एवं अव्वा की तरह गहरे हरे रंग की बनारसी साड़ी खरीदने की योजना बनाई। विक्रेताओं ने मुझे एवं अन्य राहगीरों को आवाज दी। साड़ी की खरीदारी मुझे अत्यंत प्रिय है, परंतु तभी मैंने अपना इरादा बदल दिया। मैंने सोचा, 'ऐसी भी क्या जल्दी है! कल कुछ अधिक साड़ियाँ देखकर खरीद लूँगी।' अतः मैं छोटी-मोटी खरीदारी करने निकल गई।

तब मैं वापस घाटों की ओर गई और अंत में व्यस्त दशाश्वमेध घाट पहुँची। वहाँ एकत्र भीड़ संध्या आरती की तैयारी कर रही थी। मैंने पर्यटकों पर नजर दौड़ाई। वे न केवल भिन्न राज्यों, बल्कि भिन्न देशों से भी आए थे। वे अपने निकटस्थ क्षेत्रों की तसवीरें ले रहे थे। गंदगी, तंग गलियाँ और उनकी ऐकांतिक समीपता से वे कदापि परेशान नहीं थे। साधु अर्द्ध ध्यान में थे और अधिकतर श्रद्धालु गंगा में डुबकी लगाने की तैयारी कर रहे थे। उन्हें देखकर मैं आकर्षित हुई। 'मैं भी गंगा में स्नान क्यों नहीं कर सकती। संभवतः मैं भी गंगा में त्रयांजलि नीर का अर्घ्य देकर काशी का अपना अनुभव पूर्ण कर लूँ।'

आस-पास का कचरा देखकर मेरे मन में दूसरा विचार आया। मैं वहाँ डुबकी नहीं लगाना चाहती थी। मुझे गंगा घाट के समीप रहनेवाले अपने एक पुराने मित्र अजय की याद आई। मैं उससे अपने लिए उपयुक्त कम भीड़भाड़वाले किसी अधिक स्वच्छ स्थान के बारे में जानकारी प्राप्त करना चाहती थी।

मैंने पास में ही एक लैंडलाइन देखकर उसे फोन किया। चूँकि मैंने अपनी यात्रा की पूर्व सूचना उसे नहीं दी थी, अत: उसका रुष्ट होना स्वाभाविक था। उसने मुझे यथास्थान बने रहने का सख्त निर्देश दिया और कुछ ही मिनटों में वह अपने स्कूटर से वहाँ पहुँच गया।

उसने जोर देकर कहा, ''जब तुम्हारा मित्र इसी शहर में रहता है तो तुम होटल में क्यों ठहरी हो? तुम्हें तत्काल मेरे घर चलना होगा।''

मैं राजी हो गई। उसके स्नेहिल आतिथ्य को अस्वीकार करने का मेरे पास कोई कारण नहीं था।

मैं उसकी हवेली में शिफ्ट हो गई। उसमें तीन परिवार रहते थे। प्रत्येक परिवार की अलग रसोई थी। एक विशाल भवन में वे अपने अलग खंडों में रहते थे। अजय के हिस्सेवाले घर से शाम की रोशनी में गंगा का चमकता हुआ दृश्य दिखाई देता था।

उसकी पत्नी निशि ने काशी की स्वादिष्ट मिठाइयों, बहुमूल्य भोजन एवं पान से मेरा सत्कार किया। बाद में वह मुझे हिंदुस्तानी संगीत समारोह में ले गया और उस्ताद बिस्मिल्लाह खाँ एवं पं. रविशंकर जैसे काशी के महान् संगीतकारों के विषय में बताया। उसने बताया कि काशी संगीत-प्रेमियों का भी प्रिय स्थान है। शहर यद्यपि गंदा था, परंतु जीवन एवं संस्कृति से ओत-प्रोत था।

प्रात:काल भोर में ही मैं पवित्र डुबकी लगाने गंगा घाट पहुँच गई। मैं सीढ़ियों पर बैठ गई और उसके बाद कंधों तक जल में प्रविष्ट हो गई। सर्दी से मैं हतप्रभ थी और मेरे शरीर को नए तापमान से अभ्यस्त होने में थोड़ा समय लगा।

मैंने हथेलियों में थोड़ा जल लिया और मेरा मन तत्काल वापस अव्वा के पास पहुँच गया। वे मुझे हरी साड़ी और पीला ब्लाउज पहने दिखाई पड़ीं, मानो वे बड़े प्यार से मुझे देखते हुए गंगा के त्रयांजलि नीर के विषय में बता रही हों। मैंने देखा कि काका सूर्यास्त के समय बरामदे में बैठे हुए मुझसे कह रहे हैं कि काशी की यात्रा करनेवाले व्यक्ति का निर्णय भगवान् विश्वनाथ ही

करते हैं। मेरे वृद्ध दादा-दादी को इस शहर एवं गंगा से कितना प्यार था! मेरी आँखों में आँसू आ गए। मैं भाग्यशाली हूँ कि मुझे ऐसे शांत एवं दृढ़ विश्वासी दादा-दादी मिले।

मैंने सोचा, 'काशी की यात्रा अब कितनी आसान है।' मैंने बेंगलुरु से दिल्ली के लिए उड़ान भरी और उसके बाद दिल्ली से वाराणसी—यानी मात्र पाँच घंटे में पहुँच गई। अब वहाँ काशी समाराधने या पवित्र जल अथवा काला धागा वितरित करने की कोई परंपरागत प्रथा नहीं है। उसके लिए किसी के पास न तो समय है और न ही झुकाव।

मैंने उदीयमान सूर्य की ओर निहारा और वापस अतीत से वर्तमान में आ गई। मैंने प्रथमांजलि ली और स्वयं से कहा, 'हे गंगा! सूर्यदेव को साक्षी मानकर यह जल मैं अपने दादा-दादी की ओर से अर्पित कर रही हूँ। वे इस समय जहाँ कहीं भी हों, उनकी आत्मा को शांति मिले और वे प्रसन्न रहें।'

मैंने राहत महसूस की और अपने दादा-दादी की इच्छा पूर्ण की; यद्यपि उन्होंने वैसा करने के लिए कभी नहीं कहा।

तब मैंने द्वितीयांजलि में पुनः जल लिया और सस्वर बोली, 'हे गंगा! सूर्यदेव को साक्षी मानकर मैं कहती हूँ कि आप हमारे देश की जीवन-रेखा हैं। आपने अपने तट पर अनेक साम्राज्यों का उत्थान एवं पतन देखा है। इस धरती पर जन्म लेने हेतु मैं गौरवान्वित एवं कृतज्ञ हूँ। आप निरंतर समृद्ध हों। आपकी सेवा में अर्पित करने हेतु मेरे पास इस अंजलि भर जल के अतिरिक्त कुछ भी नहीं।'

तृतीयांजलि में मैंने अपने दादा के शब्दों का स्मरण किया, 'अपनी प्रिय वस्तु का त्याग कर दो।'

'मुझे स्वयं को किस चीज से अलग करना चाहिए?' मैं चकित थी। मुझे जीवन, रंगों, आकृतियों, प्रकृति, संगीत, कला, अध्ययन, खरीदारी—विशेषतया साड़ियों की—से अधिक प्यार था। मटियाले रंगों का मेरा चयन लोकप्रिय था और कई वर्षों से साड़ियों के डिजाइन में बदलाव देखना मुझे प्रिय था। यदि काशी जानना चाहती है कि मैं किसे सर्वाधिक प्यार करती हूँ तो

हे गंगा! सूर्यदेव को साक्षी मानकर अन्न, दवाइयाँ, यात्रा, पुस्तकें एवं संगीत जैसी आवश्यक चीजों को छोड़कर अन्य समस्त प्रकार की खरीदारी का आज से मैं परित्याग करती हूँ। मैं अपने जीवन की अंतिम साँस तक इसे पूर्ण करूँगी।' कहकर मैंने अनुष्ठान पूर्ण किया और धीरे से अपनी हथेलियों का जल वापस गंगा में प्रवाहित कर दिया।

मुझे महसूस हुआ कि जैसे मेरे दादाजी यहीं कहीं अभी-अभी मुसकराए हों। कुछ मिनट बाद मैं जल से बाहर निकल तौलिया लपेटकर सीढ़ियों पर बैठ गई।

इस प्रकार अब साड़ी के प्रति मुझे कोई लगाव नहीं रहेगा और मेरी कोई भी सहेली वैवाहिक खरीदारी हेतु अब मुझसे अनुरोध नहीं करेगी। मैं अपना व्रण पूरा कर पाने के प्रति चिंतित थी, क्योंकि उस दिन मैंने काशी में बनारसी साड़ियाँ खरीदने की योजना बनाई थी। मैं आश्चर्यचकित थी कि खरीदारी त्यागने की प्रेरणा तात्कालिक थी या किसी प्रकार पूर्व निर्धारित थी। आज के दिन मैं नहीं जानती।

मैं खड़ी हुई, कपड़े बदले और अव्वा की भरनी से कुमकुम पाउडर निकालकर माथे पर लगाया। यह बीस वर्ष पुरानी बात है।

सत्य यह है कि प्रण-मुक्ति का द्वार सिद्ध हुआ। समय के साथ संग्रह की इच्छा समाप्त हो गई। वर्ष में एक बार मेरी कुछ जानी-मानी सहेलियाँ और बहनें अपनी पसंद की साड़ियाँ देतीं और मैं लंबे समय तक उन्हें प्रसन्नतापूर्वक पहनती रही। समय बीतने के साथ मेरी उसमें भी रुचि समाप्त हो गई और मैंने उनसे अनुरोध किया कि अब वे मुझे उपहार-स्वरूप कुछ भी न दें।

उस अंतिमांजलि नीर ने मेरे जीवन को हमेशा के लिए बदल दिया। □

5

कैटल क्लास

गत वर्ष मैं लंदन के हीथ्रो अंतरराष्ट्रीय हवाई अड्डे पर विमान में बैठने वाली थी। आमतौर पर मैं साड़ी पहनती हूँ, परंतु जब विदेश में होती हूँ तो यात्रा करते समय सलवार-कमीज पहनती हूँ। अतः एक वरिष्ठ नागरिक के रूप में परंपरागत भारतीय परिधान में टर्मिनल के द्वार पर थी।

चूँकि बोर्डिंग शुरू नहीं हुई थी, मैं बैठकर अपने इर्द-गिर्द नजर दौड़ाने लगी। वह बेंगलुरु जानेवाली उड़ान थी, अतः मैंने लोगों को कन्नड़ में बातचीत करते सुना। मैंने अपनी आयु के अनेक दंपतियों को देखा, जो अपने बच्चों की प्रसव या नया घर खरीदने में सहायता करके अमेरिका या इंग्लैंड से वापस आ रहे थे। मैंने कुछ ब्रितानी कारोबारियों को भारत की प्रगति के विषय में परस्पर बातचीत करते देखा। कुछ किशोर वय के लड़के-लड़कियाँ अपने हाथों के गैजेट्स में व्यस्त थे, जबकि छोटे बच्चे द्वार के समीप उछल-कूद कर रहे थे।

कुछ मिनटों बाद बोर्डिंग की घोषणा हुई और मैं पंक्ति में खड़ी हो गई। मेरे आगे भारतीय-पाश्चात्य सिल्क परिधान में सजी-धजी, ऊँची एड़ी की चप्पल पहने और गुक्की का हैंडबैग लिये एक महिला खड़ी थी। उसके बाल सँवरे हुए थे और उसकी सहेली कीमती सिल्क की साड़ी, मोतियों की माला तथा उसी से मिलती-जुलती बालियाँ एवं हीरे की चूड़ियाँ पहने आगे खड़ी थी।

मैंने पास लगी वेंडिंग मशीन की ओर देखा और पंक्ति से निकलकर थोड़ा पानी लेने के लिए सोचने लगी।

अचानक तभी मेरे आगे खड़ी महिला ने मेरी ओर बड़ी दयनीय दृष्टि से देखा। अपना हाथ बढ़ाते हुए उसने कहा, ''क्या मैं आपका बोर्डिंग पास देख सकती हूँ, प्लीज ?''

मैं उसे अपना पास देने ही वाली थी; पर चूँकि वह एयरलाइन कर्मी नहीं थी, मैंने पूछा, ''क्यों ?''

''यह पंक्ति केवल बिजनेस क्लास के यात्रियों की है।'' बड़े आत्मविश्वासपूर्वक कहते हुए उसने इकोनॉमी क्लास की लाइन की ओर उँगली से संकेत किया। उसने कहा, ''तुम्हें वहाँ खड़ी होना चाहिए।''

मैं उसे बताने ही वाली थी कि मेरे पास बिजनेस क्लास का टिकट है, परंतु कुछ सोचकर मैं ठिठक गई। मैं यह जानना चाहती थी कि मैं उसे बिजनेस क्लास में यात्रा करने योग्य क्यों नहीं लग रही ? अत: मैंने दोहराते हुए पूछा, ''मुझे वहाँ क्यों खड़ी होना चाहिए ?''

वह शरमाई। ''मैं समझाती हूँ तुम्हें। इकोनॉमी और बिजनेस क्लास के टिकट की कीमत में भारी अंतर है। बिजनेस क्लास का किराया दो-ढाई गुना अधिक है।''

उसकी सहेली ने टोकते हुए कहा, ''मैं सोचती हूँ, तीन गुना अधिक है।''

''सही बात है।'' महिला ने कहा, ''इसीलिए बिजनेस क्लास टिकट के साथ कुछ विशेष सुविधाएँ जुड़ी हुई हैं।''

उसे भ्रमित करने हेतु मैंने अनजान बनते हुए कहा, ''सचमुच! आप किन सुविधाओं की बात कर रही हैं ?''

उसने खीझते हुए कहा, ''हमें दो बैग ले जाने की अनुमति है, लेकिन तुम केवल एक बैग ही ले जा सकती हो। हम विमान में दूसरी, कम भीड़वाली पंक्ति से चढ़ सकते हैं। हमें बढ़िया खाना और सीटें दी जाती हैं। हम सीटों को फैलाकर उनपर सीधे लेट सकते हैं। हमारे सामने टी.वी. लगा होता है और थोड़े से यात्रियों हेतु चार प्रसाधन हैं।''

उसकी सहेली ने बात को आगे बढ़ाते हुए कहा, ''हमारे बैग की जाँच

के लिए प्राथमिकता की सुविधा उपलब्ध है, जिसका अर्थ है कि पहुँचने पर हम पहले बाहर आ सकते हैं और उसी विमान में कई बार आ-जा सकते हैं।''

''अब अगर तुम्हें फर्क समझ में आ गया हो तो जाकर इकोनॉमी क्लास की लाइन में लग जाओ।'' महिला ने जोर देकर कहा।

''लेकिन मैं वहाँ नहीं जाना चाहती। मैं तो यहीं रहूँगी।''

महिला अपनी सहेली की ओर मुड़कर बोली, ''इन कैटल क्लासवाले लोगों के साथ बहस करना मुश्किल है। स्टाफ को आने दो, वही समझाएगा कि इसे कहाँ जाना चाहिए। यह हमारी बात नहीं सुनेगी।''

मैं क्षुब्ध नहीं हुई। 'कैटल क्लास' नामक शब्द अतीत के एक धमाके जैसा था, जिसने मुझे एक अन्य घटना की याद दिला दी।

एक दिन मैं अपने गृह नगर बेंगलुरु में संभ्रांत लोगों की पार्टी में गई। वहाँ बहुत सारे रईस और समाज-सेवी लोग मौजूद थे। मैं किसी से कन्नड़ में बात कर रही थी। तभी एक आदमी वहाँ आया और बड़ी विनम्रता से धीरे से मुझसे अंग्रेजी में बोला, ''क्या मैं आपको अपना परिचय दे सकता हूँ? मैं...''

वास्तव में वह मुझे कन्नड़ में बोलते देखकर समझ रहा था कि मुझे अंग्रेजी समझने में कोई परेशानी है।

मैंने मुसकराते हुए कहा, ''आप मुझसे अंग्रेजी में बात कर सकते हैं।''

''अरे!'' कहते हुए वह थोड़ा चकित हुआ—''मुझे खेद है। आपको कन्नड़ में बोलते हुए सुना तो मुझे लगा कि आपको अंग्रेजी बोलने में असुविधा है।''

''अपनी मातृभाषा जानने में किसी प्रकार की शर्म कैसी! वास्तव में, यह मेरा गौरव और अधिकार है। मैं अंग्रेजी में तभी बोलती हूँ, जब कोई कन्नड़ न समझ सकता हो।''

हवाई अड्डे पर लगी कतार आगे बढ़ने लगी और मैं अपने अतीत से वर्तमान में लौट आई। मुझसे आगे खड़ी दोनों महिलाएँ आपस में कानाफूसी करते हुए कह रही थीं, ''अब इसे दूसरी पंक्ति में भेजा जाएगा। हम इसे बड़ी देर से समझाने की कोशिश कर रही थीं, लेकिन इसने हमारी बात सुनने से इनकार कर दिया।''

परिचारिका को मेरा बोर्डिंग पास दिखाने का नंबर आया तो मैंने देखा कि वे दोनों महिलाएँ दूर खड़ी होकर मेरे साथ होनेवाले व्यवहार का दृश्य देखने की प्रतीक्षा कर रही थीं। परिचारिका ने मेरा पास देखा और चहकते हुए बोली, ''आपका पुन: स्वागत है! हम पिछले सप्ताह मिले थे, नहीं?''

"हाँ।" मैंने उत्तर दिया।

वह मुसकराते हुए अगले यात्री की ओर बढ़ गई।

घटना को नजरअंदाज करने की नीयत से मैं उन महिलाओं से आगे निकल गई, लेकिन तभी मैंने अपना इरादा बदला और वापस आ गई। मैंने उनसे पूछा, "कृपया आप मुझे यह बताइए कि आपने कैसे सोचा कि मैं बिजनेस क्लास का टिकट नहीं खरीद सकती? अगर सचमुच मेरे पास वह नहीं होता तो भी आपको मेरे खड़े होने का स्थान बताने का क्या अधिकार था? क्या मैंने आपसे काई सहायता माँगी थी?''

वे अवाक् होकर मुझे देखने लगीं।

''आपने 'कैटल क्लास' शब्द का प्रयोग किया। क्लास का अर्थ बहुत धनाढ्य होना नहीं है।'' मैं उनके होश ठिकाने लगाने के लिए अपने आपको रोक नहीं पाई और बोलती गई, ''पैसे कमाने के दुनिया में अनेक गलत रास्ते हैं। आप सुख-सुविधा खरीदने के लिए अमीर हो सकती हैं, लेकिन वही पैसा आपकी क्लास को परिभाषित नहीं कर सकता और न ही आपको उसे खरीद पाने की क्षमता प्रदान करता है। मदर टेरेसा अत्यंत उच्च श्रेणी की महिला थीं। इसी प्रकार मंजुल भार्गव और भारतीय मूल के अनेक महान् गणितज्ञ हैं। यह संकल्पना अब पुरानी हो चुकी है कि अमीर होने से आपका दर्जा भी ऊँचा हो जाता है।''

उत्तर की प्रतीक्षा किए बिना मैं आगे बढ़ गई।

लगभग आठ घंटे बाद मैं अपने गंतव्य स्थल पर पहुँच गई। कार्य दिवस होने के कारण मैं अविलंब अपने कार्यालय के लिए निकल पड़ी, क्योंकि वहाँ मेरा सारा दिन अनेक बैठकों में व्यस्त रहने वाला था।

कुछ घंटों बाद मैं अत्यधिक थक गई, अत: मैंने अपने कार्यक्रम निदेशक

से अनुरोध किया कि आखिरी मीटिंग वह खुद सँभाल ले।

''मुझे अत्यंत खेद सहित कहना पड़ रहा है कि उस चर्चा में अपकी उपस्थिति अनिवार्य है।'' उसने उत्तर दिया, ''हमारी बैठक संगठन की प्रमुख कार्यकारी अधिकारी के साथ है और वह आपसे व्यक्तिगत तौर पर मिलना चाहती हैं। वह पिछले कुछ महीनों से मेरे संपर्क में हैं और यद्यपि उन्हें हमारे निर्णय से अवगत करा दिया गया है, फिर भी वह महसूस करती हैं कि उनसे मिलने के बाद आपका निर्णय बदल जाएगा। मैंने उन्हें सूचित कर दिया है कि आप चाहे किसी से भी मिलें, यह निर्णय उलटा नहीं जा सकता; किंतु उन्हें मेरी बात पर यकीन नहीं है। अतः मैं आपसे निवेदन करती हूँ कि एक बार उनसे मिलकर इस अध्याय को समाप्त कर दें।''

मेरे लिए यह स्थिति कोई नई नहीं थी, अतः मैं मिलने के लिए सहमत हो गई।

समय बड़ी तेजी से निकला जा रहा था और मुझे अभी उस दिन की अंतिम बैठक में जाना था। तभी मुझे एक आपातकालिक फोन मिला।

मैंने कार्यक्रम निदेशक से कहा, ''बैठक शुरू करो, मैं थोड़ी देर में आ जाऊँगी।''

पंद्रह मिनट बाद जब मैंने सम्मेलन कक्ष में प्रवेश किया तो प्रस्तुति के मध्य में उन्हीं महिलाओं को देखा, जो मुझे हवाई अड्डे पर मिली थीं। उन्हें साधारण वस्त्रों में देखकर मैं चकित रह गई। एक ने खादी की साधारण साड़ी और दूसरी ने मामूली सलवार-कमीज पहन रखी थी। वस्त्र रूढ़ि के द्योतक हैं, इसके साक्षात् दर्शन मुझे उस दिन हुए। जैसे विवाह के अवसर पर किसी से बढ़िया सिल्क पहनने की अपेक्षा की जाती है, सामाजिक कार्यकर्ताओं से हमेशा अनिवार्यतः सादे वस्त्रों में दिखाई देने की उम्मीद की जाती है। जैसे ही उनमें से एक स्त्री ने मुझे देखा, एक विचित्र खामोशी छा गई; परंतु मैंने उसे पल भर में अनदेखा करते हुए प्रस्तुति जारी रखी, मानो कुछ हुआ ही न हो।

"इस गाँव में मेरे कॉफी के बागान हैं। बागान के सभी कर्मचारियों के बच्चे समीप के सरकारी स्कूल में जाते हैं। उनमें से कई कुशाग्र एवं बुद्धिमान

हैं; परंतु स्कूल में सुविधाएँ नहीं हैं। स्कूल की इमारत की छत और यहाँ तक कि पीने का स्वच्छ जल भी नहीं है। न वहाँ बेंच हैं, न प्रसाधन और न ही पुस्तकालय। आप स्कूल में बच्चों को स्वयं देख सकती हैं।...''

मैंने वाक्य को पूरा करते हुए कहा, ''लेकिन शिक्षक भी नहीं हैं।''

उसने मुसकराते हुए सिर हिलाया। ''हम न्यास (फाउंडेशन) से निवेदन करते हैं कि वह उदारतापूर्वक विद्यालय में एक सभागार सहित उचित सुविधाएँ उपलब्ध कराए, ताकि गरीब बच्चे बड़े स्कूल में प्राप्त होनेवाली आवश्यक सुविधाओं का आनंद ले सकें।''

मेरी कार्यक्रम निदेशक कुछ बोलने को हुई, तभी मैंने उसे इशारे से रोक दिया।

मैंने पूछा, ''स्कूल में कुल कितने बच्चे हैं?''

''लगभग 250।''

''उनमें से बागान कर्मचारियों के कितने बच्चे हैं?''

''सभी।'' उसने बड़े गर्व से बताया कि मेरे पिताजी जब विधायक थे, तभी उन्होंने विद्यालय की स्वीकृति ली थी।

''हमारा फाउंडेशन केवल उन्हीं जरूरतमंदों की सहायता करता है, जिनका कोई देवपिता (गॉडफादर) या देवमाता (गॉडमदर) नहीं है। सड़क पर रहनेवाले गृह-विहीन मनुष्य या दिहाड़ी श्रमिक के विषय में सोचिए। उनमें से अधिकतर का कोई नहीं है, जो मुसीबत में उनकी मदद कर सके। हम ऐसे लोगों के बच्चों की सहायता करते हैं। बागान के कर्मचारी आपके कारोबार की समृद्धि में सहायक हैं और उसके बदले उनकी सहायता का भार आप स्वयं वहन कर सकते हैं। वस्तुतः यह सब करना आपका ही दायित्व है। उनकी सहायता करने से आगे चलकर आपको स्वयं सहायता प्राप्त होगी; परंतु केवल वंचितों, उपेक्षितों के संपूर्ण हित हेतु चलाई जा रही परियोजनाओं की सहायता करना फाउंडेशन की आंतरिक नीति है। संभव है कि यह विचार 'कैटल क्लास' की समझ से परे हो।''

दोनों स्त्रियाँ हतप्रभ होकर एक-दूसरे का मुँह ताकने लगीं।

मैंने अपनी कार्यक्रम निदेशक की ओर देखकर कहा, ''मैं तुम्हें एक कहानी सुनाना चाहती हूँ।''

मैं उसके हैरान-परेशान चेहरे को देखकर समझ सकती थी कि इतनी गंभीर चर्चा के बीच कहानी?

मैंने कहानी शुरू की, ''जॉर्ज बर्नार्ड शॉ अपने समय के महान् चिंतक थे। एक दिन एक ब्रितानी क्लब में उनके सम्मान में रात्रिभोज का प्रबंध किया गया। क्लब के नियमानुसार पुरुषों के लिए सूट और टाई पहनना अनिवार्य था। संभवत: उन दिनों क्लास की यही परिभाषा थी।

''बर्नार्ड शॉ अद्भुत व्यक्ति थे। वे क्लब में अपनी सामान्य एवं आकस्मिक वेशभूषा में पधारे। उन्हें देखकर द्वारपाल ने बड़ी विनम्रता से कहा, 'क्षमा करें महोदय, मैं आपको परिसर में प्रवेश करने की अनुमति नहीं दे सकता।'

" 'क्यों नहीं?'

" 'आप क्लब के ड्रेस कोड का पालन नहीं कर रहे हैं, सर।'

"बर्नार्ड शॉ ने पूर्णतया उचित स्पष्टीकरण देते हुए कहा, 'वह तो ठीक है, परंतु यह भोज मेरे सम्मान में आयोजित किया गया है। अत: यहाँ महत्त्व मेरे शब्दों का है, मेरे परिधान का नहीं।'

" 'चाहे जो भी हो सर, मैं आपको इन कपड़ों में अंदर नहीं जाने दूँगा।'

" 'उन्होंने द्वारपाल को सहमत करने का भरपूर प्रयास किया, परंतु वह टस-से-मस न हुआ। अत: शॉ वापस अपने घर गए और उचित कपड़े पहनकर क्लब में प्रविष्ट हुए।

''थोड़ी देर में कक्ष भर गया और लोग उनके भाषण की प्रतीक्षा में बैठ गए। वे श्रोताओं को संबोधित करने हेतु उठे, परंतु पहले अपना कोट और टाई उतारकर एक कुरसी पर रख दिया। उन्होंने घोषणा की, 'आज मैं कुछ बोलने नहीं जा रहा।'

"श्रोताओं में अप्रत्याशित बड़बड़ाहट शुरू हो गई। उन्हें व्यक्तिगत रूप से जाननेवाले कुछ लोगों ने उनसे उनके चरित्र के विपरीत व्यवहार का कारण पूछा।

''शॉ ने कुछ देर पहले हुई घटना को उद्धृत करते हुए कहा, 'जब मैंने कोट और टाई पहनी, तभी मुझे अंदर आने की अनुमति मिली। मेरा मन मेरे कपड़ों से कदापि प्रभावित नहीं होता। इसका अर्थ यह है कि आप सबके लिए, जो इस क्लब के संरक्षक हैं, मेरे विचारों की अपेक्षा मेरे कपड़े अधिक महत्त्वपूर्ण हैं। अतः मेरा स्थान मेरे कोट और टाई को लेने दीजिए।' इतना कहकर वे कमरे से बाहर निकल गए।''

मैंने खड़े होते हुए कहा, ''बैठक समाप्त हुई।'' सरसरी तौर पर नमस्कार करके मैं वापस अपने कक्ष में लौट गई।

मेरी कार्यक्रम निदेशक ने मेरा अनुसरण किया, ''स्कूल के विषय में आपका निर्णय सही था। परंतु दूसरी कहानी क्या है और इस समय उसकी क्या प्रासंगिकता थी? यह कैटल-क्लास बिजनेस क्या है? मैं कुछ भी नहीं समझ सकी!''

उसके वाजिब संदेह पर मैं मुसकराई—''केवल कैटल क्लासवाले ही समझेंगे कि पीछे क्या हुआ। तुम उसके विषय में चिंता मत करो।''

□

6

एक अलिखित जीवन

सन् 1943 में मेरे पिताजी महाराष्ट्र और कर्नाटक राज्यों की सीमा पर स्थित चंदागढ़ नामक गाँव की छोटी सी डिस्पेंसरी में युवा चिकित्सक के रूप में नियुक्त थे। वहाँ वर्ष में आठ महीने निरंतर वर्षा होती रहती है और शेष चार महीनों में वृक्षों की कटाई का कार्य होता है। गाँव चारों ओर से घने जंगल से घिरा था, जिसकी आबादी नगण्य थी। चूँकि ब्रिटिश अधिकारी जंगल में शिकार करने जाते थे, अत: उनकी सुविधा के लिए एक छोटा क्लीनिक खोला गया था। कोई भी ग्रामीण वहाँ नहीं जाता था, क्योंकि वे स्थानीय दवाओं एवं जड़ी-बूटियों को प्राथमिकता देते थे। इस तरह उस क्लीनिक में मेरे पिता को छोड़कर कोई और व्यक्ति नहीं था।

अपने स्थानांतरण के एक सप्ताह पश्चात् मेरे पिताजी वहाँ ऊबने लगे। उन्हें पुणे के जीवंत शहर से उठाकर इस निर्जन एवं एकांत स्थान पर पटक दिया गया था। बाहरी दुनिया से उनका कोई संपर्क नहीं था। उनका एकमात्र साथी दीवार पर टँगा कैलेंडर था। कभी-कभी वे टहलने के लिए बाहर निकल जाते; परंतु जंगल में बाघों के गुर्राने का शोर सुनकर डर जाते और यथाशीघ्र अपने क्लीनिक में लौट आते थे। उनके लिए रात में डरकर बाहर न निकलना कोई आश्चर्यजनक बात नहीं थी, क्योंकि जमीन पर अकसर साँप रेंगते दिखाई देते थे।

सर्दियों की एक सुबह अपने मुख्य द्वार के बाहर उन्होंने किसी के जोर-जोर से साँस लेने की आवाज सुनी। उन्होंने हिम्मत करके खिड़की से झाँका। उन्होंने देखा कि उनके बरामदे में एक मादा शेरनी अपने बच्चों के साथ पाँव

पसारे ऊँघ रही थी। डर के मारे पिताजी ने सारा दिन द्वार नहीं खोला। दूसरे दिन उन्होंने केवल खिड़की से झाँककर देखा तो बरामदे की छत से साँपों को रस्सियों की तरह लटकते पाया।

मेरे पिताजी यह दृश्य देखकर हैरान रह गए और सोचने लगे कि शायद किसी गलती की सजा के तौर पर उनका इस गाँव में ट्रांसफर किया गया है। इसके बावजूद वे स्थिति को बदल नहीं सकते थे।

एक रात जल्दी भोजन करके वे कैरोसिन लैंप की रोशनी में किताब पढ़ रहे थे और बाहर भीषण वर्षा हो रही थी।

अचानक उन्होंने दरवाजे पर दस्तक सुनी। वे चकित होकर सोचने लगे, 'इस समय कौन हो सकता है?'

द्वार खोलने पर ऊनी कंबल में लिपटे चार लठैतों को सामने खड़ा पाया। वे मराठी में बोले, ''डॉक्टर साहब, अपना बैग उठाइए और फौरन हमारे साथ चलिए।''

मेरे पिताजी को उनकी देहाती मराठी साफ समझ में नहीं आई। वे विरोध करते हुए बोले, ''क्लीनिक बंद हो चुका है और जरा समय तो देखिए!''

वे लोग कुछ भी सुनने को तैयार नहीं थे और उन्हें धकेलते हुए चीखकर बोले, "आपकी भलाई इसी में है कि चुपचाप हमारे साथ चलिए"

वे गूँगे मेमने की तरह उनके पीछे जाकर प्रतीक्षारत बैलगाड़ी में बैठ गए। घनी काली रात और मूसलधार वर्षा के बीच वे किसी अनहोनी की आशंका से भयभीत थे। उन्हें महसूस हुआ कि यात्रा में समय लग सकता है। अपने बचे-खुचे साहस के साथ उन्होंने पूछा, ''तुम लोग मुझे कहाँ ले जा रहे हो?''

किंतु कोई उत्तर नहीं मिला।

कुछ घंटों बाद बैलगाड़ी एक स्थान पर पहुँचकर खड़ी हो गई। लालटेन की रोशनी में एक आदमी उन्हें लेकर चल पड़ा। पिताजी ने आस-पास नजर दौड़ाई तो धान के खेतों के बीच उन्हें एक घर दिखाई पड़ा। घर में प्रवेश करते ही एक महिला का स्वर सुनाई दिया, ''आइए-आइए, मरीज इधर इस कमरे में है।''

उस गाँव में आने के बाद पहली बार उन्हें अपना हुनर दिखाने का मौका मिला। रोगी लगभग सोलह वर्ष की एक युवा लड़की थी। उसे प्रसव वेदना हो रही थी और उसके समीप एक बूढ़ी स्त्री खड़ी थी। उसे देखकर पिताजी के चेहरे का रंग उड़ गया। उन्होंने दूसरे कमरे में जाकर उसके परिवारवालों को समझाया, ''देखिए, मैं पुरुषों की चिकित्सा करनेवाला डॉक्टर हूँ और मुझे डिलीवरी कराने का कोई प्रशिक्षण नहीं मिला है। आपको हर हाल में किसी अन्य व्यक्ति को बुलाना होगा।''

परिवार कुछ भी सुनने को तैयार नहीं था। ''अन्य कोई विकल्प नहीं है। जो भी जरूरी हो, सब आपको ही करना होगा और हम आपको अच्छा पैसा देंगे। बच्चा जीवित या मृत किसी भी दशा में पैदा हो, परंतु लड़की को जरूर बचाना होगा।''

पिताजी ने तर्क देते हुए कहा, ''मेरी पैसे में कोई रुचि नहीं है। मेहरबानी करके अब आप मुझे जाने दीजिए।''

लठैतों ने पिताजी को लड़की के कमरे में धकेला और दरवाजे पर बाहर से ताला लगा दिया। पिताजी डर गए। वे जान गए कि अब कोई चारा नहीं है। उन्होंने कुछ प्रसूतियों में अपने मेडिकल कॉलेज के प्रोफेसरों के साथ सहायक के तौर पर काम किया था। इससे अधिक कुछ नहीं। वे नर्वस होकर अपने अतीत के अनुभव को याद करने लगे और उनकी चिकित्सा-भावना जाग उठी।

कमरे में कोई मेज भी नहीं थी, अतः उन्होंने बूढ़ी औरत को पुआल के गट्ठर लाने का संकेत किया, ताकि अस्थायी मेज बनाई जा सके। उसके बाद उन्होंने अपने बैग से रबड़ की शीट निकालकर पुआल के गट्ठरों पर डाल दी।

उन्होंने लड़की को उसके ऊपर लेटने और बूढ़ी औरत को पानी गरम करने की हिदायत दी। तब तक मरोड़ समाप्त हो चुकी थी और लड़की पसीने से बुरी तरह भीग चुकी थी। यही दशा डॉक्टर की भी थी। लड़की ने रोते हुए निरीह भाव से कहा, "आप मत बचाइए मुझे। मैं सारी रात इतनी पीड़ा नहीं सह सकती।"

''तुम कौन हो ?''

''मैं यहाँ के एक बड़े जमींदार की बेटी हूँ।'' बाहर इतनी तेज बारिश हो रही थी कि उनके लिए अंदर कुछ सुन पाना कठिन था—''चूँकि हमारे गाँव में कोई हाई स्कूल नहीं था, मेरे माता-पिता ने मुझे पढ़ने के लिए दूर के कस्बे में भेज दिया। वहाँ मुझे अपनी कक्षा के एक सहपाठी से प्यार हो गया। पहले मुझे मेरे गर्भवती होने का पता नहीं चला, परंतु ज्ञात होने पर मैंने उसकी सूचना गर्भस्थ बच्चे के पिता को दी, जो तत्काल भाग खड़ा हुआ। घटना की जानकारी मेरे परिवारवालों को होने तक काफी देर हो चुकी थी। इसलिए मेरे घरवालों ने भगवान् भरोसे मुझे इस अज्ञात स्थान पर भेज दिया, ताकि किसी को कुछ पता न चले।''

तेज मरोड़ उठने के कारण वह खामोश हो गई।

कुछ मिनटों बाद उसने कहा, ''डॉक्टर, मुझे इस बात का पक्का यकीन है कि बच्चा पैदा हो जाने के बाद मेरे परिवारवाले उसे मार डालेंगे और मेरी जमकर पिटाई करेंगे।'' उसकी आँखें भर आईं तो उसने पिताजी का हाथ थामते हुए कहा, ''मेहरबानी करके मुझे या मेरे बच्चे को बचाने की कोशिश मत कीजिए। मुझे मरने के लिए यहाँ अकेला छोड़ दीजिए। बस, मैं यही चाहती हूँ।''

पिताजी को शुरू में कुछ समझ नहीं आया कि उसकी बात का क्या जवाब दें। तत्पश्चात् उन्होंने उससे बड़ी सहजता से कहा, ''मैं एक डॉक्टर हूँ और यह जानते हुए कि मैं मरीज को बचाने के लिए कुछ कर सकता हूँ, उसे किसी भी स्थिति में मरने नहीं दे सकता। मुझे अपना कर्तव्य पूरा करने में हतोत्साहित मत करो।''

लड़की चुप हो गई।

प्रसव-पीड़ा तीव्र, डरावनी एवं लंबी थी, फिर भी पिताजी बूढ़ी स्त्री की सहायता से डिलीवरी कराने में सफल रहे। युवती उस यातना से त्रस्त और पसीने से सराबोर हो गई। निराशा में उसने अपनी आँखें बंद कर लीं और यहाँ तक कि उसने बच्चे को देखने की इच्छा भी व्यक्त नहीं की। सकुचाते हुए केवल इतना ही पूछा, ''लड़का है या लड़की ?''

बच्चे की जाँच करके पिताजी ने उत्तर दिया, ''लड़की है।''

वह रोते हुए बोली, ''हे भगवान्! यह भी लड़की है। परिवार के पुरुषों की क्रूर प्रताड़ना के कारण इसका जीवन भी मेरे जैसा ही होगा। और इसका तो कोई पिता भी नहीं होगा।'' वह जोर-जोर से सुबकने लगी। परंतु पिताजी बच्चे के साथ व्यस्त थे, अतः उसकी बात नहीं सुन सके।

अचानक उसने महसूस किया कि कुछ गड़बड़ है, ''डॉक्टर, बच्ची रो क्यों नहीं रही है?'' कोई जवाब न पाकर वह बोली, ''यदि यह जीवित न हो तो मुझे खुशी होगी। यह एक अभिशप्त जीवन जीने से बच जाएगी।''

पिताजी ने बच्चे को उलटा लटकाकर हलकी सी थपकी दी और तत्काल बच्ची के रोने की तेज आवाज से कमरा भर गया। उन लोगों ने द्वार खोल दिया और पिताजी से बोले, ''डॉक्टर, जाने के लिए तैयार हो जाइए। हम आपको वापस पहुँचा देंगे।''

पिताजी ने रोगी को अच्छी तरह साफ किया और उपकरण एकत्रित करके अपना बैग बंद कर लिया। बूढ़ी महिला कमरे की सफाई करने लगी। पिताजी ने दुःखी लड़की से कहा, ''यदि तुम्हारी इच्छा हो तो तुम इस बच्चे को लेकर यहाँ से भाग जाओ। पुणे जाकर वहाँ पुणे नर्सिंग स्कूल के बारे में पूछना। वहाँ तुम्हें गोखले नामक एक क्लर्क मिलेगा और उससे कहना कि आर.एच. ने तुम्हें भेजा है। वह नर्सिंग कोर्स में प्रवेश दिलाने में तुम्हारी सहायता करेगा। कुछ ही समय में तुम नर्स बन जाओगी और अपना स्वतंत्र जीवन जी सकोगी, इस योग्यता के साथ कि तुम्हारे अंदर अपनी जरूरतों को पूरा कर पाने की क्षमता है। अपनी बेटी को गर्व से बड़ा करो। इसे कहीं भी त्याग देने की हिम्मत न करना, वरना यह भी अपना जीवन तुम्हारी तरह कष्ट में बिताएगी। तुम्हारे लिए यही मेरा सर्वोत्तम सुझाव है।''

''लेकिन डॉक्टर, मैं पुणे जाऊँगी कैसे? मैं तो यह भी नहीं जानती कि वह है कहाँ!''

''यहाँ से निकटस्थ शहर बेलगाम जाना और वहाँ से पुणे जानेवाली बस में बैठ जाना।''

पिताजी उसे अलविदा कहकर कमरे से बाहर आ गए।

एक बुजुर्ग व्यक्ति ने उन्हें सौ रुपए दिए, ''डॉक्टर, डिलीवरी में लड़की की मदद करने लिए यह आपकी फीस है। मैं आपको चेतावनी देता हूँ कि यहाँ जो कुछ भी हुआ, उसके विषय में एक शब्द भी मत बोलना। यदि आपने मुँह खोला और हमें उसकी भनक लग गई तो आपका सिर धड़ से अलग कर दिया जाएगा।''

पिताजी ने अपनी मौन स्वीकृति दी। तभी अचानक वह एक क्षण के लिए शांत हो गए। उन्होंने कहा, ''क्षमा कीजिएगा, शायद मैं अपनी कैंची कमरे में भूल आया हूँ। सुबह क्लीनिक में मुझे उसकी जरूरत होगी।''

वे पीछे मुड़े और वापस कमरे में दाखिल हो गए, जहाँ प्रसूता अपनी सोती हुई नवजात को डबडबाई आँखों से निहार रही थी। जैसे ही वृद्ध महिला की पीठ मेरे पिताजी की ओर हुई, उन्होंने रुपए लड़की को थमा दिए। ''मेरे पास इस समय बस, इतना ही है। जैसे मैंने तुम्हें समझाया है, उसी तरह इस धन का उपयोग करना।''

उसने पूछा, ''डॉक्टर, आपका नाम क्या है?''

''मेरा नाम डॉ. आर.एच. कुलकर्णी है; परंतु सभी मुझे 'आर.एच.' कहते हैं। साहसी बनो बेटी, गुडबाय एंड गुडलक!''

पिताजी वहाँ से वापस चल पड़े। वापसी की यात्रा भी पहले जैसी ही दुःखद थी। अंततः वे भोर में घर पहुँच गए। वे बुरी तरह थक चुके थे, अतः लेटते ही उन्हें नींद ने अपने आगोश में ले लिया। अगली सुबह उनका मन अपने पहले मरीज और पहली कमाई के इर्द-गिर्द चक्कर काट रहा था। उन्हें अपनी कमजोरियों का ज्ञान था, अतः वह योग्य प्रसूति रोग विशेषज्ञ (गायनेकोलॉजिस्ट) बनने के बारे में विचार करने लगे। बहरहाल, धन की तात्कालिक कमी के कारण उन्हें अपना विचार कुछ समय के लिए स्थगित करना पड़ा।

कुछ माह पश्चात् उनका विवाह हो गया और उन्होंने अपने गायनेकोलॉजिस्ट बनने के सपने को पत्नी के साथ साझा किया।

समय तेजी से बीत रहा था। उनका महाराष्ट्र एवं कर्नाटक के भिन्न-

भिन्न स्थानों पर स्थानांतरण किया गया। इस बीच उनके चार बच्चे हो गए। बयालीस वर्ष की उम्र तक पहुँचते-पहुँचते दंपती ने आगे की पढ़ाई हेतु सावधानीपूर्वक पर्याप्त धन बचा लिया और पिताजी ने अपनी इच्छा पूरी करने का निर्णय कर लिया। अतः वे परिवार को हुबली में छोड़कर एग्मोर मेडिकल कॉलेज में प्रवेश लेने हेतु चेन्नई चले गए और वहाँ गायनेकोलॉजिस्ट सर्जन बनने का अपना सपना पूरा किया। वे अपने समय के दुर्लभ पुरुष गायनेकोलॉजिस्टों में से एक थे।

वे वापस हुबली चले गए और कर्नाटक मेडिकल कॉलेज में प्रोफेसर के रूप में काम करने लगे। दीन-हीनों के प्रति उनके सहृदयतापूर्ण व्यवहार एवं जिन लड़कियों व महिलाओं का उन्होंने इलाज किया था, उनके प्रति वास्तविक चिंता ने उन्हें एक डॉक्टर और शिक्षक दोनों रूपों में अत्यंत लोकप्रिय बना दिया। उनकी वही चिंता अपनी पुत्रियों को शिक्षा के क्षेत्र में मनपसंद विषय चुनने की अनुमति प्रदान करने में प्रतिबिंबित हुई, जो कि उन दिनों दुर्लभ थी।

पिताजी अनीश्वरवादी (नास्तिक) थे। वे अकसर कहते थे, 'ईश्वर गिरजाघर, मसजिद या मंदिर में नहीं रहते। मैं उन्हें अपने समस्त मरीजों में देखता हूँ। जब प्रसव के दौरान किसी स्त्री की मृत्यु होती है तो डॉक्टर के लिए वह एक रोगी की क्षति है, परंतु एक बच्चे हेतु वह जीवनपर्यंत माँ की क्षति है। मुझे बताइए, माँ का स्थान कौन ले सकता है?'

रिटायर होने के बावजूद सीखने के प्रति पिताजी की ललक कभी कम नहीं हुई और वे सदैव सक्रिय रहे।

एक दिन किसी अन्य शहर में वे चिकित्सा सम्मेलन में भाग लेने गए। वहाँ वे तीस वर्षीया एक महिला डॉक्टर से मिले। वह ग्रामीण क्षेत्रों में अपने अनुभव के आधार पर मामलों को प्रस्तुत कर रही थी। पिताजी को उसका कार्य रोचक लगा, अतः वह प्रस्तुति के पश्चात् उसे अपने मन की बात बताने गए। उन्होंने कहा, "डॉक्टर, आपका शोध उत्कृष्ट है। मैं आपके काम से अत्यंत प्रभावित हूँ।"

उसने पिताजी को धन्यवाद दिया।

तभी बाहर से किसी ने मेरे पिताजी को आवाज दी, "आर.एच., हम लोग लंच करने हेतु आपकी प्रतीक्षा कर रहे हैं। क्या आपको आने में अधिक समय लगेगा?"

डॉक्टर युवती ने पूछा, "डॉक्टर साहब, आपका क्या नाम है?"

"डॉ. आर.एच. कुलकर्णी या आर.एच.।"

पल भर की चुप्पी के बाद उसने पूछा, "क्या आप सन् 1943 में चंदागढ़ में थे?"

"हाँ।"

"डॉक्टर, मैं यहाँ से लगभग चालीस किलोमीटर दूर एक गाँव में रहती हूँ। क्या मैं आपसे उस गाँव की अभी, इसी समय संक्षिप्त यात्रा करने की प्रार्थना कर सकती हूँ?"

पिताजी उस आकस्मिक निमंत्रण के लिए तैयार नहीं थे। वह उन्हें अपने घर क्यों बुला रही थी?

उन्होंने मामले को समाप्त करने के उद्‌देश्य से उत्तर दिया, "संभवत: किसी अन्य समय, डॉक्टर।"

परंतु वह डॉक्टर युवती अपनी बात पर अड़ी रही, "आपको अवश्य चलना होगा, प्लीज! इसे आप ऐसे व्यक्ति की प्रार्थना समझें, जो वर्षों से आपकी प्रतीक्षा कर रही है।"

मेरे पिताजी ने उसके रहस्यमय उत्तर से परेशान होकर पुन: इनकार कर दिया, परंतु वह उनके साथ बहस करती रही। उसकी आँखों में अपनत्व की चमक थी, इसीलिए वह इतनी उतावली थी। अंतत: उन्होंने हार मान ली और उसके साथ गाँव के लिए चल पड़े।

रास्ते में दोनों ने विचारों का आदान-प्रदान किया और उसने अपने काम एवं उपलब्धियों का बड़ा जोशीला वर्णन किया। वे घर के निकट पहुँचे तो पिताजी ने महसूस किया कि उसका घर एक नर्सिंग होम था। वे सामने के दरवाजे से दाखिल हुए और सामने लिविंग रूम में एक अधेड़ महिला को खड़ी देखा।

उनके आगे चल रही युवती ने कहा, "माँ, यह डॉक्टर आर.एच. हैं। क्या आप इतने वर्षों से इन्हीं की प्रतीक्षा कर रही थीं?"

महिला ने आगे आकर अपना मस्तक पिताजी के चरणों पर रख दिया। उन्होंने महसूस किया कि उनके पैर महिला के आँसुओं से गीले हो गए हैं। बड़ा विस्मयकारी दृश्य था। कौन थीं ये स्त्रियाँ? पिताजी किंकर्तव्यविमूढ़ हो गए। तेजी से आगे की ओर झुके और महिला को कंधों से पकड़कर अपने हाथों से उठा लिया।

''डॉक्टर, संभवतः आपको मेरी याद नहीं, परंतु मैं आपको कभी नहीं भूल सकती। अवश्य आपने अपनी पहली डिलीवरी मेरी ही कराई होगी।''

पिताजी अब भी उसे नहीं पहचान पाए।

"बहुत समय पूर्व आप महाराष्ट्र एवं कर्नाटक की सीमा पर बसे एक गाँव में रहते थे। एक रात को मूसलधार वर्षा के दौरान आपने एक अविवाहित युवती के प्रसव में उसकी सहायता की थी। वह युवती मैं ही हूँ। कमरे में डिलीवरी टेबल नहीं थी। आपने धान के गट्ठरों की तह लगाकर एक कामचलाऊ मेज तैयार की। कई घंटों बाद मैंने एक लड़की को जन्म दिया।''

स्मृतियों की बिजली कौंधी और उस रात का प्रत्येक दृश्य पिताजी की आँखों के आगे सजीव हो उठा। उन्होंने कहा, ''सचमुच, मैं तुम्हें पहचान गया! वह मध्य रात्रि थी और मैंने तुम्हें अपनी नवजात पुत्री के साथ पुणे जाने का सुझाव दिया था। मैं सोचता हूँ कि उस समय मैं भी तुम्हारी ही भाँति भयभीत था।''

"मेरे परिवारवालों ने डिलीवरी हेतु आपको सौ रुपए दिए थे। उन दिनों वह बहुत बड़ी राशि थी, तब भी आप वह मुझे देकर चले गए।''

''हाँ, मेरा मासिक वेतन उस समय पचहत्तर रुपए था।'' मेरे पिताजी ने मुसकराते हुए कहा।

''आपने अपना अंतिम नाम बताया था, परंतु वर्षा के शोर के कारण मैं ठीक से सुन नहीं सकी। आपकी सलाह मानते हुए मैं पुणे गई, आपके मित्र गोखले से मिली और नर्स बन गई। वह सब अत्यंत कठिन था; परंतु मैं अपनी

बेटी को अपने दम पर पालने-पोसने में सक्षम हो गई। मैं अपनी बेटी को गायनेकोलॉजिस्ट बनाना चाहती थी। सौभाग्यवश उसने भी मेरा स्वप्न साझा किया। आज मेरी बेटी डॉक्टर है और एक डॉक्टर से ही उसका विवाह भी हुआ है। दोनों एक ही स्थान पर काम करते हैं। एक बार मैंने आपको खोजने में महीनों लगाए, परंतु भाग्य ने साथ नहीं दिया।

"उसके बाद हमने सुना कि सन् 1956 में राज्य पुनर्गठन के बाद आप कर्नाटक चले गए। इस बीच गोखले की भी मृत्यु हो गई और आपको खोज पाने की सारी आशाएँ समाप्त हो गईं। मैंने भगवान् से प्रार्थना की कि वे एक बार मुझे आपसे मिला दें, ताकि सही समय पर मार्गदर्शन हेतु मैं आपको धन्यवाद दे सकूँ।"

पिताजी को महसूस हुआ मानो वह बॉलीवुड की किसी फिल्म के पात्र हैं और जीवन के अपरिचित रहस्यों से घिरे हुए हैं। कुछ करुण शब्दों एवं उत्साहवर्द्धन ने एक युवती की जिंदगी बदल दी।

दोनों ने अपने हाथों को एक साथ मजबूती से पकड़ लिया और बोलीं, "हम आपके अत्यंत आभारी हैं, डॉक्टर साहब! मेरी बेटी अपने नर्सिंग होम के उद्घाटन हेतु आपको यहाँ आमंत्रित करना चाहती थी, परंतु उस समय आपसे संपर्क न हो पाने के कारण हमें बड़ी निराशा हुई। समय बीतने के साथ नर्सिंग होम अब बहुत अच्छा चल रहा है।"

पिताजी ने अपनी नम आँखें पोंछीं और नर्सिंग होम का नाम जानने हेतु आस-पास देखा। उन्होंने अपनी दाहिनी ओर देखा तो स्वयं उनकी दृष्टि नामपट्ट पर पड़ी, जिसमें लिखा था—'आर.एच. डायग्नॉस्टिक'।

□

7

घर जैसी कोई जगह नहीं

इन्फोसिस फाउंडेशन अनेक प्रकार की निर्माण परियोजनाओं में कार्यरत है, जैसे गरीब रोगियों एवं उनके तीमारदारों हेतु धर्मशाला बनाना, सुदूर क्षेत्रों में बच्चों के लिए विद्यालय, समुद्री तूफान तथा बाढ़ जैसी प्राकृतिक आपदाओं से पीड़ित-प्रभावित हजारों लोगों हेतु घर और हमारे देश में स्वच्छता को प्रोत्साहित करने के प्रयास के रूप में विद्यालयों एवं सार्वजनिक उपयोग हेतु शौचालयों का निर्माण शामिल है।

उसकी स्थापना के समय से ही मैं उसे अपने निजी कार्यालय सहित आत्मनिर्भर बनाना चाहती थी; परंतु प्रारंभिक अवधि में प्रत्येक वित्त वर्ष के अंत में हमारे बैंक खाते में वार्षिक निधीयन के बावजूद 5,000 रुपए से अधिक नहीं होते थे। दूसरों की सहायता करने की हमारी इच्छा-शक्ति ने अपने निजी परिसर के निर्माण को न्यूनतम प्राथमिकता दी। फाउंडेशन अब भी अल्पावधिक सावधि जमा करता था और हम ब्याज सुनिश्चित करने हेतु अपनी नकदी के प्रवाह को सावधानीपूर्वक व्यवस्थित करते थे तथा कुछ ही वर्षों में बड़ी राशि एकत्र करने में सफल रहे।

एक दिन मुझे बेंगलुरु के लोकप्रिय उपनगर जयनगर में एक पुरानी इमारत सहित जमीन के सुंदर प्लॉट के बिक्री हेतु उपलब्ध होने की जानकारी मिली। हमारा बचाया गया ब्याज भूमि के क्रय हेतु पर्याप्त था। चूँकि पुरानी इमारत किसी कार्यालय की आवश्यकताओं के लिए उपयुक्त नहीं थी, उस बिंदु पर हमारे लिए उसे गिराना और अपनी निजी बिल्डिंग बनाना आवश्यक

था। अत: हमने पर्याप्त धन की व्यवस्था होने तक भूमि को यथावत् छोड़ देने का निर्णय लिया।

अगले वित्त वर्ष में भी हमारे बैंक खाते में 5,000 से भी कम रुपए थे। हालाँकि कुछ वर्षों में हमने थोड़ा ब्याज बचा लिया था, फिर भी इमारत के निर्माण की लागत अधिक होने के कारण कार्यालय का निर्माण एक स्वप्न ही बना रहा।

साल-दर-साल गुजरते गए और अंततोगत्वा वर्ष 2002 में निर्माण प्रारंभ करने हेतु फाउंडेशन ने पर्याप्त धन बचा लिया था। मैं प्रसन्न थी। मेरा सपना पूरा होने को था। आगे कदम बढ़ाते हुए मैंने एक वास्तुकार से संपर्क करके उसे हमारे लिए सादा प्लान बनाने का निर्देश दिया।

कुछ दिनों बाद मुझे मध्य-पूर्व के एक देश से वहाँ के महिला संगठन को संबोधित करने का आमंत्रण मिला। मैंने उसे स्वीकार करने का निर्णय लिया, क्योंकि उसके तत्काल बाद मेरी कुछ वार्त्ताएँ दुबई एवं कुवैत में प्रस्तावित थीं। मैं अपने सभी कार्यक्रम एक ही दौरे में पूरे कर लेना चाहती थी, ताकि टिकट की लागत के रूप में कुछ धन बचा सकूँ।

मैं जल्द ही अपनी मंजिल की ओर चल पड़ी। सभी दौरों की तरह इसमें भी अनेक बैठकें एवं वार्त्ताएँ पंक्तिबद्ध थीं। वहाँ ऐसे भी कार्यक्रम थे, जिनमें क्षेत्र की जानी-मानी हस्तियों के भाग लेने की अपेक्षा थी। ऐसे लोगों से मिलकर मुझे साहस मिला, जो भारत में अपना घर-बार छोड़कर विदेश में जा बसे और अनेक मुश्किलों के बावजूद अपनी संस्कृति व निष्ठा बनाए हुए थे। हमने जो काम किए और जो करने की सोच रहे थे, उसके विषय में लोगों ने कभी वास्तविक और कभी थोड़ी अतिशयोक्तिपूर्ण चर्चा की।

अंततोगत्वा मेरे अंतिम संभाषण का दिन आया। यह सजीव प्रश्नोत्तर एवं चर्चाओं का अच्छा कार्यक्रम था। समारोह की समाप्ति पर मैं अपने होटल जाने को तैयार हुई।

निकलते समय वहाँ रास्ते में मुझे कुछ औरतें मिलीं और विनम्रतापूर्वक बोलीं, ''मैडम, आप यहाँ कोई चीज खरीदना पसंद करेंगी क्या? यहाँ

खरीदारी का अनुभव अत्यंत अद्भुत है। शायद आप कुछ मोती या सोना खरीदना चाहें?''

मैंने उत्तर दिया, ''नहीं। लेकिन क्या यहाँ मेरे देखने लायक कोई रोचक चीज है?''

औरतें थोड़ी देर चुप रहने के बाद अपना सिर हिलाते हुए अभिवादन करके आगे बढ़ गईं।

तभी मैंने देखा कि दो औरतें मेरी ओर बढ़ी चली आ रही हैं। उनमें से एक ने धीमी आवाज में कहा, ''मैडम, हम आपको अपने छोटे शरणस्थल (शेल्टर) में आमंत्रित करना चाहती हैं। क्या आप हमारा अनुरोध स्वीकार करेंगी?''

मैंने पूछा, ''वहाँ आपके शेल्टर में क्या है?''

''हम चाहती हैं कि आप उसे स्वयं देखें। हम यहाँ अनेक प्रकार के कार्य करती हैं, परंतु हमें नहीं मालूम कि हमारा कौन सा काम आपके दिल को छू जाए।''

उनकी बातें गौर करने लायक थीं। उनके विनम्र व्यवहार ने मेरी उत्सुकता बढ़ाई। मैं राजी हो गई। मैंने कहा, ''कृपया मुझे कुछ पल दीजिए। मैं आपके साथ अभी चलूँगी।''

मैं मेजबानों का शुक्रिया अदा करके प्रतीक्षारत औरतों के साथ फुरती से चल पड़ी। थोड़ी देर बाद हम एक आवासीय क्षेत्र में स्थित छोटे से घर में पहुँच गए। पहली नजर में मुझे वह एक आउटहाउस जैसा लगा। प्रवेश करने पर शयन वस्त्र में मुझे पाँच स्त्रियाँ दिखाई पड़ीं। उनमें से कुछ की आँखें सूजी हुई थीं और उनके गालों पर लाल निशान थे, जिसे देखकर महसूस हुआ कि उनका स्वास्थ्य ठीक नहीं है या प्रसन्न तो वे कदापि नहीं हैं।

कुछ मिनटों बाद हम सब बैठ गईं।

जो स्त्री मुझे वहाँ ले गई थी, उससे मैंने पूछा, ''मैं किस भाषा में बोलूँ?''

''हिंदी ठीक है, थोड़ी अंग्रेजी भी चलेगी।''

औरतों ने अपने-अपने राज्यों के नाम के साथ अपना परिचय देना शुरू किया—एक तमिलनाडु, दो आंध्र प्रदेश और एक केरल से थी।

मेरे साथ कुछ खुशगवार वार्त्तालाप के बाद आंध्र प्रदेश की नाजनीन ने अपनी कहानी शुरू की—"मैडम, वर्षों पहले मैं करीमनगर जिले में मेड थी और मेरी विवाह योग्य तीन बेटियाँ थीं। एक एजेंट ने बताया कि मुझे खाड़ी देशों में इसी काम का भारत से काफी अधिक पैसा मिल सकता है। साल में पंद्रह दिनों की छुट्टी और एक बार अपने परिवार से मिलने के लिए मुफ्त हवाई यात्रा की सुविधा मिलेगी। मैंने महसूस किया कि यदि मैं यहाँ तीन साल काम करूँगी तो अपनी बेटियों की शादी के लिए पर्याप्त धन बचा लूँगी। वही सब तो मैं करना चाहती थी। मेरी आर्थिक तंगी दूर हो जाएगी। मेरा शौहर सब्जी बेचने का काम करता था। उसने मुझे बार-बार यकीन दिलाया कि वह मेरी गैर-हाजिरी में बेटियों की अच्छी तरह देखभाल करेगा। उसने जल्द-से-जल्द जाने और रोजाना संपर्क करने के लिए मेरी हौसलाअफजाई की। इस तरह छोटी-मोटी बचत से जमा किए पैसे और अपने जेवर बेचकर मैंने पासपोर्ट, वीजा, किराया और एजेंट के कमीशन का भुगतान कर दिया।"

पुरानी यादें ताजा होते ही उसकी आँखें भर आईं, "अलविदा कहने के वक्त मेरा दिल भारी हो गया और मैं सहम गई। मैंने तो कभी करीमनगर से हैदराबाद जैसे बड़े शहर की यात्रा भी नहीं की थी। तब मैं परदेश में बिल्कुल तनहा सारा इंतजाम कैसे कर पाऊँगी? मैं अपने परिवार से जुदा कैसे रह पाऊँगी?

"एजेंट ने मुझे भरोसा दिलाते हुए कहा, 'जिस परिवार में तुम काम करने जा रही हो, वह बड़ा रहमदिल है। तुम्हारी तरह उनका मजहब भी वही है। तुम्हें वहाँ के माहौल में तालमेल बिठाने में ज्यादा वक्त नहीं लगेगा। मैंने उनसे पहले ही बात कर ली है। वे तुम्हारे साथ परिवार के सदस्य की तरह पेश आएँगे। अगर तुम वहाँ खुश न रह सको तो एक साल बाद वापस आ सकती हो और फिर बेशक वापस मत लौटना।'

"एजेंट के वायदे से मुझे कुछ राहत महसूस हुई और मैंने जिंदगी में

पहली बार अकेले हैदराबाद का सफर किया और वहाँ से यहाँ आने के लिए हवाई जहाज में बैठ गई।''

मैंने उसे टोकते हुए पूछा, ''जहाज में तुम्हें डर नहीं लगा?''

थोड़ा सोचकर नाजनीन बोली, ''नहीं, कतई नहीं। हवाई जहाज में मेरी जैसी कई बूढ़ी और जवान औरतें थीं। यह जानकर अच्छा लगा कि मैं अकेली नहीं हूँ। हवाई अड्डे के बाहर हम सबको एक-एक बुर्का देकर बस में बैठने की हिदायत दी गई। गरमी बरदाश्त से बाहर थी और ऐसा महसूस हुआ जैसे हमें भट्ठी पर बैठा दिया गया हो। करीमनगर भारत की सबसे गरम जगह माना जाता है; लेकिन इस देश की गरमी का तो बयान ही नहीं किया जा सकता। झुलसानेवाली गरमी के बावजूद बस एयरकंडीशंड नहीं थी। एजेंट के वायदे के मुताबिक हम एक आरामदेह बस की उम्मीद कर रहे थे। हमने उस सोच को बस मुहैया न होने या राबता कायम न हो पाने की खामी मानकर खारिज कर दिया। दरअसल हममें से ज्यादातर लोग यह मान रहे थे कि इतनी भीषण गरमी के बाद दक्षिण भारत के कई शहरों की तरह यहाँ भी बारिश होगी और गरमी से राहत मिलेगी।

''एक घंटे की यात्रा के बाद हमें एक जगह उतार दिया गया, जहाँ से हमें अलग-अलग घरों में काम करने हेतु ले जाया गया।

"जिस घर में मुझे ले जाया गया, वह काफी बड़ा, खूबसूरत और वातानुकूलित था। मुझे किचन की बगल में एक छोटा सा कमरा दे दिया गया। सबसे पहले मैं हाउस मैनेजर से मिली, जिसने मेरा पासपोर्ट ले लिया और घर की साफ-सफाई का सामान देते हुए किसी ऐसी भाषा में कुछ कहा, जिसे मैं समझ नहीं सकी। खुशकिस्मती से वहाँ संतोष नामक एक अन्य भारतीय महिला हाउसकीपर थी, जिसने अनुवाद करके सबकुछ मुझे समझा दिया, 'तुम्हारा काम अभी, इसी वक्त से शुरू होता है। पूरे घर को अच्छी तरह साफ करो। कोई दाग-धब्बा नहीं रहना चाहिए। मैडम को धूल से सख्त नफरत है। तुम्हारे खाने-पीने का समय—नाश्ता सुबह 9 बजे, लंच दोपहर बाद 3 बजे और डिनर रात 10 बजे है। इसके अलावा तुम जब भी

घर से बाहर जाओगी, हर हाल में बुर्के में ही जाओगी।'

''थोड़ा समय मैंने अपना सामान खोलने और नहाने में लगाया। उसके बाद संतोष से मिली और उसने मुझे सफाई के सामान को इस्तेमाल करने के बारे में समझाया। उसने मुझे सफाई की बिजलीवाली मशीन भी दिखाई।

''अगले कुछ दिनों तक मुझे मकान मालकिन नजर नहीं आई। वह या तो देश से बाहर गई थी या किसी अन्य मंजिल पर रहती थी। मेरी बातचीत हमेशा मैनेजर से ही होती थी।

''मेरी और संतोष की दोस्ती हो गई। एक दोपहर थोड़ी देर के लिए जब हम एकांत में मिले तो उसने मुझसे पूछा, 'तुम यहाँ क्यों आई? यहाँ काम करने का माहौल अच्छा नहीं है। हम सुबह से शाम तक गधे की तरह काम करते हैं और जरा सा भी आराम नहीं करने दिया जाता। कई बार हमें बिना किसी गलती के मैनेजर के गुस्से का शिकार होना पड़ता है। हालाँकि हम घरेलू कामों के लिए आए थे, परंतु अतिरिक्त कामों का बोझ भी डाल दिया जाता है। मुझे देखो, मैं रसोई में मदद करती हूँ, सभी छोटे बच्चों को नहलाती हूँ, कपड़ों पर प्रेस करती हूँ और उसके बाद बरतन भी साफ करती हूँ। अब वह घर की सफाई के लिए तुम्हें लाए हैं; लेकिन तुम्हें इसके अलावा रसोइए की गैर-हाजिरी या उसके भाग जाने की हालत में खाना भी बनाना पड़ेगा।'

''मैंने ईमानदारी से जवाब दिया, 'जब तक अच्छी तनख्वाह मिलेगी, ज्यादा काम करना भी पड़े तो क्या फर्क पड़ता है।'

''संतोष बोली, 'मैं भी पहले यही सोचती थी।' वह दुःखी होकर बोली, 'हमें एक रुपया भी हमारे हाथ में नहीं मिलता। मालिक कभी कहता है कि पैसा बैंक खाते में जमा करवा दिया गया है या उसे तुम्हारे परिवार को भेज दिया गया है। मुझे यहाँ आए हुए एक साल हो गया है, लेकिन मेरी तनख्वाह सीधे मुझे कभी नहीं मिली।'

" 'लेकिन हमारे एजेंट ने तो कहा था कि…'

" 'इस बात से कोई फर्क नहीं पड़ता कि एजेंट कौन है या उसने कहा

क्या है। वे सब एक जैसे हैं। उन्होंने हमें ठगा है, अच्छी नौकरी और मोटी तनख्वाह का लालच देकर वे हमें यहाँ लाए हैं। वे जानते हैं कि हम गरीब लोग हैं, अत: जो सपना वे हमें दिखाते हैं, हम उसपर बड़ी जल्दी, बिना कुछ जाने–समझे यकीन कर लेते हैं। वे जानते हैं कि एक बार हम यहाँ फँस गए तो वापस लौट पाना मुश्किल है। एजेंटों को पता होता है कि हम यहाँ एकदम अकेले हैं। इस देश में हम किसी आदमी को साथ लिये बिना बाहर भी नहीं निकल सकते। मालिक भी हमारा पासपोर्ट अपने पास रख लेते हैं, जिससे इस जगह को छोड़ पाना असंभव हो जाता है।'

" 'यहाँ आने के बाद मैं पहली बार खौफजदा हुई। मेरी समझ में कुछ नहीं आया कि मैं क्या करूँ। 'संतोष, तुम यहाँ एक साल से रह रही हो। तुम कब वापस जा रही हो? तुम नौकरी छोड़ोगी या कोई और काम करोगी?'

" 'हम यहाँ मालिक की मरजी के बिना न तो नौकरी छोड़ सकते हैं, न दूसरा कोई काम कर सकते हैं। ज्यादातर मालिक इसकी इजाजत नहीं देते। इसलिए मैं वापस जाने की भरपूर कोशिश कर रही हूँ; लेकिन मुझे किराए के लिए पैसा और मेरा पासपोर्ट चाहिए।'

" 'क्या तुम पीछे अपने परिवारवालों से बात करती हो?'

" 'हाँ, मैं चिट्‌ठी लिखकर उसे एजेंट को देती हूँ, लेकिन मुझे नहीं मालूम कि वह मेरे घरवालों तक पहुँचती है या नहीं। आज तक मुझे एक भी जवाब नहीं मिला है। एजेंट मुझे मेरे परिवार के बारे में जो बताता है, उसे केवल सुन भर लेती हूँ। मुझे मालूम है कि उन्होंने मुझे यहाँ फोन करने की कोशिश की थी, लेकिन फोन रिसीव करना इस घर के नियमों के सख्त खिलाफ है। मैडम नहीं चाहतीं कि उनके लैंडलाइन पर कोई कर्मचारी व्यक्तिगत फोन ले। इसके अलावा, मैं यह भी जानती हूँ कि उनके लिए यहाँ फोन करना आसान नहीं है और मैं अपनी दु:ख भरी दास्तान उन्हें सुनाना भी नहीं चाहती। मैं सुनती हूँ कि प्रत्येक छह महीने बाद एकमुश्त रकम उन्हें भेजी जाती है। लेकिन अगर एक बार मुझे टिकट मिल जाए तो मैं लौट जाऊँगी और फिर कभी वापस नहीं आऊँगी।'

''यह सुनकर मुझे थोड़ी तसल्ली हुई कि उसका परिवार कुछ पैसे पा रहा है। मैंने पूछा, 'क्या इनकी हर महीने पैसा भेजने की जिम्मेदारी नहीं है?'

" 'एजेंट हमसे ज्यादा होशियार हैं। वे कम-से-कम छह महीने की तनख्वाह अपने पास बकाया रखते हैं। अगर मैं यहाँ से वापस अपने देश जाऊँ और वापस न लौटूँ तो वह पैसा वे अपने पास रख लेंगे। कई लोग अपना बकाया लेने के चक्कर में वापस आ जाते हैं और फिर फँस जाते हैं। यह क्रम जारी रहता है। हमारे जैसी वित्तीय स्थितिवालों के लिए छह महीने की तनख्वाह जितनी बड़ी रकम छोड़ पाना आसान नहीं है।'

" 'तुम कब घर जाने की योजना बना रही हो?'

" 'यह मालिकों पर निर्भर है। कभी वह कर्मचारियों को पंद्रह महीने में भेजते हैं और कभी दो साल बाद। मैं नहीं जानती कि वे मुझे वापस भेजने का फैसला कब करेंगे। मैं अब उनकी भाषा समझ सकती हूँ, लेकिन यही जताती हूँ, जैसे मैं कुछ नहीं जानती। मुझे पता चला है कि मैडम केरल में मॉनसून मनाने भारत जा रही हैं। चूँकि मैं केरल से ही आई हूँ और स्थानीय भाषा जानती हूँ, इसलिए मैडम बच्चों की देखभाल के लिए मुझे अपने साथ ले जाना चाहती हैं। वहाँ पहुँचकर मैं मैडम से कुछ दिनों के लिए अपने परिवारवालों से मिलने की इजाजत माँगूँगी और अगर वे इनकार कर देंगी तो मैं वापस नहीं आऊँगी।' संतोष ने जोर देकर कहा कि 'मैं ऐसे मुकाम पर पहुँच चुकी हूँ, जहाँ मेरे लिए पैसे की बहुत ज्यादा अहमियत नहीं है।'

''मैं उस रात सो नहीं सकी। क्या एजेंट ने मुझे धोखा दिया है? मेरे परिवार को वाकई कितना पैसा मिलेगा? मेरे पास अधिक विकल्प न होने के कारण मैंने तय किया कि मेरी भलाई इसी में है कि सबकुछ सहते हुए काम जारी रखूँ।

"शुरुआती कुछ हफ्ते सबकुछ ठीक नजर आया। नौकरों को बचा हुआ, लेकिन अच्छा खाना दिया जाता था और मुझे काम के बारे में भी कोई शिकायत नहीं थी। कुछ वक्त बाद, खासतौर से मैडम के हिंदुस्तान जाने के सिलसिले में, मुझसे दूसरे काम भी कराए जाने लगे। संतोष भी उनके साथ

जाने की तैयारी कर रही थी और मुझे मालूम था कि वह वापस लौटकर नहीं आएगी। इसलिए मैंने उसे घरवालों के लिए खत लिखकर दिया और उससे गुजारिश की कि वह इस खत को भारत पहुँचकर पोस्ट कर दे।

"संतोष मालकिन के साथ वहाँ से रवाना हो गई। उसके जाते ही मैनेजर ने मुझे हिदायत दी कि संतोष का सारा काम अब तुम्हें करना होगा। चूँकि मालिक के बड़े से घर में मेहमान बहुत आते थे, इसलिए वहाँ खाना बनाने और सफाई का ढेर सारा काम था। घर में कुल मिलाकर चौदह बच्चे थे और उन सभी के दोस्त बार-बार आते रहते थे। मैं किसी पंछी की तरह पिंजरे में कैद होकर रह गई। चूँकि काम का बोझ दुगुने से भी ज्यादा हो गया, जिसकी वजह से मेरी कूवत घट गई और मैनेजर नाराज होने लगी। उसे मेरी परेशानियों से कोई सरोकार नहीं था और वह कुछ भी सुनने को राजी नहीं थी। वह छड़ी दिखाकर कहती कि 'काम के बोझ की शिकायत मत करो। तुम्हें उसके लिए पैसा दिया जाता है। मैं कोई दूसरी बात नहीं सुनना चाहती।'

"काम का बोझ बेतहाशा बढ़ जाने की वजह से अगर दिन में मैं कुछ वक्त आराम करती और मैनेजर मुझे देख लेती थी तो उसी छड़ी से मेरी पिटाई कर देती। संतोष की पिटाई के निशान याद करते ही मेरी रूह काँप जाती। मेरे घर में किसी ने कभी मेरी पिटाई नहीं की थी। बेशक हम गरीब थे, लेकिन इज्जत से जीते थे।

"तनहाई और काम के बोझ ने मेरी सेहत पर असर डालना शुरू कर दिया, जिससे काम करने की मेरी कूवत घटने लगी। मुझे परिवार, बच्चों और दोस्तों की बहुत याद आती। दिन गुजरने के साथ-साथ मेरी जिंदगी में तकलीफ के अलावा कुछ नहीं बचा।"

मैंने उसे टोकते हुए पूछा, "संतोष के चले जाने के बाद अब तुम अपनी दिक्कतें किसके साथ साझा करती हो?"

नाजनीन बोली, "कोई नहीं है अब। कोठी में एक माली है, जो बाहर लॉन और पौधों की देखभाल करता है। इस मुल्क के कानून के मुताबिक मैं उससे कभी बात नहीं कर सकती। चूँकि मेरे पास रात को पहननेवाले महज

तीन कपड़े हैं, जिन्हें मैं रातोदिन पहनती हूँ, अत: बाहर नहीं जा सकती। अपने साथ लाए हुए कपड़े पहनने की मुझे इजाजत नहीं है। मुझे केवल फेमिली के साथ खरीदारी करने की इजाजत थी, वह भी कपड़ों के ऊपर बुर्का पहनकर। इसीलिए बात करने के लिए मेरा कोई दोस्त या जानकार नहीं था।

''मैडम जल्द ही हिंदुस्तान से नाराज और आगबबूला होकर लौट आईं। उन्होंने मैनेजर से कहा, 'इन हिंदुस्तानी औरतों पर पैनी नजर रखना शुरू करो। अपने घर पहुँच जाने के बाद संतोष कभी वापस नहीं आई। उसने मुझे धोखा दिया। इसलिए इस औरत को जल्दी घर जाने की इजाजत मत देना।'

''उनकी बातों से मेरी हिम्मत जवाब दे गई और मैं अकेले में रोने लगी—'या अल्लाह! मैं अपने कुनबे से दोबारा कब मिल पाऊँगी।'

''एक सुबह मैंने मैडम और मैनेजर की बातचीत सुनी। मैडम ने मैनेजर से कहा, 'तुम चाहे जो कहो, घरेलू कामों के लिए हिंदुस्तानी औरतें सबसे अच्छी हैं। वे खामोशी से अपना काम करती हैं, न पलटकर जवाब देती हैं और न ज्यादा शिकायत ही करती हैं।'

''मैनेजर ने कुछ कहा, जिसे मैं समझ नहीं पाई। मालकिन ने उसे दो और औरतों को काम पर रखने की हिदायत दी।

''मुझे किसी अन्य के उस नरक में आने की बात सुनकर जहाँ एक ओर घृणा हुई, वहीं कुछ उम्मीद भी जगी कि समय के साथ मेरे काम का बोझ भी घट जाएगा।

''कुछ हफ्तों बाद मैं तेज बुखार की चपेट में आ गई।''

''क्या तुम डॉक्टर के पास गईं?'' मैंने पूछा।

''नहीं, मैनेजर ने मुझे क्रोसिन की गोली दे दी। वजह चाहे जो भी हो, हमें डॉक्टर के पास कभी नहीं ले जाया जाता था। मुझे बुखार के बावजूद काम करना पड़ा। एक दिन बाद बुखार और तेज हो गया। मैं इस बात से डर गई कि कहीं मेरा शरीर जवाब न दे दे। घबराकर मैं मैनेजर के पास गई और उससे किसी नजदीकी डॉक्टर या अस्पताल ले जाने की मिन्नत की।

''मैनेजर बड़ी मुँहफट थी। उसने कहा, 'आज बहुत सारे मेहमान आने

वाले हैं और मेरे पास तुम्हें कहीं ले जाने का वक्त नहीं है।'

''मैं लगभग टूट गई। मैंने रोते हुए कहा, 'आज मैं काम नहीं कर सकती। मुझे बहुत दर्द हो रहा है और मेरा सिर फट रहा है।'

''उसने बड़ी लापरवाही से किचन में जाकर एक चम्मच आग में गरम किया और मेरा हाथ पकड़कर गरम चम्मच मेरी कलाई पर दबा दिया। मैं कराह पड़ी और उसने मुझे चुप करा दिया। 'यह रोना-धोना छोड़ो, यहाँ तुम्हारी मदद करने कोई नहीं आएगा। तुम महज एक नौकरानी हो और उसी तरह पेश आओ। जाओ और काम पर लग जाओ।'

"मेरा जिस्म डर के मारे थरथर काँपने लगा। क्या मौत आने तक मेरा नसीब ऐसा ही रहेगा? आनेवाले दिनों की मुझे जानकारी नहीं है। बुखार उतर गया और मेरा शरीर थोड़ा बेहतर महसूस करने लगा। लेकिन अंदर से मैं मर चुकी थी। सवेरे उठने की मुझे इच्छा नहीं होती थी; लेकिन मेरे पास कोई चारा नहीं था। मैं रोबोट की तरह जी रही थी। मुझे कभी सोचने की फुरसत मिलती तो मैं केवल अपने घर-परिवार में लौटने के बारे में सोचती।

''एक दिन घर में मेरे और माली मारुति के अलावा कोई नहीं था। उसने मुझसे एक कप चाय देने का अनुरोध किया। मैं बुर्का पहनकर उसे चाय देने चली गई।

''इससे पहले कि वह चाय की चुस्कियाँ लेना शुरू करे, मैंने उससे गुजारिश की कि वह घर लौटने में मेरी मदद करे। 'मैं यहाँ किसी को नहीं जानती और तुम्हें तो मालूम ही है कि यहाँ नौकरानियों के साथ कैसा बरताव होता है। अगर मुझे यहाँ कुछ हो गया तो मेरे घरवालों को उसकी कोई खबर भी नहीं मिलेगी। तुम मेरे भाई जैसे हो, मेहरबानी करके मेरी मदद करो।'

''उसने कहा, 'यहाँ से भागने के बारे में कभी सोचना भी मत।' वह मुझे घबराया हुआ नजर आया। 'अगर अधिकारियों ने तुम्हें खोज लिया और पकड़कर यहाँ वापस ले आईं तो तुम्हारे साथ असह्य क्रूरतापूर्ण व्यवहार करेंगे। फिर भी, मैं अपने परिचित कुछ लोगों से बात करके तुम्हें बताऊँगा।'

''मैंने उसके पैर छुए। मुझे लगा जैसे अल्लाह ने मेरी मदद के लिए

इस रहमदिल इनसान को अपने फरिश्ते के तौर पर मेरे पास भेज दिया था।

"एक महीना बीत गया। पहले की तरह एक दिन फिर हम दोनों को अकेले मिलने का मौका मिला। वह ईद का दिन था और घर के सारे लोग शाम की दावत में गए थे। उसने बताया, 'एक हिंदुस्तानी कार्यक्रम में मेरी मुलाकात दो दयालु औरतों से हुई। मैं समझता हूँ कि शायद वे तुम्हारी कुछ सहायता कर सकती हैं।'

" 'मैं आपकी बड़ी एहसानमंद हूँ। उनसे तुम्हारी मुलाकात कैसे हुई?'

" 'मालिक ने एक बार मुझसे एक सरकारी अफसर को फूल पहुँचाने के लिए कहा था। वह एक हिंदुस्तानी शादी में शामिल होने आया था। उसने मुझे थोड़ी देर इंतजार करने के लिए कहा। उसी दौरान मैंने दूसरे लोगों से उन दो औरतों के बारे में सुना। किसी तरह मैंने उन दोनों को देख लिया। पुरुष होने के नाते मैं इस देश में कहीं भी आने-जाने के लिए स्वतंत्र हूँ। मेरी मुलाकात उनसे एक-दो बार और हुई, तभी मैंने उनसे तुम्हारी तकलीफों की चर्चा की। उन्होंने मुझसे कहा कि मैं तुम्हें इस बात की जानकारी दे दूँ कि तुम्हारे लिए यहाँ नौकरी छोड़ने में बड़ा जोखिम है। लेकिन अगर तुम छोड़ने का फैसला कर लोगी तो वे तुम्हें वापस भेजने की पूरी कोशिश करेंगी। मैं तुम्हें उनके पास ले जा सकता हूँ, लेकिन तभी, जब तुम कोई सामान खरीदने बाजार जाना, क्योंकि वहाँ से बच निकलना आसान है।'

" 'मैंने अपना सिर हिलाया और सही वक्त आने तक इंतजार करने का फैसला किया।

" 'इस बीच मारुति ने मुझे उस जगह का नक्शा और दिशा-निर्देश दिया, ताकि वक्त आने पर मैं उस जगह को ढूँढ़ सकूँ। मैंने हर चीज को अच्छी तरह याद कर लिया, ताकि मैं वहाँ किसी मुगालते के बगैर पहुँच जाऊँ। मारुति ने पहले ही मेरी उम्मीद से ज्यादा काम कर दिया था, इसलिए मैंने उसे और परेशान न करने का फैसला किया। ऐसे कामों के लिए इस देश में बड़ी कठोर सजा है।

"हफ्तों बाद मुझे मैडम ने अपना संदेश पहुँचाने या दूत कार्य के

लिए भेजा। मेरे लिए भागने का यही मौका था। मैंने बुर्का पहना, बाजार गई, सामान खरीदकर उसे ड्राइवर के हवाले किया और उससे कहा कि मैं गुसलखाने होकर अभी आती हूँ। जैसे ही मैं ड्राइवर की आँखों से ओझल हुई, मैं वहाँ से भाग खड़ी हुई। चूँकि वहाँ कई औरतों ने बुर्का पहन रखा था, इसलिए मेरे गुम होने के बारे में महसूस होने में ड्राइवर को कुछ वक्त लगा। मैं जानती थी कि उसके लिए अब मुझे ढूँढ़ पाना कठिन है। मैंने अपने दिल की तेज धड़कनों के साथ चलना जारी रखा। कभी दौड़ते और कभी चलते हुए आधे घंटे के अंदर मैं अपनी मंजिल पर पहुँच गई। मेरे पास शरीर पर पहने कपड़ों के अलावा कुछ भी नहीं था। आखिरकार मैं आपके सामने हूँ।''

नाजनीन की कहानी खत्म होते ही अपने भयानक अतीत से राहत पाने हेतु वह कुरसी पर लुढ़क गई।

शेल्टरवाली दोनों औरतें मेरी तरफ मुड़ीं। उनमें से एक ने बताया, ''यह दो दिन पहले आई है।''

कमरे में खामोशी छा गई। मैंने सोचा, 'किसी के साथ भी ऐसा नहीं होना चाहिए।'

केरल की ग्रेसी ने स्तब्धता भंग करते हुए अपनी व्यथा-कथा शुरू की। वह खूबसूरत और वाचाल थी। उसे भी एजेंट ने ट्यूटर की नौकरी दिलाने के बहाने ठगा था। यद्यपि उसकी कहानी नाजनीन से काफी भिन्न थी।

ग्रेसी एक अनाथ लड़की थी, जो सरकारी अनाथालय में पली-बढ़ी थी। वह एक कॉन्वेंट स्कूल में टीचर थी और उसका वेतन उसके लिए पर्याप्त था; लेकिन उससे छोटा सा अपना घर खरीदने का सपना पूरा नहीं हो सकता था। ग्रेसी एक लड़के को पसंद करती थी, परंतु उसके पास कोई स्थायी नौकरी या आय नहीं थी। चूँकि उनके पास कोई संपत्ति नहीं थी, इसलिए दोनों ने आपस में मिलकर फैसला किया कि ग्रेसी ट्यूशन पढ़ाने के लिए बाहर चली जाए। इससे दोनों को घर खरीदने हेतु पर्याप्त पैसा कमाने का अवसर मिलेगा और बाद में वे अपनी गृहस्थी बसा लेंगे।

जिस घर में उसे ले जाया गया, उसे देखकर वह दंग रह गई। गृह स्वामी की चार पत्नियाँ और सोलह बच्चे एक साथ रहते थे। उनमें से केवल दस बच्चे ही नर्सरी, प्राइमरी या मिडिल स्कूल जाने की आयु के थे। ग्रेसी उन बच्चों को अंग्रेजी, गणित, इतिहास, कला, दस्तकारी और अन्य गुण सिखाती थी। प्रारंभिक कुछ वर्षों तक सबकुछ ठीक-ठाक रहा और उसके साथ अच्छा व्यवहार किया जाता था। उसका नियोक्ता उसे छह महीने में एक बार मोटी रकम देता और यहाँ तक कि भारत आने के लिए साल में एक बार सवेतन छुट्टी भी देता था। बच्चों का भी उससे काफी लगाव था और उसके साथ नाजनीन जैसा व्यवहार नहीं होता था।

समय बीतने के साथ बच्चे अपनी किशोरावस्था में पहुँचने लगे और उनके सहपाठियों व रिश्तेदारों का घर में बार-बार आना-जाना शुरू हो गया। उसे वहाँ रहने में अब काफी कठिनाई होने लगी। जब उसने मालिक की एक बीवी को अपनी परेशानी बताने की कोशिश की तो उसने ग्रेसी का मजाक उड़ाते हुए कहा, ''हाँ ग्रेसी, तुम हो ही इतनी खूबसूरत कि अनेक लोग तुम्हें पाने की इच्छा करेंगे। सच्चाई यह है कि अगर मेरा शौहर भी तुम्हारे साथ रात बिताए तो मुझे कोई हैरानी नहीं होगी।''

उस दिन से ग्रेसी स्वयं को लेकर भयभीत रहने लगी। उसने बड़े बच्चों को पढ़ाने से परहेज करना शुरू कर दिया और मालिक को बता भी दिया कि उनको अब मेरी मदद की कोई जरूरत नहीं है। लेकिन किसी ने उसकी बात नहीं सुनी।

''बच्चों को पढ़ाने के लिए तुम्हें वेतन दिया जाता है और तुम्हें अपनी जिम्मेदारी पूरी करनी होगी।'' मालिक बोला, ''इससे ज्यादा कुछ नहीं कहना है।'' और हाथ लहराते हुए उसकी बात खारिज कर दी।

एक दिन बच्चों का एक दोस्त उसके कमरे में आ गया और ग्रेसी को जबरदस्ती चूमने की कोशिश करने लगा। उसने बुद्धिमानी और पूरी ताकत से उसे धक्का देकर कमरे से बाहर निकाल दिया और उसका जिक्र किसी से नहीं किया।

अगले दिन उसने देखा कि अब्दुल नाम का लड़का बड़ा नाराज था।

पूछने पर उसने बताया, ''मेरा दोस्त किसी वजह से नाराज है। मैंने जब उससे आज घर आने के लिए कहा तो उसने तुम्हारी वजह से आने से इनकार कर दिया। मुझे बताओ, तुमने क्या किया?''

ग्रेसी को सोलह वर्षीय एक बच्चे के साथ अपनी तकलीफ साझा करने में कठिनाई तो हुई, लेकिन उसने सोचा कि अपने शिष्य को सत्य से अवगत कराना बुद्धिमानी होगी।

उसकी हँसी देखकर ग्रेसी हैरान रह गई। अब्दुल ने कहा, ''तुम अत्यंत आकर्षक हो। खुद पर काबू न रख पाने के लिए मैं अपने दोस्त को दोष नहीं दूँगा। अगर तुम कुक फातिमा की तरह भद्दी होतीं तो तुम्हें कोई नहीं चाहता।''

यह सुनते ही ग्रेसी का शरीर काँपने लगा। फिर भी उसने दृढ़तापूर्वक कहा, ''अब्दुल, मैं तुम्हारी टीचर हूँ।''

''अब मैं बच्चा नहीं, बल्कि जवान हो गया हूँ तथा औरत को दूसरे नजरिए से देखता हूँ।'' कहकर अब्दुल वहाँ से चला गया।

''तभी से मैंने महसूस किया कि यह घर मेरे लिए एक टाइम बम है। उस घर के दबाव की अपेक्षा मैं अपने देश में किराए के घर में ही ठीक थी। यदि मेरे साथ कुछ हो जाता तो कोई भी—न मालिक और न ही उसकी बीवियाँ—मुझे बचातीं। मैं भाग्यशाली थी कि मेरा पासपोर्ट मेरे पास था। हालाँकि मेरे पास पैसा नहीं था, लेकिन मैं उन दयालु औरतों को जानती थी, जो ऐसी तनावपूर्ण स्थितियों में स्त्रियों की सहायता करती हैं।''

मैंने पूछा, ''इनके बारे में तुम्हें कैसे ज्ञात हुआ?''

''सौभाग्य से। गत दिसंबर में मैं एक क्रिसमस पार्टी में गई थी। वहीं मेरा इनसे और इनके काम से परिचय हुआ।" उसने जमीन की तरफ देखते हुए कहा, "एक बार सही समय देखकर अपना सारा सामान मालिक के घर में छोड़कर मैं इस शेल्टर में आ गई। वहाँ मेरे पास कहने को कुछ नहीं था। आज मैं इस दुनिया में शर्मिंदगी और पीड़ा महसूस कर रही हूँ, जहाँ आधी

आबादी अपने आपको सुरक्षित महसूस नहीं करती।''

दो अन्य स्त्रियों—तमिलनाडु की रोजा और आंध्र प्रदेश की नीना—ने रोते हुए अपनी दास्तान सुनाई। उनका अनुभव अत्यंत दुःखद था। दोनों अलग-अलग मार्गों से आई थीं, परंतु दोनों के साथ उनके नियोक्ताओं ने बलात्कार किया था।

उनकी कहानी सुनकर मैं भी अपने आँसू नहीं रोक पाई। इन औरतों की जिंदगी कितनी तकलीफदेह तरीके से गुजरी। ऐसे हादसों को कोई कैसे भूल पाएगा? स्वयं को संयत करने में मुझे कुछ पल लगे।

मैंने अपने पास बैठी दोनों औरतों पर निगाह डाली और पूछा, ''तुम इन्हें कैसे वापस भेजती हो?''

उनमें से एक ने कहा, ''एक बार जब ये शेल्टर में आ जाती हैं तो हम भारतीय दूतावास जाती हैं और वहाँ से इनके लिए नया पासपोर्ट बनवाती हैं। यह काम बड़ा कठिन है और कई बार हमारे सामने समस्याएँ खड़ी हो जाती हैं, जिससे देर हो जाती है। लेकिन असली समस्या इनकी यहाँ से रवानगी है। एक निश्चित अवधि के बाद हम शेल्टर में इनको नहीं रख सकते। अत: जितनी जल्दी हो सके, हम इनके लिए एक तरफ के किराए का यथाशीघ्र प्रबंध करती हैं। यदि हमें अल्प सूचना पर टिकट बुक करवाना पड़े तो उसके लिए अधिक मूल्य चुकाना पड़ता है।''

''टिकटों के लिए पैसा कौन देता है?''

''हम आसपास से माँगते हैं और यथासंभव सभी से मदद माँगते हैं। कम वेतन पानेवाले भारतीयों की संख्या अधिक है, लेकिन उनकी अपनी आर्थिक समस्याएँ और मुद्दे होते हैं। जिन लोगों के पास पैसा होता भी है, वे वास्तव में अधिक समय तक हमारी मदद नहीं करते। कुछ लोग हमें देने के बजाय बाजार से सोना खरीद लेते हैं या अपने यार-दोस्तों और उनके परिवारों के साथ पार्टी करने में उड़ा देते हैं। अमीर लोग इसे रोजमर्रा की समस्या मानते हैं। वे लोग एक या दो मामलों में हमारी मदद करने के इच्छुक होते हैं; परंतु हमारे शेल्टर

में हर हफ्ते लगभग पाँच पीड़ित औरतें आती हैं। दानदाता देर-सबेर टिकटों के लिए पैसा देना बंद कर देते हैं। कभी-कभार दुकानदार अपनी ओर से टिकट खरीद देते हैं। लेकिन हर कोई किसी दिन पकड़े जाने के कारण डरता है। अन्य लोग कंधे उचकाते हुए कह देते हैं कि यह उनकी समस्या नहीं है। वे औरतों पर पैसा बनाने का आरोप लगाते हैं। वे महसूस करते हैं कि यहाँ आने से पहले एजेंसी का सत्यापन करना उनकी जिम्मेदारी है। कुछ समय पूर्व जब हमने शेल्टर खोला था तो अपना सारा पैसा इसमें झोंक दिया था। लेकिन हम लोग भी बहुत अमीर नहीं हैं और मुझे डर है कि हम इसे ज्यादा समय तक चलाने में सक्षम नहीं होंगे।''

यह एक निराशाजनक विचार था। कठिन परिस्थितियों में फँसी स्त्रियों के लिए शेल्टर आशा की एक किरण था। ऐसे स्थान के न होने पर वे बेचारी भागकर कहाँ जाएँगी ?

मैंने घड़ी देखी। मेरा मित्र से मिलने का समय हो चुका था, अत: मैंने उन्हें अलविदा कहा और भारी मन से शेल्टर छोड़ दिया।

हम रास्ते में सुंदर मकानों, चौड़ी सड़कों और खूबसूरत कारों के बीच से होकर गुजरे। मैंने किसी पर ध्यान नहीं दिया। मैं केवल उन चार औरतों का पीछा कर रहे उनके दु:खद अतीत के बारे में सोचती रही। अचानक मेरा विचार बदल गया।

''वापस चलो।'' मैंने ड्राइवर से कहा।

शेल्टर में वापस लौटकर मैं दोनों औरतों से मिली। मैंने कहा, ''इन्फोसिस फाउंडेशन जरूरतमंद स्त्रियों को एक तरफ का टिकट प्रायोजित करने में प्रसन्न है, चाहे वे अपने गाँव, कस्बे या शहर जाएँ। शेल्टर द्वारा उनका सत्यापन होने के तत्काल बाद हम यात्रा-व्यय का ध्यान रखेंगे। लेकिन आप लोगों को उन्हें समय रहते उनका पासपोर्ट दिलाने में सहायता करनी होगी और यह सुनिश्चित करना होगा कि वे बिना किसी बाधा के उड़ान पकड़ने के लिए तैयार हैं।''

औरतें मुसकराते हुए राजी हो गईं।

प्रत्युत्तर में मैं भी मुसकराई और मैंने महसूस किया कि जैसे मेरा कोई भार कम हो गया हो।

मैंने उनसे कहा, ''इन औरतों को बताओ कि भारत बदल रहा है। वह जमाना गुजर गया, जब लोग छोटी सी तनख्वाह के लिए काम किया करते थे। शहरों में जहाँ पति-पत्नी दोनों नौकरी करते हैं, उन्हें घर के लिए एक भरोसेमंद और अच्छे हाउसकीपर की जरूरत होती है, जिसके न मिलने पर कई औरतें अपनी नौकरी छोड़ देती हैं। ईमानदारी की भारत में अभी भी बहुत कीमत है और शहरी क्षेत्रों में माँग के कारण ज्यादा-से-ज्यादा लोग अपनी इच्छा-शक्ति से अपने ही देश में रहना पसंद करते हैं।''

उनमें से एक बोली, ''औरतें इस बदलाव की खबर से खुश होंगी।'' वह लगातार मुसकराती रही, ''इस अमूल्य सहयोग के लिए ईश्वर फाउंडेशन और आपकी रक्षा करें।''

अगले दिन वापस आते समय मैंने फ्लाइट में सोचा, मैं मदद नहीं कर सकी; परंतु हम कितने भाग्यवान् हैं कि भारत में रहते हैं। हो सकता है कि हमारा देश दुनिया में बहुत अमीर और सर्वश्रेष्ठ न हो, लेकिन हमें यहाँ अत्यधिक आजादी है। हम आसानी से नौकरी बदल सकते हैं और किसी अन्य कस्बे या शहर में रह सकते हैं। और कुछ नहीं तो हमारे पास एक परिवार तो है, जो मुसीबत के समय हमें रहने की जगह दे सकता है। जब तक हम देश से बाहर नहीं जाते, हमें सचमुच पता नहीं चलता कि हम कितने भाग्यशाली हैं।

आदत के मुताबिक मैंने औरतों के अनुमानित यात्रा-व्यय का हिसाब लगाना शुरू कर दिया। उन्होंने कहा था कि बीस से पच्चीस मामले सालाना होते हैं। यह अतिरिक्त वार्षिक अनुदान कार्यालय की इमारत के निर्माण हेतु जोड़ी मेरी सारी बचत को पाँच वर्षों में चट कर जाएगा। इस विचार से मुझे थोड़ी मायूसी हुई।

मुझे कार्यालय के निर्माण या इन औरतों को शरण—दोनों में से किसी

एक का चयन करना था। मैं जानती थी कि सचमुच मेरे पास कोई दूसरा विकल्प नहीं था। अपने निर्णय पर पुनर्विचार करने की स्थिति भी नहीं थी। मेरी अंतरात्मा और मैं अभी भी कुछ वर्षों तक तीन कमरोंवाली किराए की जगह में रह सकते थे।

यह पंद्रह वर्ष पुरानी बात है।

बीस साल के बाद हम पिछले साल अपने निजी कार्यालय एवं घर में जा पाए। मैंने इमारत का नाम 'नेरालु'—अर्थात् शरण-स्थली रखा।

□

8

एक शक्तिशाली राजदूत

हृदय से मैं एक कथाकार हूँ, अत: फिल्मों से मुझे प्यार, रुचि हो तो इसमें कोई आश्चर्य नहीं।

हमारे बचपन में बॉलीवुड आज की अपेक्षा बिल्कुल भिन्न था। अधिकांश फिल्में श्वेत-श्याम (ब्लैक एंड व्हाइट) होती थीं। बाद में ईस्टमैन कलर फिल्में आईं और श्वेत-श्याम फिल्मों में कुछ रंगीन गाने दिखाए जाने लगे। अंततोगत्वा रंगीन फीचर फिल्में आईं।

मीना कुमारी की ट्रेजडी से अकसर मेरी आँखों में आँसू आ जाते, जबकि मधुबाला और आशा पारेख की फिल्मों का सुंदर नृत्य संयोजन मेरे मन में बस गया। मैं साधना व वहीदा रहमान के स्वाभाविक सौंदर्य को भुला नहीं सकती तथा संजीव कुमार का सशक्त अभिनय और राजेश खन्ना का करिश्मा हमारी पीढ़ी के समाप्त होने तक कायम रहेगा।

मैंने तकनीकी के प्रयोग के माध्यम से साधारण-मासूम प्यार से लेकर आज के आक्रामक बोल्ड प्रदर्शन एवं क्लासिकल नृत्यों से वर्तमान ड्रिल टाइप ब्रेक डांस तक के बॉलीवुड के विकास को करीब से देखा है।

उन दिनों आमतौर पर फिल्मों को निषिद्ध और मेरे जैसे गाँव में ऐयाशी माना जाता था। हम शिग्गाँव में रहते थे, जहाँ एक भी फिल्मी थिएटर नहीं था। इसके अलावा, उन दिनों बिजली भी नहीं थी; परंतु खुशी की बात यह थी कि गरमियों में पर्यटक टॉकीज आते थे और फिल्म दिखाने के लिए खासतौर से टेंट लगाए जाते थे। हमारी चाहत को ईश्वर का यही वरदान

था। हमें जब भी फिल्म देखने की इच्छा होती तो किसी वयस्क व्यक्ति के साथ जाते और वही निर्णय करता कि हम कौन सी फिल्म देखेंगे। हम केवल 'श्रीकृष्ण तुलाभारम', 'राम वनवास' और 'गिरिजा कल्याणम' जैसी धार्मिक व प्रेरणाप्रद फिल्में देख सकते थे। कई बार अपवादस्वरूप हमें किसी वयस्क की देखरेख में बाल फिल्में देखने की अनुमति भी मिल जाती थी। उसके बाद हम अपने मित्रों को उनके बारे में बताते थे। जिस दिन वह भाग्यशाली दिन आता, मैं और मेरे कजन जल्दी से भरपेट खाना खा लेते, ताकि फिल्म के बीच हमें उठना न पड़े। फिल्म देखने के बाद हम काफी दिनों तक उसके बारे में बातें करते। बहरहाल फिल्म देखने के साल में कुछ इने-गिने दिन ही थे।

कोई भी चीज हमेशा एक जैसी नहीं रहती। जीवन बदला और मैं शिक्षा हेतु हुबली नामक छोटे शहर में आ गई, जहाँ अनेक फिल्मी थिएटर थे। वहाँ भी किसी किशोरी के रोमांटिक दृश्य देखने पर निषेध जारी था। कभी-कभार खुश होकर यदि मैं सहेलियों के साथ प्रणय दृश्य देख लेती और घर आकर अपनी चाची या परिवार के अन्य किसी वरिष्ठ सदस्य को वैसी ही बातें करते सुनती या उनकी कोई हरकत देखती तो अपनी आँखें बंद कर लेती थी।

महीने-दर-महीने मैं दृढ़तर होती गई। प्रत्येक परीक्षा-सत्र की समाप्ति के पश्चात् हम लड़कियाँ मिलकर फिल्म देखने जातीं। अपने घरवालों से झूठ बोल देतीं कि हम फिल्म 'दशावतारम' देखने जा रही हैं, किंतु वास्तव में अपने स्वप्निल नायक राजेंद्र कुमार की फिल्में देखतीं। हममें से हरेक का गुप्त रूप से एक प्रिय हीरो होता था, परंतु उसके बारे में एक-दूसरे से बात करने में झिझक महसूस होती थी।

कॉलेज पहुँचने के बाद मैं पूरी तरह बोल्ड मानी जाने लगी। मैंने अपने पैरेंट्स से कहा, "अब मैं धार्मिक फिल्में नहीं देखती। अब तक मैंने जितनी धार्मिक फिल्में देख ली हैं, वे आजीवन याद रहेंगी। अब मैं राजेश खन्ना की फिल्में देखना चाहती हूँ।"

मैं एक संयुक्त परिवार में रहती थी और स्पष्ट था कि किसी मनमोहक

सुपर स्टार की फिल्में देखने की मेरी पारदर्शी इच्छा जानकर परिवार के बड़े सदस्य स्तब्ध और शायद थोड़ा व्यथित भी हुए। वे मानते थे कि उन्हें देखकर लड़कियाँ बिगड़ जाती हैं और उनकी बुद्धि खराब हो जाती है।

उस दिन के बाद से चाची मेरे अंकों पर बारीकी से नजर रखने लगीं। अगर उसमें मामूली कमी भी आती तो उनकी टिप्पणी होती, ''इसमें हैरानीवाली कौन सी बात है कि तुम्हारे अंक नीचे जा रहे हैं। घटिया रोमांटिक फिल्मों ने तुम्हारा दिमाग खराब कर दिया है और अब तुम पढ़ाई पर पहले जैसा ध्यान नहीं दे पाओगी।''

मेरे और चचेरी बहनों के कम अंक आने पर बेचारे राजेश खन्ना को अनजाने ही दोषी माना जाता था।

बाद में अपनी स्नातकोत्तर शिक्षा हेतु मैं बेंगलुरु पहुँची। वह तो स्वर्ग था! मैजेस्टिक के नाम से विख्यात क्षेत्र में लगभग तीस थिएटर थे। सड़क के एक ओर संगम, अलंकार, केम्पे गौड़ा और मैजेस्टिक जैसे मशहूर थिएटर थे। मैं एक बार में दो फिल्में देखने का प्रबंध कर लेती थी।

एक बार मैं अपने निजी उपकरण कामकाजी महिला हॉस्टल, पुणे में छोड़ आई। वहाँ मुझे रोकनेवाला कोई नहीं था और फिल्मों के प्रति मेरा प्रेम छलाँगें मारने लगा। उनका जुनून इस कदर बढ़ गया कि मैं पढ़ाई तभी कर पाती, जब बैकग्राउंड में किसी फिल्म की कहानी चल रही हो। कई विद्यार्थी मेरा मजाक उड़ाने लगे।

एक दिन कुछ लड़कियाँ मेरी एक सहेली के घर इकट्ठा हुईं। एक ने मुझसे कहा, "फिल्में मनोरंजन का अद्‌भुत साधन हैं, परंतु यह रोजाना मिष्टान्न खाने जैसा है। वह आपके स्वास्थ्य के लिए ठीक नहीं है। एक सीमा के बाद आपको उससे अरुचि हो जाएगी।"

मैंने विरोध करते हुए कहा, ''कतई नहीं। आप अलग-अलग दिनों पर अलग-अलग मिठाई खाइए और आपको कभी अरुचि नहीं होगी। यही बात फिल्मों पर भी लागू होती है।''

''कहना सरल है, लेकिन उसपर अमल करना आसान नहीं है। क्या तुम

रोजाना एक फिल्म देखने की इच्छा रखती हो?''

''हाँ, वाकई मेरी यही इच्छा है और मुझे कोई संदेह नहीं है कि मैं ऐसा कर सकती हूँ।

मेरी सहेलियाँ झूम उठीं। ''ठीक, अगर यह बात है तो लगी शर्त! अगर तुम 365 दिनों में 365 फिल्में देख लोगी तो हम तुम्हें सौ रुपए देंगी और 'मिस सिनेमा' के रूप में तुम्हारा सम्मान करेंगी।''

मैंने उत्तेजित होकर सिर हिलाया और इस प्रकार मेरी फिल्मी यात्रा शुरू हो गई।

फिल्में देखने के लिए पुणे एक बड़ा शहर था। उन दिनों वहाँ 'निलयम' थिएटर में राज कपूर की फिल्में चल रही थीं। वह नित्य उनकी भिन्न-भिन्न फिल्में दिखाता था। मैंने उनकी पुरानी से लेकर नई तक सारी फिल्में देख डालीं। उनकी समाप्ति के बाद मैंने 'लक्ष्मी नारायण' थिएटर में अभिनेता-निर्देशक गुरु दत्त की सभी फिल्में देखीं। बोरियत कभी कहीं नजर नहीं आई। उनकी फिल्में समाप्त होने लगीं तो मराठी फिल्मों में दक्ष प्रभात फिल्म कंपनी ने मेरे हॉस्टल से थोड़ी ही दूरी पर स्थित 'नटराज' थिएटर में अपनी फिल्मों का प्रदर्शन प्रारंभ किया। उनमें से कुछ फिल्में उन दिनों की थीं, जब मेरे पिताजी विद्यार्थी थे। इस प्रकार मैंने 'मानुष', 'कुनकू', 'शेजरी' और 'रामशास्त्री' जैसी फिल्में भी देखीं। दिन के समय फिल्मों की पर्याप्त आपूर्ति नहीं होती थी, अतः मैंने राहुल 70 एम.एम. थिएटर में—Gone with the Wind, To Sir with Love, Come September, The Ten Commandments जैसी अंग्रेजी क्लासिक फिल्में देखीं, जिनमें चार्ली चैपलिन, लॉरेल एंड हार्डी ने अभिनय किया था और साथ ही उपशीर्षक वाली मूक फिल्में भी देखीं। दक्कन थिएटर कभी-कभी कन्नड़ फिल्में भी दिखाता था।

वर्ष के अंत में मैंने सभी 365 फिल्में देख डालीं और इतनी एक्सपर्ट हो गई कि किसी भी फिल्म की रेटिंग के बारे में अपनी सहेलियों को बता सकती थी। मैं किसी फिल्म की सफलता के मूलभूत तत्त्वों से भी अवगत हो गई। इसकी पूर्वापेक्षाओं में ठोस कहानी, अच्छा संगीत, चटपटी वार्त्ता, उत्तम

पटकथा एवं संवाद, मुख्य भूमिकावाले कलाकारों द्वारा सुंदर अभिनय, उचित वेशभूषा, अद्वितीय निर्देशन और सचेत संपादन शामिल है। इसके पश्चात् भाग्य का प्रश्न पैदा होता है, जो आज तक अपरिभाषित है। मेरा सामना श्रेष्ठ कहानीवाली ऐसी फिल्मों से भी हुआ है, जो बॉक्स ऑफिस पर जाकर पिट गईं। अत: सफलता का कोई निश्चित फॉर्मूला नहीं है। कई बार अत्यंत नाटकीयता एवं अवास्तविक कहानीवाली फिल्में शुरुआत से ही तहलका मचा देती हैं।

फिल्मों में मेरी गहरी रुचि मुझे नायकों की अभिनय क्षमता और निर्देशकों के कौशल का मूल्यांकन करने के स्तर तक ले गई। इस प्रकार धीरे-धीरे मैं फिल्मी पंडित बन गई।

अब मैं अपने व्यस्त कार्यक्रम के कारण चाहकर भी अधिक फिल्में देख पाने में असमर्थ हूँ। फिर भी, घर की बजाय थिएटर में फिल्में देखने को प्राथमिकता देती हूँ।

उन देशों की यात्रा में भी मेरी रुचि है, जिन्हें लोकप्रिय पर्यटन स्थल के रूप में नहीं जाना जाता। कुछ वर्षों पूर्व इस सूची में मैंने ईरान, पोलैंड, क्यूबा, बहामास, उज्बेकिस्तान और आइसलैंड को जोड़ दिया। अल्पदर्शित देशों में अनेक लाभ हैं। एक तो उनमें भीड़ नहीं होती और होटल आरक्षण भी कम ही होता है। इन देशों की हवाई टिकटें अल्प सूचना पर ही उपलब्ध हो जाती हैं और आपको अपनी पसंद के स्थान पर कहीं भी घूमने-फिरने की आजादी होती है। जिन चार देशों के बाजारों, सब्जियों, रिवाजों, भोजन और फैशन जैसी विशेषताओं से मेरा परिचय कराया गया, उनमें बहामास सर्वाधिक आकर्षक था। मैंने किसानों की मंडियों में जाकर वहाँ की स्थानीय चीजों के नमूने लिये और मनपसंद चीजें उठाकर खाने के लिए साथ लाई।

अपनी ईरान यात्रा के दौरान मैं प्राचीन पर्शिया देखने को उत्सुक थी, क्योंकि मुझे पता चल गया था कि उत्तरी कर्नाटक में हम जो स्थानीय भाषा बोलते हैं, उसमें फारसी के 5,000 शब्द हैं। यह ऐतिहासिक संबंध आदिल शाही हुकूमत के दिनों से जुड़ा है। उन दिनों सरकारी, अदालती और सैन्य

भाषा फारसी थी। अतः इसमें कोई आश्चर्य नहीं कि फारसी वास्तुकला के अनेक शब्द एवं बारीकियों को स्थानीय लोगों ने अपना लिया, जिन्हें कर्नाटक के बीजापुर एवं बीदर में आज भी देखा जा सकता है।

प्राचीनकाल में व्यापार राज्य की आमदनी का प्रमुख स्रोत था। उन दिनों अनेक व्यापारी समूह सक्रिय थे, जो चीन से भारत में सामान लाते थे और भारत से पाश्चात्य देशों में भेज देते थे। इस व्यापार ने भोजन, नृत्य, सिनेमा और कपड़ों के माध्यम से सांस्कृतिक संबंधों के सहयोग को प्रोत्साहित किया।

मैंने संस्कृति, व्यापार और किराए इत्यादि को भलीभाँति समझने के उद्‌देश्य से प्रमुख शहर शिराज के स्थानीय बाजार की यात्रा करने का निर्णय लिया। मैंने एक व्यक्ति को छोटे से स्टॉल पर नान बनाने में व्यस्त देखा। कुछ लोग अपने ऑर्डर के पूरा होने की प्रतीक्षा कर रहे थे। उसकी प्रक्रिया बड़ी रोचक थी और कुछ मिनटों में नान बनाकर परोस दिए जाते थे। ईरान में जब किसी के यहाँ मेहमान आते हैं तो औरतें भारत की तरह रसोई में जाकर रोटियाँ नहीं सेंकतीं। इसकी बजाय घर के पुरुष नान और रुमाली रोटी की दुकान पर जाकर अपनी जरूरत के मुताबिक रोटियाँ खरीद लाते हैं।

रोटियाँ बनते देखकर मुझे भूख लगी और मैंने नान लेने के लिए नानवाले से संपर्क किया और अंग्रेजी में कहा, "मैं दो नान खरीदना चाहती हूँ।"

यह स्पष्ट था कि उसे अंग्रेजी नहीं आती थी, लेकिन वह मेरी बात समझ गया। उसने जल्द ही दो गरम नान कागज पर रखकर मुझे दे दिए। मैंने महसूस किया कि वह मेरी साड़ी और माथे पर लगी बिंदी देख रहा था।

चूँकि मुझे कीमत मालूम नहीं थी, इसलिए मैंने उसे बड़ा करेंसी नोट दिया, ताकि वह अपने पैसे रखकर शेष मुझे वापस कर दे।

उसने नोट देखकर कहा, "अमिताभ बच्चन?"

जब मैंने कोई जवाब नहीं दिया तो वह बोला, "सलमान खान, शाहरुख खान!"

बॉलीवुड के मशहूर अभिनेताओं का नाम सुनकर मैंने महसूस किया कि वह क्या कहना चाहता है। मैंने जवाब दिया, "हाँ, मैं भी उन्हीं के देश की हूँ।"

उसने मुसकराते हुए कहा, "कोई पैसा नहीं।"

मेरे जोर देने पर भी उसने इनकार कर दिया। उसने आगे कहा, ''इंडिया, बॉलीवुड, बड़ी अच्छी बात है। अच्छा नाच, अच्छे कपड़े, अच्छा संगीत ईरानवाले पसंद करते हैं।''

मैं समझ गई कि ईरानी लोग बॉलीवुड को पसंद करते हैं। चूँकि मैं उनके पसंदीदा अभिनेताओं के देश से आई थी, इसलिए उस आदमी ने मुझसे एक भी पैसा नहीं लिया। रोटियाँ वह मुझे भेंट के तौर पर देना चाहता था। संभवत: उसे अपने प्रिय नायकों के देशवासी के लिए बदले में कुछ करने का यही तरीका सूझा होगा।

''सलाम!'' कहकर उसने मेरी तंद्रा भंग की और मेरे पीछेवाले ग्राहक की ओर बढ़ गया।

मैं उन बेशकीमती नानों को लेकर अपने होटल के कमरे में आई और टी.वी. चालू कर दिया। यह देखकर मेरी खुशी और हैरानी का ठिकाना न रहा कि अमिताभ बच्चन फिल्म 'कभी खुशी, कभी गम' में जया भादुड़ी के साथ फारसी में वार्त्तालाप कर रहे थे। मुझे कोई संदेह न रहा कि इस देश में बॉलीवुड फिल्मों के प्रति निश्चित ही लगाव है। ईरानी भले ही गानों का अर्थ न समझ पाएँ, परंतु उन्हें हमारी कहानियाँ, लहराते हुए सुंदर सिल्क के लहँगे, थिरकने को विवश करनेवाला संगीत, फिल्मी सेटों की भव्यता और नायकों की अदाकारी अवश्य ही पसंद आते हैं।

मेरी अगली यात्रा क्यूबा की राजधानी हवाना की थी। शहर पश्चिमी सभ्यता से कटा एवं अधिकांश विश्व से एकदम अलग-थलग है। स्थानीय भाषा स्पेनी है, जिसमें मैं 'ग्रासियास' या धन्यवाद के अतिरिक्त एक भी शब्द बोल नहीं सकती थी। मैं इस बात से हैरान थी कि वहाँ एक भी भारतीय पर्यटक नहीं था। मौसम गरम था और गरमी से बचाने हेतु वहाँ सुंदर छायादार बाजार थे। बाजारों में हस्तशिल्प, फल और जूस सहित लगभग सभी वस्तुएँ बिक्री हेतु उपलब्ध थीं।

अत: हाथ में नारियल पानी का गिलास लिये अपनी बहन के साथ मैं

इस बाजार से उस बाजार तक आ–जा रही थी। उसने लकड़ी और चमड़े की वस्तुओं से भरे स्टोर में एक बैग देखा। इधर मैं बैग का निरीक्षण करने में उसकी मदद कर रही थी, उधर उसने भारतीयों की जन्मजात आदत (चाहे किसी की आर्थिक स्थिति कैसी भी हो) के अनुसार बैग की कीमत के बारे में मोल–भाव करना शुरू कर दिया। विक्रेता ने मूल्य बताने हेतु हाथ से संकेत करते हुए कहा, ''पंद्रह पेसो।'' मैंने वहाँ एक युवक को हमारी बातचीत में स्वाभाविक रुचि लेते खड़ा देखा। आखिरकार जो चीज मेरी बहन खरीदने जा रही थी, उसका वास्तविक मूल्य जाने बिना ही तत्काल दस का संकेत कर दिया। दुकानदार ग्यारह पेसो तक नीचे आ गया, किंतु मेरी बहन ने बड़े घमंड से उसकी बात सुनने से इनकार कर दिया। स्त्री मुसकराते हुए दस पेसो में बैग देने को तैयार हो गई और स्पेनी भाषा में कुछ बोली। सौदा तय होने के दरम्यान माधुरी दीक्षित और आमिर खान के नाम मुझे सुनाई पड़े।

हम वहाँ से जाने ही वाले थे कि एक ओर खड़ा युवक अंततः टूटी–फूटी अंग्रेजी में बोल पड़ा, ''क्या आप जानती हैं कि उस महिला ने यह बैग आपको केवल दस पेसो में क्यों दे दिया?''

मैंने अपना सिर इनकार में हिलाया कि मैं नहीं जानती।

''वह कह रही है कि आमिर खान और माधुरी दीक्षित की फैन (प्रशंसक) है। वह चाहती है कि आप उन्हें बताएँ कि उनके प्रशंसक हवाना और शेष क्यूबा में भी हैं।''

मैं आश्चर्यचकित थी। ''क्या आप इससे पूछ सकते हैं कि यह उनकी फिल्में कहाँ देखती है?''

प्रश्न सुनकर दुकानदार महिला मुसकराई और युवक से कुछ कहा।

युवक ने मेरी ओर मुड़ते हुए बताया, ''यह डी.वी.डी. खरीदकर देखती है।''

मैंने पूछा, ''क्या वे चोरी की होती हैं?''

वह बोला, ''मुझे नहीं पता। अगर आप चाहती हो तो मैं पूछूँ।''

चूँकि हम ठीक से संवाद नहीं कर पा रहे थे, इसलिए मैंने बातचीत को

आगे न बढ़ाने का फैसला किया। यद्यपि मेरे सभी प्रश्नों का उत्तर नहीं मिला, परंतु यह साफ था कि बॉलीवुड की अंतरराष्ट्रीय स्तर पर बड़ी उपस्थिति है और उसी की वजह से मुझे पाँच पेसो की छूट मिली।

मुझे मुंबई की अपनी एक यात्रा का स्मरण हुआ, जब मैंने नई उम्र के एक भारतीय अभिनेता-निर्देशक से फिल्मों के विषय में अत्यंत जोशीली चर्चा की थी। सचमुच!

मैंने कहा, ''बॉलीवुड सिर्फ सिनेमा तक ही सीमित नहीं है। यदि कोई व्यक्ति उत्तम मूल्यों के बारे में बात करता है तो उसका प्रभाव भीड़ में किसी व्यक्ति पर पड़ता है। कोई उनके विषय में लिखता है तो उससे कुछ और लोग बदल सकते हैं; परंतु यदि उसे किसी सशक्त कथानक के माध्यम से बॉलीवुड में दिखाया जाता है तो उसका जबरदस्त असर पड़ता है। अभिनेता के रूप में व्यक्ति को सही संदेश के संचार का दायित्व अवश्य निभाना चाहिए।''

वह मेरी बात से सहमत हो गया।

बॉलीवुड का सचमुच असाधारण प्रभाव है।

मेरे यात्रा अभियान का अगला पड़ाव उज्बेकिस्तान का विशालतम शहर बुखारा था। शाम को जब मैं टहलने गई तो लोकप्रिय गीत 'तुझमें रब दिखता है' का धीमा स्वर मेरे कानों में सुनाई पड़ा। वह 'मेरी रब ने बना दी जोड़ी' फिल्म का गीत था। जैसे छोटे बच्चे हेमलिन के पायड पाइपर के पीछे भागने से स्वयं को रोक नहीं पाते, मेरे भी पाँव उस संगीत के स्रोत की ओर चल पड़े।

कुछ ही मिनटों में मैं एक तालाब के समीप स्थित एक रेस्तराँ 'ल्याबी हाउस' के सामने पहुँच गई। मैंने अंदर जाने की कोशिश की तो गेटकीपर ने हाथ के इशारे से रोक दिया।

उसने कहा, ''मुझे खेद सहित कहना पड़ रहा है कि रेस्तराँ आज पूरी तरह भर चुका है और सभी मेजें बुक हो चुकी हैं।''

मैंने कहा, ''लेकिन वह मेरा गीत है।'' किसी छह वर्षीय बच्चे की तरह उत्तेजित एवं गर्व महसूस करते हुए मैंने अंदर की ओर इशारा करते हुए कहा,

"मैं उसी देश से आई हूँ, जिसका यह संगीत है।"

मुझे अंदर जाने देने के लिए गेटकीपर मुसकराकर एक ओर हट गया।

शीघ्रता से मैं मुख्य कक्ष में प्रविष्ट हुई और सीधे गायक के पास पहुँचकर उसकी अदायगी पर ध्यान केंद्रित किया। अब तक संगीत बदलकर 'आशिकी 2' का 'तुम ही हो' बजने लगा। गायक ने गाना समाप्त किया तो मैंने उससे कहा, "मैं भारत से हूँ और यह गीत मेरे ही देश का है।"

उसने पूछा, "हिंदुस्तान?"

मैंने 'हाँ' में सिर हिलाया।

"नमस्ते!" कहकर वह खुशी से झूम उठा, मानो मैंने उसके मन की बात कह दी हो।

मैंने आस-पास देखा और रेस्तराँ में मौजूद अन्य लोगों के बारे में पहली बार जाना।

हमने फुरती से बात करने की कोशिश की। वह उज्बेक और मैं फारसी मिश्रित हिंदी में बोल रही थी। हम संवाद करने में सफल नहीं हुए।

तब वह मुसकराया और उसकी सुरीली आवाज फिजाँ में गूँज उठी—'मैं शायर तो नहीं'। स्थानीय लोगों में वह गीत अवश्य ही लोकप्रिय रहा होगा, तभी तो कमरा तालियों से गूँज उठा।

यह अंतरिक्ष अभियान या खेल में जीत जैसी कोई बड़ी उपलब्धि नहीं थी, परंतु दुनिया के किसी अज्ञात कोने में भारत का कोई कतरा सुनने के लिए लोगों का एक साथ एकत्र होना उनकी चाहत का नमूना अवश्य था। मेरा मन गर्व की भावना से भर गया कि मैं एक विशेष देश से संबंध रखती हूँ।

यहाँ तक कि इंग्लैंड जैसे देश में लोग बॉलीवुड नृत्य से प्यार करते हैं। वहाँ के भारतीय रेस्तराँ लोकप्रिय हैं और अकसर बॉलीवुड थीम पर आधारित हैं। आइसलैंड के रेकजाविक में भी 'गांधी' नामक रेस्तराँ है। स्विट्जरलैंड के इंटरलेकन स्थान पर प्रसिद्ध भारतीय फिल्म निर्माता स्वर्गीय यश चोपड़ा की मूर्ति लगी है और उरी आल्प्स की पहाड़ियों पर माउंट टिटलिस के प्रवेश द्वार पर शाहरुख खान व काजोल का पोस्टर लगा है।

बॉलीवुड ने हॉलीवुड के खान-पान में भी योगदान किया है। मिल्क बार में केला, बादाम, भुनी शक्कर, वनीला आइसक्रीम से बना पिग्गी चॉप्स नामक पेय है, जिसे पश्चिमी हॉलीवुड ने प्रियंका चोपड़ा के नाम पर तैयार किया है। दूसरी ओर ब्लूबेरी, ब्लैकबेरी, रसभरी और स्ट्रॉबेरी मिश्रित स्वादिष्ट शीतल पेय है, जिसे अभिनेत्री मल्लिका सहरावत के नाम पर 'मल्लिका शेक' कहा जाता है।

युवतियाँ भी अब इन अभिनेत्रियों की तरह कपड़े पहनना पसंद करती हैं। मैंने अपनी सहेली के बुटीक में अनेक लड़कियों को फिल्म 'बैंड बाजा बरात' में अनुष्का शर्मा और 'हम आपके हैं कौन' में माधुरी दीक्षित द्वारा पहने गए कपड़ों के बारे में पूछते देखा है।

उज्बेकिस्तान से पूर्व मैं आइसलैंड गई। दक्षिण भारतीय होने के नाते मुझे कभी स्वेटर पहनने की आदत नहीं थी। तब मैं कपड़ों की पाँच परत कैसे पहन सकती थी? मुझे लगा कि उस देश की यात्रा के प्रति उत्सुक होनेवाली मैं अकेली महिला थी। मैं इस बात से आश्वस्त थी कि चूँकि वहाँ जमानेवाली सर्दी पड़ती है, अतः किसी भारतीय से मेरी मुलाकात नहीं होगी।

पूर्व नियोजित दौरे के अंतर्गत अंततः जब मैं आइसलैंड पहुँची तो वहाँ मेरी मुलाकात एक अच्छे गाइड से हुई, जिसने ऐसी भाषा में मेरा स्वागत किया, जिसे मैं समझ नहीं सकी। उसने पूछा, "क्या आप स्थानीय लोगों का 'गेरुआ' गीत देखना पसंद करेंगी?"

मैं उसका एक भी शब्द नहीं समझ पाई और खामोशी से उसकी ओर देखा, जिससे वह अत्यंत दुखी नजर आया। अतः उसने अपने बैग से काजोल और शाहरुख खान अभिनीत फिल्म 'दिलवाले' की डी.वी.डी. निकाली।

मेरे ऊपर रोशनी पड़ते ही मैंने हामी भरी, "हाँ!" मैंने फिल्म देखी थी और वह स्थान देखकर हैरान रह गई, जहाँ उसके एक गीत को फिल्माया गया था।

ब्लैक सैंड बीच के रास्ते में उसने मुझे गीत का वीडियो दिखाया। काले कंकड़ और बर्फ के तैरते टुकड़ों को देखकर मेरी साँस रुकने लगी और मैंने

वहाँ अधिक समय बिताने का कार्यक्रम रद्द कर दिया।

गाइड बोला, ''हम सब इस गीत को बेहद प्यार करते हैं, क्योंकि इसने आइसलैंड को आपके देश के लोगों के बीच अत्यंत लोकप्रिय बना दिया है और हमारे देश की पर्यटन संभावनाओं में वृद्धि हुई है।''

जैसे ही हम वापस होटल की ओर रवाना हुए, मेरे आगे चलनेवाले स्पेनी पर्यटक ने कहा, ''यह बात बिल्कुल सच है। हमें भी बॉलीवुड से काफी लाभ हुआ है। फिल्म 'जिंदगी न मिलेगी दोबारा' का गीत 'सेनोरिटा' की शूटिंग स्पेन में हुई थी, जिसने हमारे देश को मशहूर कर दिया। फिल्म ने टमाटर उत्सव को भी प्रसिद्धि दिलाई।"

मैंने सहमति में सिर हिलाया, "फिल्म ने वाकई स्पेन को भारतीयों का पसंदीदा पर्यटन स्थल बना दिया। हमें बार्सीलोना एवं मैड्रिड जैसे शहर और ला टोमैटिनो फेस्टिवल अत्यंत खूबसूरत लगते हैं। देश की पर्यटन आय बढ़ाने के लिए किसी को फिल्म की निर्देशक जोया अख्तर को पुरस्कार देने पर विचार करना चाहिए।"

मैं वापस बैठ गई और मेरा दिमाग बॉलीवुड की श्वेत-श्याम से लेकर रंगीन फिल्मों, पृथ्वीराज कपूर से लेकर रणवीर कपूर और साल में केवल तीन महीने चलनेवाले घुमंतू टॉकीज से लेकर आज की ऑन डिमांड उपलब्ध फिल्मों के फिल्मी सफर तक का चक्कर लगाने लगा।

बॉलीवुड ने फिल्म उद्योग के एक अंग से लेकर कारोबारी पीढ़ी के साझीदार तक के रूप में महारत हासिल की है। सबसे बड़ी बात यह कि यह हमारे देश का अद्‌भुत राजदूत है।

□

9

रासलीला एवं स्वीमिंग पूल

हरिकथा कर्नाटक राज्य का एक पारंपरिक कला प्रारूप है, जिसमें सूत्रधार या दास अपनी छोटी सी मंडली के साथ गाँव-गाँव जाकर हिंदू धर्मग्रंथों की कहानियाँ एवं वीरगाथाएँ सुनाता है। मंडली जब हमारे गाँव शिग्गाँव आई तो लोग बड़ी उत्सुकता से सारी रात चलनेवाली कथा सुनने हेतु मंदिर में इकट्ठा हो गए। तंबूरे की धुन पर नृत्य के माध्यम से अनेक कहानियाँ दिखाई गईं। संपूर्ण कृत्य सूत्रधार के कौशल एवं नृत्य पर निर्भर था।

ऐसी ही एक शाम को मैं अपनी चचेरी बहनों के साथ गोपिका वस्त्र-हरण की हरिकथा में गई। उस मंडली के हरिकथा दास सुप्रसिद्ध संचालक गोपीनाथ थे, जो भागवत पुराण की कहानियों को मंचित करने एवं श्रोताओं को मंत्रमुग्ध करने के लिए विख्यात थे। कहानियों के विषय सामान्यतया श्रीकृष्ण की चपलताओं, माँ का प्यार एवं गोपियों की भक्ति पर आधारित होते थे।

उस दिन गोपीनाथ ने कहा, ''कृपया सब लोग अपनी आँखें बंद कर लें। आज वृंदावन शहर का महत्त्वपूर्ण दिन है। आइए, मेरे साथ टहलते हुए सब यमुना नदी के तट पर चलें। जल शीतल है, कमल खिले हुए हैं और नदी मंद गति से बह रही है। एक बार वहाँ पहुँच जाने पर अपने आस-पास देखें। आपको वहाँ भ्रमण करती गोपियाँ दिखाई देंगी। उनके कपड़ों का क्या रंग है ?''

एक छोटी लड़की चिल्लाकर बोली, ''लाल और हरा।''

दूसरी बोली, ''पीला और नारंगी।''

गोपीनाथ ने कहा, ''अब नदी के निकट उस बड़े एवं सुंदर हरे वृक्ष को देखो। गोपियों ने नहाने के बाद पहनने के लिए अपने सूखे वस्त्र उतारकर उस वृक्ष की डालों पर टाँग दिए हैं। अब वे नहाने के लिए नदी में उतर गई हैं और जल-क्रीड़ा कर रही हैं। आइए, अब कृष्ण को खोजें। आपकी राय में कहाँ हैं वह?''

श्रोताओं में से कोई उच्च स्वर में बोला, ''वह कदंब के पेड़ के पीछे हैं।''

दूसरी आवाज आई, ''वह यशोदा के पास हैं।''

गोपीनाथ निरंतरता में बोले, ''आइए, कृष्ण के पास चलें। वह वहाँ पास के एक वृक्ष की ऊँची डाल पर बैठकर अपना समय व्यर्थ कर रहे हैं।''

मंडली की एक नन्ही लड़की ने गोपी के वेश में कहा, ''अरे, वह तो बड़ा नटखट है, लेकिन मुझे प्रिय है! उसे देखते ही मेरे अधरों पर मुसकान आ जाती है। वैसे, मेरी माँ हमारे घर से सारा मक्खन चुरा ले जाने के कारण उससे बहुत रुष्ट होती हैं।''

अब मंडली ने मंच सँभाला और हरिकथा जारी रही।

एक स्त्री ने कहा, ''मेरी सास ने मुझे कृष्ण से न बोलने का निर्देश दिया है, क्योंकि वह घर के पिछले द्वार से प्रविष्ट होकर हमारा सारा दूध पी गया।''

एक शिकायती स्वर गूँजा—''मैं अपनी मटकी लेकर जब भी जल लेने जाती हूँ, वह कंकड़ी मारकर उसे तोड़ देता है। मेरा पति उससे अत्यधिक रुष्ट है।''

मंडली की गोपी बनी एक अन्य लड़की ने जोर देकर कहा, ''हमें उसे सबक जरूर सिखाना चाहिए।''

गोपीनाथ ने बीच में टोकते हुए कहा, ''कृष्ण ने उनकी सारी बातें सुन लीं और चोरी से उनके वस्त्र छुपा दिए। स्नान के पश्चात् जब गोपियाँ वृक्ष

के निकट गईं तो आश्चर्यचकित होकर बोलीं, 'अरे, हमारे वस्त्र तो कहीं दिखाई नहीं दे रहे! अब हम इतने कम एवं गीले वस्त्रों में घर कैसे जाएँगी? किसने चुरा लिये हमारे वस्त्र?' तभी उन्हें वृक्ष के ऊपर से आती हुई मधुर ध्वनि सुनाई पड़ी। उन्होंने उस दिशा में देखा तो कृष्ण एक हाथ में वस्त्र लिये दूसरे हाथ से आँखें मूँदकर बाँसुरी बजाते दिखाई पड़ा। 'अवश्य ही इसने हमारी सारी बातें सुन ली हैं। अब यह हमसे बदला लेगा और आसानी से हमारे वस्त्र नहीं लौटाएगा।' अब वे उसकी मनुहार करने लगीं। स्त्रियों ने क्या कहा?''

श्रोताओं में से एक लड़की चीखी, ''हे कृष्ण! कृपया मेरी साड़ी वापस लौटा दो न!''

दूसरी गोपी चिल्लाई, ''और मेरी भी। वह मेरी सबसे अच्छी साड़ी है।''

गोपियों की आँखें अब भी बंद थीं। उन्होंने उसी दशा में अपनी-अपनी साड़ी का विवरण देना प्रारंभ कर दिया—

''वह लाल किनारेवाली काली साड़ी मेरी है।''

''अरे, वह हरे और आम के रंगवाली साड़ी मुझे दे दो।''

गोपीनाथ प्रसन्न थे। उन्होंने कहा, ''अरे हाँ, तुम सबने अब कृष्ण को देख लिया है।''

कृष्ण, गोपियों और श्रोताओं के मध्य वार्त्तालाप तब तक जारी रहा, जब तक कि गोपियों ने अपने हाथ उठाकर आत्मसमर्पण नहीं कर दिया, ''हे कृष्ण! तुम एक दयालु बालक हो और हमारे हृदयों की दशा समझते हो। कृपया हमें साड़ियाँ लौटा दो, वरना हमारे पास गीले वस्त्रों में घर लौटने के अतिरिक्त अन्य कोई विकल्प नहीं है। हम पूर्णतया तुम्हारे ऊपर निर्भर हैं।''

गोपीनाथ ने कहा, ''कृष्ण ने मुसकराते हुए वस्त्रों को नीचे फेंकना प्रारंभ कर दिया। गोपियाँ अपने वस्त्र पहनकर पूरी तरह तैयार हो गईं तो कृष्ण वृक्ष से नीचे उतर आया और नृत्य प्रारंभ हो गया।''

संपूर्ण वातावरण संगीत एवं नृत्य की ध्वनियों से गुंजारित हो उठा और

रात्रि की समाप्ति प्रसन्नतापूर्ण वातावरण में हुई। हरिकथा दास ने हमें अपनी आँखें खोलने के लिए कहा। हमने पाया कि ढाई घंटे बीत गए थे।

एक नन्ही लड़की के रूप में मेरे मन में अनेक कल्पनाएँ उभरीं। यमुना नदी का बहाव, गुलाबी कमल, चमकीली व रंगीन गोपियाँ, भगवान् कृष्ण एवं उनकी नटखट, किंतु करुणापूर्ण लीला और बाँसुरी की मधुर ध्वनि इत्यादि देखकर मैं आनंदित हो उठी!

वर्षों बाद मैं वृंदावन गई। यह देखकर मुझे अत्यंत निराशा हुई कि यमुना एक पूर्ण नदी न होकर गंदी नदिका बनकर रह गई थी। इस स्थान का अब व्यवसायीकरण हो गया था।

मैंने देखा कि लगभग सभी पुजारी भक्तों को धागा बँधे एक वृक्ष की ओर जाने का निर्देश दे रहे थे। उन्होंने कहा, ''भगवान् कृष्ण ने इसी वृक्ष पर बैठकर गोपियों के वस्त्र नीचे फेंके थे।''

भक्तों ने वृक्ष को नतमस्तक होकर कपड़े का छोटा सा टुकड़ा उसमें बाँध दिया।

उसकी छवि कहानी की मेरी कल्पना के अनुरूप नहीं थी, अत: मैं आँखें बंद करके लौट पड़ी। मैंने सोचा कि यह सब देखकर मैं अपने बचपन की छवियों को नष्ट नहीं करूँगी।

बड़ी होकर मैंने महसूस किया कि आधुनिक विश्व में इस प्रकार की कहानी को उत्पीड़न माना जाएगा। सत्य यह है कि ऐसी संकल्पना प्राचीनकाल में विद्यमान नहीं थी। ईश्वर को एक सर्वशक्तिमान सखा माना जाता है—ऐसा कि हम जब चाहें, उससे मिल सकें और अपनी इच्छानुसार कभी भी और कैसे भी बात कर सकें। इन कथाओं का आशय ईश्वर के मानवीय पक्ष को उनके प्रति श्रद्धा बनाए रखते हुए सामने लाना है। इसीलिए उन्हें आठ वर्ष के नटखट बालक के रूप में दरशाया गया है, जो अपने श्रद्धालुओं के साथ प्यार एवं मासूमियत के साथ छेड़छाड करके आनंदित होकर अपना समय व्यतीत करता है। यही कारण है कि स्त्रियाँ उसके साथ नाचती हैं और स्वयं को पूर्णतया भगवान् को समर्पित कर देती हैं तथा उनके

प्रति अपनी निष्ठा का प्रदर्शन करती हैं, जिसके पश्चात् भगवान् उनकी मनोकामना पूर्ण कर देते हैं।

दशकों बाद मैं दो नन्ही लड़कियों—कृष्णा और अनुष्का की दादी बनी। जब वे थोड़ी बड़ी हुईं तो मैंने अपने बचपन की कुछ कहानियों को उनके साथ साझा करने का निर्णय लिया। मैंने सोचा कि वे मेरी ही तरह दृश्यों का अवलोकन करेंगी।

एक दिन जब मैं लंदन स्थित उनके घर में उनके साथ खेल रही थी तो उन्होंने मुझसे कहानी सुनाने का आग्रह किया। मैंने उन्हें भगवान् कृष्ण एवं गोपियों की वही कथा सुनाई। चूँकि वे तन्मयता से सुन रही थीं, इसलिए मैंने उसमें अक्षय पात्र की कहानी भी जोड़ दी।

''द्रौपदी अत्यंत आतिथ्यवान् नारी थीं और इंद्रप्रस्थ में रहते हुए अनेक अतिथियों का स्वागत-सत्कार करती थीं। दुर्भाग्यवश परिस्थितियों के परिवर्तित हो जाने के कारण उन्हें अपने पतियों के साथ लंबे वनवास हेतु जाना पड़ा। वे सोचकर व्यथित हुईं कि अब मैं अपने अतिथियों का पूर्ववत् सत्कार कैसे कर पाऊँगी।

''उनके पति युधिष्ठिर ने सूर्य देव की आराधना की और उनके समक्ष अतिथियों की देखभाल कर पाने में अपनी असमर्थता का वर्णन किया। अतः सूर्य देव ने उन्हें आशीर्वाद सहित एक पात्र दिया। उन्होंने कहा, 'यह एक विशेष पात्र है, जिसे अक्षय पात्र कहते हैं। इसका प्रयोग करके आप अपनी इच्छित संख्या में अतिथियों को भोजन करवा सकते हैं; परंतु एक शर्त पर।'

''युधिष्ठिर ने पूछा, 'वह शर्त क्या है, प्रभु?'

'' 'गृहिणी के भोजन कर लेने के बाद आप इसमें कुछ भी पका नहीं सकते। इस पात्र का पुनः प्रयोग अगले दिन सूर्योदय के बाद ही किया जा सकेगा।'

''युधिष्ठिर ने कहा, 'ठीक है, प्रभु!'

''द्रौपदी ने प्रसन्नतापूर्वक अपने अतिथियों को विविध प्रकार का भोजन कराना प्रारंभ कर दिया।

"शीघ्र ही उसके सहर्ष आतिथ्य-सत्कार का समाचार दुर्योधन के कानों में पहुँच गया, जिससे उसे इस तथ्य के बावजूद कि उसके चचेरे भाई वनवास में अत्यंत दयनीय जीवन बिता रहे थे, बड़ी ईर्ष्या हुई। कुछ दिनों पश्चात् क्रोधी ऋषि दुर्वासा दुर्योधन के महल में पधारे। वहाँ उनके साथ महान् अतिथियों जैसा व्यवहार किया गया और उन्हें यथा योग्य दिए जा सकनेवाले प्रत्येक उपहार दिए।

"दुर्वासा ऋषि दुर्योधन के आतिथ्य से अत्यंत प्रसन्न हुए और आशीर्वाद देकर बोले, 'तुमने मेरे शिष्यों सहित मेरा जो सत्कार किया है, उससे मैं अत्यंत प्रसन्न हूँ। अपनी इच्छानुसार कुछ भी माँग लो, मैं तुम्हारी इच्छा पूर्ण करूँगा।'

"दुर्योधन और उसके कपटी मामा शकुनि ने पहले ही तय कर लिया था कि यदि ऋषि दुर्वासा उन्हें अवसर देंगे तो वे क्या माँगेंगे।

"अपने वनवासी भाइयों के प्रति कृत्रिम सदिच्छा का प्रदर्शन करते हुए दुर्योधन मुसकराकर बोला, 'मेरे चचेरे भाई पांडव अत्यंत श्रद्धावान् एवं धर्मनिष्ठ हैं। यदि आप उन्हें भी अपना आशीष दें तो मुझे हार्दिक प्रसन्नता होगी। आप अभी चलेंगे तो देर शाम तक उनके यहाँ पहुँच जाएँगे। बस, मैं यही चाहता हूँ।'

"दुर्वासा अपने शिष्यों सहित प्रस्थान कर गए।

"ऊपरी तौर पर दुर्योधन का अनुरोध अत्यंत साधारण एवं उसके हृदय की विशालता प्रदर्शित करनेवाला प्रतीत हुआ, परंतु वह सत्य से कोसों दूर था। शकुनि और दुर्योधन जानते थे कि दुर्वासा अपने शिष्यों सहित जब तक पांडवों के घर पहुँचेंगे, द्रौपदी अपना भोजन समाप्त कर चुकी होगी और पांडव उन सबको भोजन नहीं करा पाएँगे। अंततः दुर्वासा अत्यंत क्रोधित होकर पांडवों को श्राप दे देंगे।

"कई घंटों की यात्रा के बाद दुर्वासा पांडवों के निवास-स्थान पर पहुँचे और बोले, 'तुम्हारा चचेरा भाई दुर्योधन एक श्रेष्ठ यजमान है। उसने मुझसे तुम्हारा आतिथ्य स्वीकार करने और तुम्हें आशीर्वाद देने की प्रार्थना की है।

पहले मैं अपने शिष्यों सहित समीपस्थ सरिता में स्नान करने जाऊँगा। हमारे लौटने तक भोजन तैयार रखो।'

''दुर्वासा के जाते ही युधिष्ठिर दौड़कर रसोई में जा पहुँचे और देखा कि द्रौपदी अक्षय पात्र को धो रही थी, जिससे वे अत्यंत व्यथित हुए। 'द्रौपदी, दुर्वासा अपने शिष्यों के साथ शीघ्र ही यहाँ भोजन हेतु पधारने वाले हैं और तुम पहले ही अपना भोजन समाप्त कर चुकी हो! मैं उनके क्रोध का कारण नहीं बनना चाहता। अब हमें क्या करना चाहिए?'

''सूर्यास्त शीघ्र ही होने वाला था, जिससे द्रौपदी चिंतित हो उठी। कोई समाधान न सूझने पर उसका ध्यान कृष्ण की ओर गया, जो उसके लिए भाई से भी बढ़कर थे। तभी उसने घोड़ों की पगध्वनि सुनी और उसके घर की ओर एक रथ आता हुआ दिखाई पड़ा। वह द्वार की ओर दौड़ी, परंतु पल भर में ही कृष्ण ने खुले द्वार से घर में प्रवेश किया।

''जब उन्होंने द्रौपदी और शेष पांडवों के लटके हुए चेहरे देखे तो पूछा, 'आप सब इतने दु:खी क्यों हैं?'

''युधिष्ठिर ने उन्हें वस्तुस्थिति से अवगत कराया। कृष्ण ने कहा, 'पात्र मेरे पास लाइए।'

"उदास द्रौपदी उन्हें अक्षय पात्र दिखाते हुए बोली, 'भ्राताश्री, इसमें कुछ भी नहीं है। आप स्वयं देख लीजिए।'

"कृष्ण बोले, 'बहन, आप एक रानी हो सकती हैं, परंतु निश्चय ही एक अच्छी दासी कदापि नहीं। यह देखो, तुमने चावल का एक दाना इसमें छोड़ दिया है।' कृष्ण ने दाना उठाकर खा लिया और लंबी डकार ली। 'मैं प्रसन्न हूँ और मेरा पेट भर गया है। भगवान् तुम्हारी रक्षा करें।' इतना कहकर वे पांडवों के रोकने से पहले ही वहाँ से निकल गए।

''इस बीच दुर्वासा और उनके शिष्यों का स्नान समाप्त होने वाला ही था कि अचानक उन्होंने महसूस किया, जैसे उन्होंने अभी-अभी पूर्ण भोजन किया हो। उनके पेट अत्यंत भरे हुए एवं संतुष्ट थे। उन्होंने एक-दूसरे की ओर देखा। एक शिष्य ने साहस करके दुर्वासा से कहा, 'गुरुवर, हम अपना

पेट पूरी तरह भरा हुआ महसूस कर रहे हैं और अब कुछ भी नहीं खा सकते। हमें पांडवों के निवास पर जाने का विचार त्याग देना चाहिए, क्योंकि हम कुछ खा पाने की स्थिति में नहीं होंगे, जिससे उन्हें बुरा लग सकता है।'

"दुर्वासा ने मुसकराकर कहा, 'हाँ, मेरे बच्चो, मैं जानता हूँ कि तुम सब कैसा अनुभव कर रहे हो। जीवन में लोभ की कोई सीमा नहीं है। भूख जैसी चीज की भी मर्यादा है। एक बार पेट भर जाने के बाद इससे कोई अंतर नहीं पड़ता कि तुम क्या कहते या करते हो, परंतु स्वयं को खाने के लिए विवश नहीं कर सकते। मैं पांडवों को यहीं से आशीर्वाद दे दूँगा और हम यहाँ से प्रस्थान कर जाएँगे।' "

कहानी समाप्त हो जाने के बाद कृष्णा और अनुष्का ने मेरे चेहरे की ओर देखा।

''आज मैंने तुम्हें दो कहानियाँ सुनाई हैं। तुम उनके विषय में अवश्य सोचो और कल मेरे समक्ष उन्हें दोहराना।'' मैंने कहा।

दोनों लड़कियाँ परस्पर कहानी की चर्चा करते हुए अपने कमरे में चली गईं।

मैं प्रसन्न थी कि मैंने उन्हें दो महत्त्वपूर्ण पौराणिक कहानियाँ अत्यंत सरल विधि से सिखा दीं।

अगली सुबह नाश्ता करने के बाद कृष्णा मेरे आगे आकर बैठ गई और बोली, ''अज्जी, मैंने आपकी कहानी थोड़ी बदल दी है।''

''वह कैसे, मुझे बताओ तो जरा ?''

अनुष्का भी मेरे पास आ चुकी थी और कृष्णा ने अपनी कहानी शुरू की, ''कृष्ण एक प्यारा नन्हा लड़का था, जो बड़ा नटखट था। वह अकसर अपने मित्रों के घर जाकर किसी की अनुमति लिये बिना फ्रिज खोलकर जो भी चाहता, खा लेता। इससे उनकी माताएँ रुष्ट होती थीं। फिर भी हरेक को वह प्रिय था।

''वह पिज्जा, पास्ता, सैंडविच, चीज, पनीर, मक्खन, घी, फल और अपनी पसंद की सारी चीजें निकाल लेता था।'' कहते हुए अनुष्का खिलखिलाकर हँस पड़ी।

कृष्णा बोली, ''शांत रहो, मैं कहानी सुना रही हूँ। वह क्रिसमस का मौसम था और सभी स्कूल बंद थे। एक दिन लड़कियों और उनकी माताओं ने इनडोर स्विमिंग पूल पर मिलने का निर्णय किया। जब सारे एकत्र हो गए तो उन्होंने वस्त्र बदलनेवाले कमरे में स्विमिंग सूट पहना, अपने कपड़े लॉकरों में रखकर ताला लगा दिया और चाबियाँ कमरे के बाहर पड़ी बेंच पर रखकर पूल (पोखर) में कूद पड़ीं।

''बाहर कड़कड़ाती सर्दी के बावजूद वे जल्द ही गरम जल के पूल में उतर गईं और जल-क्रीड़ा करने लगीं। एक बात जो वे नहीं जानती थीं, वह यह कि कृष्ण भी वहीं था। उसने पहली मंजिल से लड़कियों को देखा और पूल की तरफ वाली खिड़की खोल दी।

''लड़कियाँ उसी के बारे में बात कर रही थीं। उनमें से एक ने कहा, 'अरे, कृष्ण बड़ा आकर्षक है, परंतु वह मुझे सताता है। एक दिन उसने मेरी कुकीज खा लीं, लेकिन मैंने किसी से उसकी शिकायत नहीं की।'

" 'अरे, वह अकसर मेरी पेंसिलें चुरा लेता है।'

''अन्य लड़की बुदबुदाई, 'तुम्हारी पेंसिलें? वह तो मेरे खिलौने भी उठा ले जाता है।'

" 'हम मुख्याध्यापिका से उसकी शिकायत अवश्य करेंगी।'

''कृष्ण ने उनकी टिप्पणियाँ सुनीं, वस्त्र बदलनेवाले कमरे में गया और लॉकर की चाबियाँ लेकर वहाँ से चंपत हो गया।

''तैरने के बाद लड़कियों एवं उनकी माताओं ने स्नान किया और लॉकरों से अपने कपड़े लेने के लिए एकत्र हो गईं। परंतु चाबियाँ गायब थीं।

''उन्होंने कर्मचारियों से पूछा, 'हमारी चाबियाँ कौन ले गया?'

"'मैडम, दिन के इस समय यहाँ केवल लड़कियों को प्रवेश करने की अनुमति है, कोई अन्य प्रवेश नहीं कर सकता।'

"एक माँ ने कहा, 'लेकिन हम सर्दी से दुःखी और गीली हैं। हम घर कैसे जाएँगी?'

''एक लड़की चीखी—'मेरे नए जूते भी लॉकर में हैं।'

" 'मुझे यहाँ से एक बर्थडे पार्टी में जाना है और कपड़े लॉकर में हैं। अब मैं क्या करूँ?'

''परिचारिका बोली, 'मैं नहीं जानती कि क्या करना चाहिए। मुझे कुछ मिनट का समय दीजिए, मैं मैनेजर से बात करके आती हूँ।'

''अचानक उन्हें बेंजो की धुन सुनाई पड़ी। उन्होंने मधुर संगीत के स्रोत का पता लगाने के लिए आस-पास नजर दौड़ाई तो देखा कि कृष्ण उनके ठीक ऊपर पहली मंजिल के आँगन में खड़ा है। उसके हाथ की एक उँगली में चाबियों का गुच्छा लटक रहा था।

''जब उसे महसूस हुआ कि लड़कियों ने उसे देख लिया है, उसने बेंजो बजाना बंद कर दिया और बोला, 'लड़कियो! यदि तुम हेडमिस्ट्रेस से मेरी शिकायत करोगी तो तुममें से किसी को भी अपने कपड़े वापस नहीं मिलेंगे।'

''एक लड़की बोली, 'हम तुम पर मुकदमा चलाएँगी।'

" 'तुम सब मेरे ऊपर मुकदमा चलाना चाहती हो तो चलाओ, लेकिन कपड़ों के बगैर तुम कहीं भी नहीं जा पाओगी और वैसे भी, बाहर बर्फ पड़ रही है।'

''लड़कियों ने एक स्वर में कहा, 'हे कृष्ण! हमें अत्यंत खेद है।'

" 'यदि हम शिकायत करना चाहतीं तो पहले ही कर देतीं। तुम हमें अत्यंत प्रिय हो और तुम्हारी चपलताएँ हमें प्यारी लगती हैं। इस सच्चाई को तुम भी जानते हो। इसलिए यह सब बंद करो। इस तरह यहाँ खड़े-खड़े हमें सर्दी लग जाएगी। तुम भी नहीं चाहते कि हम बीमार पड़ें। क्यों?'

''कृष्ण मुसकराया और चाबियाँ लड़कियों की ओर फेंक दीं। कपड़े पहनकर लड़कियाँ नजदीकी कैफे में कृष्ण के साथ गरम चॉकलेट खाने चली गईं।'' मेरी बड़ी पोती ने अपनी कहानी समाप्त की।

अनुष्का ने जोर से ताली बजाई और हँसी। उसे कहानी में बहुत मजा आया।

अपनी प्रशंसा दरशाने हेतु मैंने सिर हिलाया। तथ्य यह था कि मैं लंदन में किए गए कहानी के उस नए बदलाव हेतु पूरी तरह असहज थी।

पुरानी कहानी ने मुझे यमुना नदी, शीतल जल, खिलते कमल और कृष्ण का बाँसुरी-वादन महसूस कराया, परंतु ईश्वर के इस शहरी रूप से खुद को संपृक्त कर पाना मेरे लिए कठिन था।

झिझकते हुए मैं अनुष्का की ओर मुखातिब हुई, ''आगे मुझे दूसरी कहानी का कौन सा संस्करण सुनने को मिलेगा?''

अपनी बारी की प्रतीक्षा कर रही अनुष्का ने कहानी शुरू की, ''द्रौपदी एक सुंदर एवं सशक्त रानी थी। एक दिन उसने शहर छोड़कर सुदूर गाँव में रहने का निर्णय किया। वह वहाँ स्रोत का साफ पानी पीती थी, पेड़-पौधों से सीधे आहार प्राप्त करती थी और घर आनेवाले सभी अतिथियों के लिए भोजन बनाती थी। बहरहाल, कई बार भोजन कम पड़ जाता था। उसने वह समस्या अपने पति युधिष्ठिर के समक्ष उठाई, जिन्होंने इस मुद्दे को अपने मित्र सूर्य के साथ साझा किया।

''सूर्य बड़ा संसाधन-संपन्न था। उसने युधिष्ठिर और द्रौपदी को एक प्रेशर कुकर व कुछ यौगिक दिए। सूर्य ने कहा, 'जब कभी तुम इसमें चावल पकाओ, उनमें इन स्वास्थ्यवर्द्धक यौगिकों को मिला देना। उस पके हुए चावल के दो चम्मच एक व्यक्ति के लिए पर्याप्त होंगे। इससे तुम्हें अधिक मात्रा में पकाना और आहार के लिए घंटों भटकना नहीं पड़ेगा। लेकिन द्रौपदी, तुम्हारे एक बार खा लेने और बरतन साफ कर लेने के बाद तुम उस दिन दुबारा खाना नहीं पका सकोगी। इससे कीटाणु दूर भगाने में सहायता मिलेगी और भोजन की स्वच्छता भी बनी रहेगी। इसलिए इसके प्रयोग के विषय में हमेशा सावधान रहना।'

"द्रौपदी ने सिर हिलाया और उस दिन से उसने नित्य अतिथियों के लिए ऑर्गेनिक चावल पकाना शुरू कर दिया।

''एक दिन उसके अंकल उसे बिना कोई खबर दिए कई लागों के साथ आ गए। उन्होंने द्रौपदी से कहा, 'द्रौपदी, मैंने सुना है कि तुम बड़े स्वादिष्ट चावल पकाती हो। मैं आज उसका स्वाद चखना चाहता हूँ। मैं और मेरे साथी पहले तैरने जाएँगे और फिर वापस लौटकर स्वादिष्ट भोजन करेंगे।'

''द्रौपदी चिंतित हो गई। पहले तो उसके अंकल ने अपने आने की पूर्व सूचना नहीं दी और दूसरे, वह बहुत सारे लोगों के साथ अचानक उसके द्वार पर भोजन करने के लिए आ धमके। इसके अलावा, द्रौपदी ने भोजन करके बरतन भी धो दिए थे। वह अंकल को उनकी संतुष्टि हेतु चावल का एक ही दाना देना चाहती थी, परंतु युधिष्ठिर ने उसे रोक दिया। 'अंकल ने कई बार हमारी सहायता की है, प्यारी पत्नी! उन्हें कुछ मत कहो। तुम जानती हो कि वे कितने क्रोधी हैं! हमें ऐसा कोई काम नहीं करना चाहिए, जिसका हमें बाद में अफसोस हो।'

''द्रौपदी चिंतित थी। इतने लोगों को अब वह कैसे खाना खिलाएगी? उसने तत्काल अपने भाई कृष्ण को बुलाया, जो बड़ा दयालु, सहायक और रणनीतिक चिंतक था। वह उसकी मदद करने आया और द्रौपदी से कहा कि अपना पात्र दिखाओ। कृष्ण ने उसमें चिपके चावल के एक दाने को निकालकर खा लिया।

" 'हम्म, चावल सचमुच स्वादिष्ट है; लेकिन मुझे पूरा भरोसा है कि अब तुम्हारे अंकल और उनके साथी खाने के लिए वापस नहीं आएँगे।'

''द्रौपदी ने पूछा, 'क्यों?'

''कृष्ण ने एक रहस्यमयी मुसकान के साथ कहा, 'वे जानते हैं, क्यों।' और किसी अन्य से मिलने चला गया।

''इस बीच स्विमिंग पूल में समूह के प्रत्येक व्यक्ति ने फिटकरीवाला पानी पी लिया। चूँकि उस दिन पानी में फिटकरी की मात्रा अधिक थी, इसलिए सबने असुविधा महसूस की और बाथरूम की ओर दौड़ लगानी शुरू कर दी। अंत में अंकल ने अपने साथियों से कहा, 'मुझे लगता है कि हम सब बीमार हो गए हैं और इस समय हमारी ऊर्जा क्षीण हो गई है। अब हमें द्रौपदी के घर भोजन के लिए नहीं जाना चाहिए।'

''समूह ने बड़बड़ाते हुए अपनी सहमति दी।

''इसलिए अंकल ने द्रौपदी के मोबाइल पर फोन करके कहा, 'मेरी प्यारी बच्ची, मुझे माफ कर दो। आज हम तुम्हारे घर भोजन करने में असमर्थ

हैं, किसी अन्य समय आने का वादा करते हैं।'

''द्रौपदी मुसकराई। हमेशा की तरह मेरा भैया मेरी मदद करने आज भी आ गया। 'आपका यहाँ हमेशा स्वागत है अंकल, लेकिन मेहरबानी करके अगली बार मुझे थोड़ा पहले बता दीजिएगा।'"

मेरी किल्लियाँ उड़ चुकी थीं। कहानियों का कैसे कायाकल्प हो गया था! उस नूतन रूपांतरण के पश्चात् मेरे अंदर इतनी हिम्मत नहीं बची कि मैं उसे दरबार में द्रौपदी के चीर-हरण की कहानी सुना पाती।

□

10

इन्फोसिस फाउंडेशन में एक दिन

शोभा मेरे स्कूल की सहेलियों में से एक है। हुबली जैसे छोटे कस्बे में निकटस्थ सखियों हेतु एक-दूसरे के साथ अन्य भाई-बहनों की भाँति मिल-जुलकर रहना सामान्य बात है। जीवन में आमतौर पर मोड़ आते ही हैं और हमें भी भिन्न-भिन्न मोड़ों से गुजरना पड़ा। शोभा हुबली में बस गई, जबकि मैं बेंगलुरु चली आई। कर्नाटक में अन्य बच्चों की तरह उसके बच्चे भी सॉफ्टवेयर इंजीनियर बनकर बेंगलुरु आ गए। अत: वह बच्चों से मिलने बार-बार बेंगलुरु आती और जब भी संभव होता, मुझसे मिलती थी।

एक दिन उसने मेरे ऑफिस में फोन किया। चूँकि मैं एक मीटिंग में थी, इसलिए उसके पास संदेश भिजवा दिया कि मैं उसे बाद में फोन करूँगी। जब मैंने शाम को उसे फोन किया तो उसने पूछा, "तुमने मुझे वापस कॉल करने में इतना समय क्यों लगा दिया?"

"शोभा, मुझे अपने निजी फोनों का उत्तर देने हेतु अभी थोड़ी देर पहले ही समय मिला।"

थोड़ी गंभीर आवाज में वह बोली, "मैं जानती हूँ कि तुम बहुत व्यस्त रहती हो। लेकिन मैं तुमसे जब भी बात करने की मंशा से फोन करती हूँ तो मुझे बड़ी कठिनाई होती है—कभी तुम काम कर रही होती हो, यात्रा कर रही होती हो या कभी किसी से मिलने हेतु बाहर गई होती हो। जब मैं समझती हूँ कि इस समय तुम घर पर होगी, तब भी तुमसे बात नहीं हो पाती। मैं केवल तुम्हें अपने पौत्र के पहले जन्मदिन पर आमंत्रित करना चाहती थी। वह सोमवार को है और

तुम अपनी सुविधानुसार जब भी समय मिले, अवश्य आना।''

''अरे, शोभा! किसी कार्य-दिवस, वह भी खासतौर से सोमवार, को तुमसे मिल पाना लगभग असंभव है।''

जैसे कि पुरानी सहेलियाँ करती हैं, शोभा ने पूछा, ''क्या तुम अपनी घनिष्ठ सखी के लिए एक घंटा भी नहीं निकाल सकतीं? मैं जानती हूँ कि तुम फाउंडेशन की अध्यक्ष हो और अवश्य ही अनुदान माँगने हेतु लोग मिलने आते ही रहते हैं, लेकिन तुम उन्हें फिर किसी दिन आने के लिए भी तो कह सकती हो। मुझे पक्का यकीन है कि वे दोबारा अवश्य आएँगे।''

मैंने उत्तर दिया, ''वह इतना आसान नहीं है। जयनगर से तुम्हारे घर आने और वापस लौटने में दो घंटे लगते हैं। मेरा आधा दिन निकल जाता है। फाउंडेशन में एक-एक दिन अनेक गतिविधियों से भरा होता है, जिनमें से कुछ को स्पष्ट कर पाना सरल नहीं है। जो वहाँ काम नहीं करता, उसको लोगों को धन या अनुदान देना सरल कार्य लग सकता है। यदि तुम सचमुच जानना चाहती हो कि मैं क्या करती हूँ तो आओ, मेरे साथ साये की तरह लगकर एक दिन बिताओ और देखो। शायद तब तुम सामाजिक कार्य की जटिल प्रकृति की एक झलक देख पाओगी।''

शोभा उत्साहपूर्वक राजी हो गई और एक सोमवार को मेरे साथ ऑफिस में समय बिताने हेतु आ गई।

उसके आने से मैं खुश थी। मैंने उसे बता दिया, ''जैसे ही मैं अपनी दिनचर्या शुरू करूँ, तुम बिना कोई टिप्पणी किए केवल देखती जाना, ठीक है?''

उसने मुसकराकर सहमति में सिर हिला दिया।

इस बीच मैंने अपनी सहायिका आशा को उन लोगों की सूची दी, जिनसे मुझे उस दिन बात करनी थी। जल्दी ही फोन की घंटी बजी। हरकत में आकर शोभा ने उत्तर दे दिया।

एक अन्य आवाज आई, ''हम हुबली से हैं और श्रीमती सुधा मूर्ति को अच्छी तरह जानते हैं। मैं उनसे बात करना चाहूँगी।''

''आपका क्या नाम है, मैडम?''

''उषा, उषा पाटिल।''

आशा ने मुझसे पूछा, ''कोई उषा पाटिल लाइन पर हैं, आपकी बात कराऊँ?''

हुबली में उषा एक आम नाम है और वैसे ही अंतिम नाम पाटिल है। मैं हुबली में कम-से-कम दस उषा पाटिलों को जानती थी, जिनमें एक पड़ोसी, एक सहपाठिन, एक चचेरी बहन, एक चचेरे भाई की पत्नी, एक दोस्त, एक पुजारी की लड़की तथा कुछ अन्य और। मैं चकित थी कि यह शख्स कौन थी।

मेरी तरह आशा भी आशंकित थी।

मैंने आशा से फोन लेकर कहा, ''सुधा मूर्ति बोल रही हूँ।''

''मैं उषा पाटिल हूँ और हुबली के निकट एक गाँव कुंडगोल से बोल रही हूँ। मेरे बेटे को नौकरी चाहिए।''

''क्या मैं तुम्हें जानती हूँ?''

''नहीं, लेकिन आप हुबली से हैं। इसीलिए मैं आश्वस्त हूँ कि आप हुबलीवालों की सहायता अवश्य करेंगी।''

''उषाजी, आपने यह क्यों कहा कि आप मुझे जानती हैं?''

''मैं आपको अखबारों और टेलीविजन के जरिए जानती हूँ।'' उसने औचित्य जताने की कोशिश की—''परंतु मैंने यह नहीं कहा कि आप मुझे जानती हैं। खैर, उसे छोड़िए, मेरा पुत्र जल्द रोजगार पाने का इच्छुक है।''

मैंने दृढ़ता से कहा, ''इन्फोसिस में लोगों की भरती के लिए मैं जिम्मेदार नहीं हूँ। कृपया आप मानव संसाधन विभाग को इ-मेल भेज दीजिए। वे अपने नियमानुसार काररवाई करेंगे।''

उसने कहा, ''लेकिन आप एक शब्द लिख देंगी तो आपके अनुरोध को वे नहीं ठुकराएँगे।''

''मुझे खेद है उषाजी, परंतु यह पेशेवरों की नियुक्ति का मामला है और कर्मचारियों की नियुक्ति साक्षात्कार एवं परीक्षण के बाद ही होती है। मैं

फाउंडेशन चलाती हूँ और किसी अन्य विभाग की प्रक्रिया में हस्तक्षेप नहीं करती।''

उषा आश्वस्त नहीं थी। वह मायूस होकर बोली, ''क्या आप किसी संपर्क व्यक्ति का विवरण दे सकती हैं?''

मैंने उत्तर दिया, ''आप इ-मेल से रिज्यूमे भेज सकती हैं।''

''प्लीज, एक मिनट होल्ड कीजिए, ताकि इ-मेल एड्रेस लिखने के लिए मैं कागज-कलम ढूँढ़ लूँ।''

मेरे पास इंतजार करने का समय नहीं था, अत: फोन वापस आशा को थमा दिया, ''उसे भरती विभाग का इ-मेल पता दे दो और आज के बाद यदि कोई कहे कि वह मुझे अच्छी तरह जानती/जानता है तो यह अवश्य पूछना कि क्या मैं भी उसे जानती हूँ।''

मैं जाकर अपने इ-मेल देखने लगी।

मेरी सेक्रेटरी लीना बोली, ''मैडम, आज आपके लिए 410 इ-मेल्स हैं।"

संख्या असामान्य नहीं है। ''आओ, इसे श्रेणी के आधार पर वर्गीकृत करके अलग कर लें, फिर नीचे से आरंभ करें।''

वर्गीकरण हो जाने के बाद हम शुरू हो गए। पहला इ-मेल ऐसा था, जिसमें मुझे किसी देवी की तरह वर्णित किया गया था। मैंने कहा, ''लीना, सिर्फ अंतिम पंक्ति पढ़ो।''

लीना ने स्पष्ट किया, ''इसमें एक मंदिर के निर्माण हेतु अनुदान का निवेदन किया गया है।''

मैंने कहा, ''फाउंडेशन किसी धार्मिक निर्माण या पुनर्वास में सहायता नहीं करता, जब तक कि वह केंद्र या राज्य सरकार द्वारा घोषित पुरातात्त्विक महत्त्व का न हो। मेरी ओर से खेद जता दो।''

इससे पहले कि लीना और मैं दूसरे इ-मेल की तरफ बढ़ते, ऑफिस में मोबाइल फोन चिंचियाने लगा, जो अनेक मेसेजेस के आने का द्योतक था। वे सभी एक संदेश के प्रत्युत्तर में आए थे, जिसमें कहा गया था कि 'इन्फोसिस

फाउंडेशन सभी आवेदकों को छात्रवृत्तियाँ प्रदान करता है। फाउंडेशन से तुरंत संपर्क करें।'

फोन की घंटियाँ भी बजने लगीं।

खबर पूरी तरह असत्य थी। कई साल पहले फाउंडेशन ने सीमित छात्रवृत्तियों का प्रस्ताव किया था, परंतु निर्धारित अवधि पूरी होने के बाद उसे निरस्त कर दिया गया था। हमें इस बात की जानकारी थी कि इसके बावजूद लोग उस सूचना को वाट्सएप के माध्यम से प्रसारित किए जा रहे थे। परिणामस्वरूप विद्यार्थियों और उनके पैरेंट्स ने इ-मेल, पत्रों एवं फोन की बाढ़ लगा दी।

मैंने आशा से कहा कि प्रत्येक प्रश्न का उत्तर उसी माध्यम से दो, जिस माध्यम से वह प्राप्त हुआ था। मैं जानती थी कि इससे आशा कुछ घंटों तक व्यस्त रहेगी।

यह हो जाने के बाद लीना और मैंने दूसरा इ-मेल खोला। एक विश्वविद्यालय मुझे डॉक्टरेट की मानद उपाधि देना चाहता था।

लीना उत्तेजित थी, परंतु मैं नहीं। शीघ्र ही हमने प्रासंगिक पंक्ति पढ़ी, जिसमें कहा गया था कि एक बार डॉक्टरेट प्राप्त कर लेने के बाद आप भूतपूर्व छात्रा बन जाएँगी और हम आश्वस्त हैं कि उसके बाद आप अपने तरीके से विश्वविद्यालय की सहायता कर सकती हैं।

हुँह, मैं तुम्हारी पीठ खुजलाऊँ और तुम मेरी। मैंने लीना से कहा, "डॉक्टरेट को विनम्रतापूर्वक ठुकरा दो।"

अगला अनुरोध मुंबई के एक कॉलेज के वार्षिकोत्सव में मुख्य अतिथि बनने के लिए आया था। आमतौर पर मैं अपने काम में बाधक कार्यक्रमों में नहीं जाती, लेकिन कुछेक में शामिल होने की कोशिश अवश्य करती हूँ। लीना ने मुझे बताया कि कार्यक्रम तो मात्र दो घंटे का ही है, परंतु मुंबई जाने और वापस आने की यात्रा में डेढ़ दिन लग जाएँगे। पहले मैंने इनकार करने का विचार किया, परंतु फिर विद्यार्थियों के विषय में सोचा, जो मुझे हमेशा प्रिय रहे हैं।

मैंने कहा, ''यदि उस दिन मुझे किसी काम से मुंबई जाना हो तो मैं शामिल हो सकती हूँ।''

उसने मेरी डायरी की जाँच करके बताया, ''आप उस तारीख को दोपहर बाद बैठकों में भाग लेने मुंबई जा रही हैं और सुबह कुछ घंटों का समय आपके पास उपलब्ध है। भाग्यवश कार्यक्रम स्थल हवाई अड्डे के पास ही है और आप विमान से उतरने के बाद सीधे वहाँ जा सकती हैं। हम आपकी उड़ान को पुनर्निर्धारित कर सकते हैं और आप बेंगलुरु से तड़के रवाना हो सकती हैं।''

''कॉलेज प्रबंधन को बता दो कि मैं 9.30 से थोड़ा पहले वहाँ पहुँच जाऊँगी और अनिवार्यतः प्रातः 11 बजे वहाँ से प्रस्थान कर जाऊँगी।''

फोन की तेज आवाज ने हमारी बातचीत को बाधित कर दिया और आशा ने फोन उठाया, ''हैलो!''

कुछ सेकंड में उसने फोन मुझे थमा दिया, ''कसाब लाइन पर है।''

मैं डर गई। किसी समय कसाब एक पाकिस्तानी आतंकवादी था, जिसे 26/11 को मुंबई के ताज होटल पर हमले के लिए दोषी सिद्ध किया गया था। जहाँ तक मैं जानती हूँ, उसे फाँसी दे दी गई है। परंतु कई बार जो दिखाई पड़ता है, वह होता नहीं है। ''क्या वाकई वह मुझे फोन कर रहा है, और क्यों?''

मैंने आशा से कहा, ''एक मिनट मुझे सोचने दो, फिर कसाब से कहना कि मैं उससे बात करूँगी।''

उसने उससे संक्षिप्त बात करके मुझसे कहा, ''कसाब बहुत क्रोधित है। वह कह रहा है कि मैं एक देशभक्त नागरिक हूँ और मुझसे पूछ रहा है कि मैं उसे इस प्रकार संबोधित क्यों कर रही हूँ।''

मैं दिग्भ्रमित थी। ''तुमने उससे क्या कहा, आशा?''

''आप ने सुबह मुझे पहले जो लिस्ट दी थी, मैंने उसी से नंबर मिलाकर उन्हें होल्ड करने का अनुरोध किया और इस बीच कॉल आपके फोन पर ट्रांसफर कर दी।''

''मैंने तुम्हें कभी किसी कसाब का नंबर नहीं दिया और न ही तुम्हें उस नाम वाले किसी व्यक्ति को कॉल करने को कहा। कसाब जहन्नुम में जा चुका है। क्या तुम जानती हो कि वह कौन था?''

परिस्थिति की परवाह किए बिना उसने लापरवाही से जवाब दिया, ''मैं नहीं जानती।''

''फोन मुझे दो।''

मैं दूसरी ओर फोन पर एक आदमी की फुफकार सुन सकती थी।

मैंने कहा, ''हैलो!''

''मेरे दादा एक स्वतंत्रता सेनानी थे और मैंने पूर्व विधायक के रूप में देश की सेवा की है। मुझे अपनी संस्कृति पर गर्व है। मुझे 'कसाब' कहकर संबोधित करने की तुम्हारी हिम्मत कैसे हुई?''

मैं सकुचाई। आशा ने कसाबे को फोन किया था, परंतु गलत उच्चारण के कारण उसकी ध्वनि कुख्यात आतंकवादी के नाम जैसी निकली। यह एक सच्चे देशभक्त का पूर्ण निरादर एवं अपमान था।

''मैं सुधा मूर्ति बोल रही हूँ, सर! एक गलतफहमी के कारण ऐसा हुआ। मुझे इसका बेहद अफसोस है और मैं आपसे क्षमा-याचना करती हूँ। मैंने अपने स्टाफ से कहा था कि वह आपको सूचित कर दे कि आज कहीं बाहर जाने के कारण मैं विवाह में शामिल हो पाने में असमर्थ हूँ। लेकिन मैं हवाई अड्डा जाते समय आपके घर अवश्य आऊँगी।''

मेरी आवाज सुनकर वे शांत हो गए। फोन काटकर मैंने आशा से पूछा, ''तुमने उन्हें 'कसाब' क्यों पुकारा?''

''मैडम, जिस समय मैंने उन्हें कॉल किया, ठीक उसी समय तीन फोन बजने लगे। मैंने उन्हें कसाबे ही कहा था। हो सकता है कि उन्होंने गलती से 'कसाब' सुन लिया हो। वरना उन्हें भिन्न नाम से पुकारने के पीछे मेरा क्या उद्देश्य हो सकता है?''

इस बीच कार्यालय प्रबंधक कृष्णमूर्ति ने आकर बताया, ''मैडम, पेमेंट वाउचर तैयार हैं।''

हमारे ऑफिस की तरह इसका लेन-देन भी कैशलेस (नकदी-रहित) है। हमारी यह नीति वर्ष 2016 में करेंसी के विमुद्रीकरण के दौरान वरदान सिद्ध हुई, क्योंकि हम अपेक्षाकृत कम प्रभावित हुए।

सी.एस.आर. प्रबंधक प्रशांत ने हस्तक्षेप करते हुए पूछा, ''क्या आपने हमारे कर्मचारियों की एक अलाभकर शाखा को निकट अतीत में अपनी चंडीगढ़ यात्रा के दौरान समतुल्य अनुदान देने का वचन दिया है?''

मैंने उत्तर दिया, ''हाँ, मैंने दिया है। यह उन्हें हमारे कुछ सी.एस.आर. प्रयासों में संलिप्त करने का अच्छा उपाय है और इससे उन्हें कुछ गतिविधियों हेतु धनार्जन की प्रेरणा मिलेगी। मैंने इसे हैदराबाद, पुणे, मैंगलोर, तिरुवनंतपुरम, चेन्नई और भुवनेश्वर जैसे अन्य विकास केंद्रों में भी प्रोत्साहित किया है।''

प्रशांत के माथे पर चिंता की रेखाएँ साफ नजर आईं। ''हम इस वर्ष हेतु निर्धारित राशि से पहले ही अधिक खर्च कर चुके हैं। यह हमारी इस साल की योजना के साथ मेल नहीं खाता। कृपया हमारे नवीनतम बजट की समीक्षा कीजिए।''

मैं उसकी चिंता समझ गई। प्रशांत वित्त पर निगरानी और बजट पर पैनी नजर रखता था।

''हम इसे सँभाल लेंगे। अच्छा यही है कि हम बजट की चिंता करने की बजाय योग्य परियोजनाओं को तैयार रखें। आवश्यकता होगी तो हम और धन हेतु अनुरोध कर सकते हैं। हमारे पास ऐसी परियोजनाएँ हैं, जिनमें विलंब हो सकता है या जो अभी तैयार नहीं हैं। इसलिए चिंता करने की कोई आवश्यकता नहीं है।''

चूँकि कभी मैं प्रोफेसर थी, अतः मैं अपने ऑफिस में अकसर हरेक से अध्यापिका की तरह बात करती हूँ। अधिकांश समय प्रशांत और मेरी कार्यक्रम निदेशक श्रुति हमारी चतुराई भरी बातों का निशाना होते थे, क्योंकि वे दोनों हमारी वार्षिक बैलेंस शीट और सी.एस.आर. लक्ष्यों की प्राप्ति हेतु उत्तरदायी थे।

मेरे नियमित हस्तक्षेप के बावजूद उपलब्ध वित्त से जब वचनबद्धताएँ

अधिक हो जाती थीं तो अकसर दोनों चिंतित हो जाते थे।

अगला फोन बन्नेरघट्टा राष्ट्रीय उद्यान के प्रबंधन की ओर से अनुदान पूर्ण करने हेतु आया।

पिछली गरमियों में हमें पता चला था कि पानी की अत्यधिक कमी के कारण पशुओं को तकलीफ हुई। प्रशासन ने चीतों के बैठने हेतु एक टब का निर्माण करवाया था, परंतु संक्रमण एवं रोग से बचने के लिए कुछ दिनों बाद पानी को बदला जाना जरूरी था। चीतों के बीमार होने पर उनका इलाज कर पाना कठिन था, अत: केयरटेकर पानी की कमी के प्रति हमेशा सतर्क रहते थे। मैंने अपने ठेकेदार को बुलाकर बोरवेल की खुदाई करने और एक ओवरहेड पानी की टंकी बनाने का निर्देश दिया। अनेक लोगों ने उस इलाके में पानी की कमी के बहाने हमें रोकना चाहा, परंतु हम किसी तरह आगे बढ़ते गए। हमें पशुओं की भलाई के लिए कोशिश करनी थी।

एक और कॉल हमें यह सूचित करने हेतु आई कि बोरवेल में प्रचुर मात्रा में पानी था। पशुओं को अंतत: अच्छी क्वालिटी का पर्याप्त पेय जल मिलेगा और वे रोगों से यथासंभव मुक्त रहेंगे। मैंने उस महती कृपा हेतु ईश्वर को धन्यवाद दिया।

मैंने लीना पर निगाह डाली। वह अभी भी यात्रा, लंबित मुलाकात, खेद और नई पहल जैसी विभिन्न श्रेणियों की इ-मेल छाँटने में व्यस्त थी। हरेक अपने काम में मग्न था। कई बार मैं महसूस करती कि अधिकतर काम उचित तरीके से कर लिया गया है और मेरे पास करने को अधिक कुछ नहीं है। आमतौर पर केवल कुछ नए प्रस्ताव अपवाद-स्वरूप या वृद्धि के कारण मेरे समक्ष लाए जाते थे।

वह किसी आगंतुक से श्रुति की मुलाकात का समय था। वह ऊपरी मंजिल पर मीटिंग के लिए कॉन्फ्रेंस रूम में गई और मैं फोन की घंटी अनवरत बजते रहने के बावजूद अपने लिए रखी मेल को स्कैन करने लगी।

कुछ मिनट बाद मेरे ठेकेदार ने आवश्यक अपडेट हेतु फोन किया। उसने कहा, ''मैडम, कुछ मजदूर एक हफ्ता पहले छुट्टी पर गए थे, परंतु

अभी तक वापस नहीं लौटे हैं। यदि हमें केवल मौजूदा मजदूरों के साथ काम चलाना पड़ा तो प्रोजेक्ट पूरा होने में एक महीने का विलंब हो जाएगा।''

मैंने विरोध करते हुए कहा, ''तुम ऐसा नहीं कर सकते। मैंने उद्घाटन हेतु मुख्यमंत्री को पहले ही आमंत्रित कर लिया है और प्रत्येक चीज की योजना बन चुकी है। तुम्हें किसी तरह काम अवश्य पूरा करना होगा।''

''मैडम, फिर आप ही मुझे बताएँ कि मैं क्या करूँ?''

मैं नहीं जानती थी कि वह क्या कर सकता है, परंतु लगातार यही कहता रहा कि तेजी से काम पूरा कर देगा। लंबी बहस के बाद उसने कहा कि वह तेजी से काम करेगा और मात्र 15 दिनों का विलंब होगा। वह उद्घाटन की तिथि तक समय पर काम निपटा देगा। अनुभव ने मुझे सिखाया है कि अधिकतर निर्माण कार्यों में विलंब होता ही है। इस बात से कोई फर्क नहीं पड़ता कि कोई व्यक्ति परियोजना प्रबंधन में कितना कुशल है। इसीलिए मैंने उसे कुछ छूट दे दी।

तभी श्रुति ने मुझे अपने साथ मीटिंग में भाग लेने का अनुरोध किया। उसने कहा, ''प्रस्ताव से संबंधित हमारे निर्णय की सूचना मैंने दे दी है। परंतु टीम आपसे मिलने की इच्छुक है। उसमें तीन लोग हैं। मैं सोचती हूँ कि उनसे अभी मिल लेना ही ठीक है, वरना वे फिर आएँगे।''

इन्फोसिस फाउंडेशन में हमारी अपनी नीतियाँ एवं रणनीतियाँ हैं। हम राजनीतिक दल के लिए किसी अनुदान की मंजूरी नहीं देते और न ही प्रस्तावों की समीक्षा के दौरान जाति, वर्ण या धर्म के आधार पर कोई निर्णय लिया जाता है। हमारी एक बाह्य नीति है, प्रत्येक परियोजना हेतु आंतरिक एवं बाह्य लेखा परीक्षा तथा तृतीय पक्ष मूल्यांकन किया जाता है और किस्तों में धन की अदायगी के प्रति हमारा झुकाव होता है।

चूँकि परियोजना हमारे लिए श्रेयस्कर नहीं थी, अत: श्रुति ने उसे निरस्त करने हेतु चुना था।

फाउंडेशन में हम मानते हैं कि यदि किसी प्रस्ताव को रद्द कर रहे हैं तो हमें उसकी सूचना यथासंभव शीघ्रातिशीघ्र अवश्य देनी चाहिए। आदिनिशूत्र

अंत्यनिशूत्र से अच्छा है, अर्थात् प्रारंभिक निराशा अंत की असहमति से बेहतर है।

‘‘ठीक है, मैं चलती हूँ।’’ कहकर मैं उसके साथ ऊपर चली गई।

अधिकतर लोग मुझसे मिलने पर बल देते हैं। कुछ लोग सोचते हैं कि यदि वे मुझ पर सीधे दबाव डालेंगे तो मैं झुक सकती हूँ, परंतु वे सच्चाई से अनभिज्ञ हैं। श्रुति और मेरा दृष्टिकोण सर्वदा समान होता है।

परंतु मैंने श्रुति की सहायता करने के उद्‍देश्य से आगंतुकों से मिलने का निर्णय किया। मेरी अपेक्षा के अनुसार वे अगले तीस मिनट तक अपने प्रस्ताव की खूबियों पर बोलते रहे। अंत में मैंने कहा, ‘‘अनुदान उपलब्ध कराना हमारी इच्छा एवं रुचि पर निर्भर नहीं है। आप लोग इस तथ्य को कृपया समझने का प्रयास करें कि यहाँ कुछ नियम और प्रक्रियाएँ हैं, जिनका हमें पालन करना पड़ता है। श्रुति ने सही निर्णय से आपको अवगत करवा दिया है और दुर्भाग्यवश हम आपकी राय से सहमत होने में असमर्थ हैं।”

वे रुष्ट हुए, परंतु इस बिंदु से आगे कुछ नहीं किया जा सकता था।

कई बार ऐसे अवसर भी आते हैं, जब कंपनी के निदेशक अपने पास आए पत्रों एवं अनुरोधों को हमारे पास भेज देते हैं। हम सकारात्मक ढंग से उनका मूल्यांकन करते हैं और उन्हें स्वीकृत या निरस्त कर देते हैं। मैं प्रक्रिया को प्रभावित करने के उद्‍देश्य से मुझ पर कभी कोई दबाव न डालने हेतु प्रबंधन को धन्यवाद देती हूँ।

लंच का समय हो गया। चूँकि मेरा घर निकट ही था, अत: मैंने शोभा से कहा, “आओ, चलें और खाकर जल्दी वापस आ जाएँ।’’

घर पहुँचने पर सुरक्षा गार्ड ने सूचित किया कि मेरी बेटी अक्षिता ने फोन किया था।

जब पलटकर मैंने उसे फोन किया तो उसने मेरे ऊपर प्रश्नों की बौछार कर दी, ‘‘आप कल कहाँ थीं? क्या आप बीमार हैं या वहाँ कुछ ऐसा हुआ है, जो आप मुझे नहीं बता रही हो? मैं अत्यंत चिंतित थी।’’

मैं उसकी आवाज से चकित थी। ‘‘मैं यहाँ बेंगलुरु में ठीक-ठाक हूँ

और बैठकों में भाग ले रही हूँ। तुम क्यों चिंतित हो?''

उसने कहा, ''मैंने कल सुबह जब सिक्योरिटी स्टाफ से बात की तो उन्होंने बताया कि आप टॉयलेट में थीं। जब मैंने दोपहर बाद फोन किया, तब भी वही उत्तर मिला। यही कहानी शाम को और फिर रात को उन्होंने बताया कि आप सो रही थीं। आज सुबह उन्होंने बताया कि आप ऑफिस जाने के लिए निकल चुकी हैं। मैंने आपको इ-मेल भेजा, तब भी आपकी आवाज सुनने को नहीं मिली। आप सारा दिन आराम कक्ष में क्यों थीं?'' उसके स्वर में चिंता की झलक थी।

मैंने शांतिपूर्वक कहा, ''अक्षिता, साँस लो! रोजाना थोड़ा प्राणायाम किया करो। मैं अभी हाल में निर्मित और उद्घाटन किए गए टॉयलेटों का स्थल निरीक्षण करने गई थी। उसके बाद अन्य बैठकें और उन्हें कैसे बनाया जाए, इस पर एक पैनल परिचर्चा शुरू हो गई। मैंने सिक्योरिटी स्टाफ से कहा कि मैं शौचालय परियोजना कार्य हेतु जा रही हूँ, संभवत: उसने गलत तरीके से समझा और केवल 'टॉयलेट' शब्द उन्हें याद रहा। इतना डरो मत! जहाँ तक तुम्हारे इ-मेल का प्रश्न है, अत्यंत व्यस्त दिन होने के कारण उसे मैं अभी देख नहीं पाई हूँ।''

मैंने तत्काल संतुष्टि का स्वर सुना।

फोन रखने के बाद मैं मुख्य द्वार पर गई और वहाँ मौजूद सुरक्षा गार्ड से पूछा, ''क्या मैंने कल तुम सबको सूचित नहीं किया था कि मैं शौचालय परियोजना के कारण देर से वापस आऊँगी?''

''कल मैं ड्यूटी पर नहीं था, मैडम। कलवाले गार्ड के कान में संक्रमण हो गया है, अत: आज उसने छुट्टी ले ली है।''

लंच के दौरान मैं और मेरा रसोइया किराने के सामान की सूची बनाने लगे। वह जानना चाहता था कि रात को खाने पर कितने लोग आएँगे और डिनर का मेन्यू क्या रहेगा। मेरा मन बहरहाल अभी तक ऑफिस के मामलों में ही लगा हुआ था और वहाँ से अचानक ध्यान हटाकर घरेलू बातचीत में शामिल हो पाना मेरे लिए कठिन था। मैंने कहा, ''इस मामले में हम बाद में

शाम को बात करेंगे। तब तक आपके पास जो कुछ है और उससे जो बना सकते हो, वही बनाओ।''

जल्दी से लंच करके मैं शोभा के साथ ऑफिस लौट आई।

मेरा अगला साक्षात्कार ऐसा था, जो काफी समय पहले होना था। सबसे पहले जो तीन लोग मिलने आए थे, उन्होंने एक साथ बोलना शुरू कर दिया, जिससे मैं कुछ समझ नहीं पाई। इसलिए मैंने उनसे एक-एक करके बोलने का आग्रह किया।

पहले व्यक्ति ने कहा, ''मुझे इस क्षेत्र में काम करने के लिए अनेक पुरस्कार मिल चुके हैं।''

दूसरे ने बात आगे बढ़ाते हुए कहा, ''मेरे राजनीतिक संबंध हैं, जिससे काम बन जाएगा।''

तीसरे व्यक्ति ने कहा, ''सबसे पहले तो मैं आपको यह बता दूँ कि हम यहाँ किसलिए आए हैं और पेयजल परियोजना के माध्यम से कैसे शहरी गरीबों की सहायता कर सकते हैं।''

मैंने विनम्रतापूर्वक कहा, ''कृपया, मुझे आपसे कुछ प्रश्न करने की अनुमति दीजिए। आप जहाँ काम करने के इच्छुक हैं, उस प्रस्तावित क्षेत्र में क्या कभी गए हैं? यदि गए हैं तो जिन लोगों को पेयजल वितरित किया जाना है, उनकी जनसंख्या क्या है और उसमें पुरुषों एवं स्त्रियों का औसत क्या है?''

तीनों चुप रहे।

मैंने पूछताछ की दिशा बदल दी, ''आपको पेयजल की आपूर्ति कहाँ से होगी?''

कोई उत्तर नहीं।

मैंने पुनः प्रयास किया, ''क्या वहाँ पहले से कोई प्रणाली मौजूद है, जो निष्क्रिय है? और यदि ऐसा है तो क्यों?''

कोई उत्तर न पाकर मैंने हाथ खड़े कर दिए। मैंने कहा, ''पहले आप लोग इन प्रश्नों के समाधान सहित एक संशोधित प्रस्ताव और उसकी

कार्यान्वयन योजना तैयार कीजिए। उसके बाद हम अगली आंतरिक समीक्षा में इस पर चर्चा करेंगे। आप लोग यदि मुझे उस स्थान का विवरण दें तो मैं वहाँ का व्यक्तिगत दौरा करूँगी। इस बात से कोई फर्क नहीं पड़ता कि राजनीतिक रूप से उस क्षेत्र में किसका प्रभाव है या कि हमें पुरस्कार कौन देगा। हमारा लक्ष्य विशेष तौर पर वंचित या अल्प सुविधा प्राप्त लोग हैं और हम अपनी कोशिशों से उनकी मदद करके उनके चेहरे पर मुसकान देखने की आशा करते हैं।''

तीनों लोग निराश नजर आए, जिसका सर्वाधिक कारण संभवतः यह था कि मैंने उनकी परियोजना हेतु कोई धन देने का वचन नहीं दिया।

मैं उन्हें अलविदा कह ही रही थी, तभी दरवाजे पर दस्तक देकर लीना अंदर आ गई। ''मैडम, आपको अपनी यात्रा योजना पर पुनर्विचार करना होगा। आपकी अनुपस्थिति में गत सप्ताह मेरे पास पूरे देश से भिन्न-भिन्न स्थानों पर परियोजना निरीक्षण हेतु अनेक फोन आए। परियोजना निरीक्षण के कार्य को हम प्रशांत, श्रुति एवं आपके बीच विभाजित करते हैं। मुझे तिथियों को तय करने हेतु आपका थोड़ा समय आज ही चाहिए।''

मैंने कमरे में लगे कैलेंडर पर नजर डाली और कहा, ''मेरे टूर सप्ताहांत में तय करो, ताकि कार्य-दिवसों में मैं अपना दैनंदिन कार्य कर सकूँ। यदि मुझे दिल्ली जाना हो तो एक ही समय में जम्मू और लखनऊ सहित सभी क्षेत्रीय परियोजना दौरों की योजना बनाओ। मैं अनावश्यक यात्रा से यथासंभव परहेज करती हूँ।''

लीना ने सिर हिलाया और आँखों में आत्मविश्वास की चमक लिये वापस चली गई। वह मेरी भ्रमण योजना की पहेली अपने आप सुलझा लेगी।

मैं अपने कक्ष में वापस गई। सारी इ-मेल्स छाँटकर संबंधित लोगों को निर्देशित की जा चुकी थीं। केवल मेरे लिए बची इ-मेल का मैंने जवाब देना शुरू कर दिया।

उसके बाद डाक से आई चिट्ठियों की बारी आई। मेरे अनेक लक्ष्यों में से एक अपने कार्यालय को कागज-रहित बनाना है, परंतु उसे मैं जल्दी पूरा

होता नहीं देखती। हमें अब भी मुद्रित पुस्तिकाएँ, अनुरोध-पत्र एवं निमंत्रण-पत्र प्राप्त होते रहते हैं।

चूँकि मैं एक लेखिका हूँ, अत: मुझे अनेक पुस्तकें 'सप्रेम भेंट' के रूप में भी प्राप्त होती हैं। आजकल एक मजाक प्रचलित है कि लेखकों की संख्या पाठकों की संख्या से अधिक हो गई है। कुछ लेखक मुझसे अपनी पुस्तकों हेतु 'प्राक्कथन' लिखने का अनुरोध करते हैं। अन्य चाहते हैं कि मैं उनकी पुस्तकों को पुस्तकालयों एवं विद्यालयों में भंडारण के माध्यम से उनका प्रचार करूँ कुछ तथा अपनी पुस्तकों के बारे में मेरा विचार जानने हेतु पत्र लिखते हैं। कुछ लेखक मेरे पास अपनी मूल पांडुलिपियाँ भेज देते हैं और मुझसे उन्हें वापस भेजने का अनुरोध करते हैं, जिससे अनावश्यक बाधा उत्पन्न होती है। पुस्तकालयों हेतु आई पुस्तकों को चयन समिति के पास भेज दिया जाता है, जबकि प्राक्कथन और विचार के अनुरोधों को मेरे अत्यंत व्यस्त कार्यक्रम के कारण निरस्त कर दिया जाता है। आमतौर पर शाम तक मेरी कचरे की टोकरी भर जाती है।

उसके बाद फाउंडेशन कार्यालय में मेरे पाठकों के पत्रों की बारी आती है। उनमें मिश्रित प्रतिक्रियाएँ होती हैं—कुछ अपने अनुभवों को साझा करते हैं, कुछ मेरे लेखन के किसी पक्ष की आलोचना करते हैं, जबकि अन्य उनकी प्रशंसा करते हैं। उन पत्रों को अपने निजी समय में उत्तर देने के लिए मैं घर ले जाती हूँ।

एक न्यूज चैनल से आए फोन ने मेरे कार्य में बाधा डाली। पत्रकार ने मौजूदा सरकार के बारे में मेरा विचार जानना चाहा। उसने यह भी पूछा कि करेंसी के विमुद्रीकरण एवं उसके कार्यान्वयन पर आपके क्या विचार हैं?

मैंने टिप्पणी करने से इनकार कर दिया। मैंने कहा कि मैं अपने काम में अच्छी हो सकती हूँ, परंतु मेरे पास ऐसे मामलों पर टिप्पणी करने की कोई प्रवीणता नहीं है।

मैंने पत्रों को इधर-उधर करना शुरू किया, जिनमें से कुछ को उचित उत्तर हेतु लीना के पास रवाना कर दिया। सेना के शहीदों के परिवारों की ओर

से भी पत्रों का एक गुच्छ था, जिसमें हमारे छोटे से योगदान हेतु फाउंडेशन को धन्यवाद दिया गया था। दो अन्य पत्रों ने भी मेरा ध्यान आकृष्ट किया—एक केंद्र सरकार की ओर से आया था और दूसरा राज्य सरकार की ओर से। दोनों ही पत्रों में कुछ परियोजनाओं में फाउंडेशन से सहायता का अनुरोध किया गया था। उन्हें अगले सप्ताह की आंतरिक समीक्षा की कार्य-सूची में डाल दिया गया।

लीना मुझे ताजा जानकारी देने हेतु कमरे में आई। ''मैडम, मैंने आपकी यात्रा योजना तैयार कर ली है। आगामी तीन महीनों तक आप प्रति माह पंद्रह दिनों की यात्रा पर रहेंगी। अधिकांश सप्ताहांतों की हानि तो आपको होगी ही, उसके साथ-साथ आपको अपनी भतीजी की शादी एवं पिताजी की पुण्यतिथि भी छोड़नी पड़ेगी। क्या यह ठीक है ?''

''अति सुंदर लीना, धन्यवाद! मेरे पिताजी ने मुझे सिखाया था कि काम ही पूजा है। मैं जानती हूँ कि यदि इस समय वे यहाँ होते तो स्वयं समझ जाते।''

लीना ने मेरा यात्रा विवरण कृष्णमूर्ति को सौंप दिया, जिसने तत्क्षण मेरी टिकटों और यथासंभव कंपनी के अतिथि गृहों में मेरे ठहरने का प्रबंध करना प्रारंभ कर दिया। गेस्ट हाउसों में ठहरने से मेरी योजनाओं के मध्य समन्वय करना आसान था और इससे धन की भी बचत होती है, अन्यथा मुझे होटलों पर खर्च करना पड़ता।

कुछ देर बाद श्रुति ने आकर कहा, ''मेरे पास एक खुशखबरी है। जिन बच्चों की हमने गणित ओलिंपयाड में सहायता की थी, उन्हें एम.आई.टी. और कॉलटेक में प्रवेश मिल गया है। अपनी प्रेस वार्त्ता में उन्होंने फाउंडेशन को हार्दिक धन्यवाद दिया और कहा कि दस हजार रुपए की हमारी छोटी सी भेंट ने उन्हें विज्ञान विषय का चयन करने हेतु प्रेरित किया। एक इ-मेल पावागढ़ से भी आई है। नेत्रहीन बच्चों के लिए काम करनेवाले निस्स्वार्थ स्वामीजी ने लिखा है कि मिड-डे मील कार्यक्रम बच्चों को विद्यालय में रोके रहने में सफल रहा है। संगीत कक्षाओं हेतु दिए गए दान से बच्चे प्रसन्न हैं।

अभी हाल ही में उन्हें एक पुरस्कार भी प्राप्त हुआ है। उन्होंने गर्व से मुसकराते अपने मेधावी बच्चों की एक तसवीर भी भेजी है।''

उसके चले जाने के बाद मैं कुछ देर शांत होकर बैठी रही।

फोन की घनघनाती घंटी ने मुझे झकझोरकर अपने विचारों की दुनिया से बाहर निकाला। अपनी प्रवृत्ति के अनुसार मैंने फोन उठाया, परंतु उसके एक्सटेंशन पर बैठी लीना पहले ही फोन उठा चुकी थी। फोनकर्ता लीना पर चीखते हुए कह रहा था, ''फाउंडेशन ने जो धन मुझे दिया है, मैं उससे अधिक पाने के योग्य हूँ। तुम केवल एक सेक्रेटरी हो। अपने बॉस से मेरी बात कराओ और उसे बताओ कि मैं कौन हूँ। यदि तुम बात नहीं कराओगी तो मैं मीडिया में जाकर फाउंडेशन के बारे में उन्हें बताऊँगा। अत: सावधान रहना।''

मैं तत्काल लीना के कमरे में गई और फोन उससे ले लिया। मैंने पूछा, ''क्या समस्या है, सर?''

''मैंने विद्यालय हेतु दो करोड़ रुपए का अनुरोध किया था, लेकिन आपने मात्र दो लाख रुपल्ली दी। यह फाउंडेशन के लिए बड़ी तुच्छ राशि है। मैं चाहता नहीं, स्पष्टीकरण की माँग करता हूँ। मैं एक प्रभावशाली कार्यकर्ता हूँ और यदि चाहूँ तो फाउंडेशन के नाम को कलंकित कर सकता हूँ।''

''अवश्य। मैं आपको स्पष्टीकरण दूँगी। हमें प्रतिदिन सौ से अधिक वास्तविक प्रार्थना-पत्र और लगभग दो सौ फोन आते हैं। हम किसी दबाव में काम नहीं करते और न ही अपने अनुदानों से किसी लाभ की परवाह है। हमारे यहाँ एक स्थापित प्रक्रिया है और अनुदानों का वितरण हम अपने सर्वोत्तम फैसले के अनुसार करते हैं। प्रगति समीक्षा के बिना हम अपने अनुदानों में वृद्धि नहीं करते। अनुभव ने हमें सिखाया है कि काम स्वयं बोलता है। इसके अलावा न्यासीगण हैं, जो निर्णय प्रक्रिया में शामिल होते हैं। हो सकता है कि हम कल फाउंडेशन में न रहें, परंतु स्थापित प्रक्रियाएँ जारी रहेंगी। एक बात मैं आपको और बताना चाहती हूँ कि हम मीडिया से बिल्कुल भयभीत नहीं हैं, क्योंकि हम कोई गलत काम नहीं करते और न ही कुछ छिपाते हैं।''

उस व्यक्ति ने खामोश होकर अपना गला साफ किया, ''ठीक है, यदि

हम अच्छी तरह काम करें और समीक्षा में उत्तीर्ण हो जाएँ तो क्या आप अगले वर्ष हमारी सहायता करेंगी ?''

''शायद ! हम अनेक संगठनों की सहायता करते हैं और उनमें से श्रेष्ठ संगठनों से स्वयं संपर्क करने में हमें डर नहीं लगता। केवल काम की गुणवत्ता हमें आकर्षित करती है और हम अपने लाभार्थियों के संबंधों की धमकियों की कतई चिंता नहीं करते।''

मैंने अस्पष्ट रूप से सुना, जैसे वह क्षमा-याचना कर रहा हो।

मेरे लिए वह अत्यंत दुःखद दिन था और मैं उसे छोड़ने के मूड में नहीं थी। ''सर, फाउंडेशन में हमारे समक्ष भी कठिनाइयाँ आती हैं, परंतु हम यह सुनिश्चित करने का प्रयास करते हैं कि उनसे दूसरों के साथ हमारे संबंध प्रभावित न हों।'' मैंने अयाचित परामर्श दिया।

घड़ी पर नजर गई तो लगभग 5.30 बज रहे थे। मैं थोड़ी देर और बैठने की योजना बना रही थी, परंतु शोभा कुरसी छोड़कर खड़ी हो गई।

उसने कहा, ''मैं सोचती हूँ कि अब मुझे जाना चाहिए।''

उसे विदा करने के लिए मैं उसके साथ मुख्य द्वार तक गई। रास्ते में हमें स्वागत कक्ष नजर आया, जहाँ हमने अपने कुछ पुरस्कारों को प्रदर्शित किया था।

पुरस्कारों की ओर संकेत करके उसने पूछा, ''क्या तुम्हें इन सब पर गर्व है ?''

''बचपन में मैं गर्व करती थी। जैसे-जैसे समय बीतता गया और मेरा अनुभव बढ़ा, मैंने महसूस किया क़ि मुझे काम से आनंद मिलता है, न कि इन पुरस्कारों से। आज मेरे लिए भले इनकी कोई अहमियत न हो, परंतु मेरे संगठन के लिए ये महत्त्वपूर्ण हैं।

उसने कहा, ''मुझे बताओ कि तुम अपने शेष वर्ष इस धन्यवाद रहित कार्य में क्यों खपाना चाहती हो ? तुम बैठकर आराम करो, अपने पोती-पोतों के साथ समय बिताओ और अपने जीवन में तनाव कम करने हेतु शादियों, जन्म-दिवसों में भाग लो।''

मैंने कहा, ''सत्य यह है कि मैं उन सबसे अधिक भाग्यशाली हूँ। मुझे अपने काम से प्यार है और इसी के कारण मेरे लिए मेरा प्रत्येक दिन छुट्टी का दिन है। छुट्टी से कौन प्यार नहीं करता!''

शोभा कार में बैठते हुए मुसकराई और सिर हिलाया। अलविदा का संकेत करके मैं वापस काम में लग गई।

□

11

मैं नहीं, हम कर सकते हैं

हाल ही में मैं अपने भतीजे की शादी में शामिल हुई। वह अपनी उन चचेरी बहनों से मिलने का अद्‌भुत अवसर था, जिनके साथ मैंने अपना बचपन बिताया था, परंतु काफी लंबे समय से मिल नहीं सकी थी। विवाह समारोह शुरू हुआ तो अपनी कुछ बहनों के साथ मैं एक कोने में आराम से बैठ गई।

मेरी एक बहन ने बताया, ''मैं अपने समुदाय में लाफ्टर (हँसी) क्लब की अध्यक्ष हूँ। कभी हमारे किसी सत्र में आओ। वैसे ही हमारी मुलाकात किसी से नहीं होती। इस बहाने कम-से-कम मैं तुम्हें कुछ समय देख तो सकूँगी।''

बुजुर्ग स्त्री-पुरुषों को सुबह पार्कों में एकत्र होकर हा-हा-हा करके हँसते देखना सामान्य बात है। कई बार मुझे आश्चर्य होता है कि किस तरह लोग ऐसे हँस लेते हैं। एक बार मुझसे वैसी ही एक सभा में शामिल होने का अनुरोध किया गया। मैं उनसे क्या और किस विषय में बात करूँगी, मुझे कुछ समझ में नहीं आया। अत: मैंने विनम्रतापूर्वक इनकार कर दिया।

एक अन्य बहन ने कहा, ''मैं अपने अपार्टमेंट समुदाय में हाउसवाइफ एसोसिएशन की सचिव (सेक्रेटरी) हूँ। मैंने यह बात अपने सदस्यों को पहले ही बता दी है कि तुम मेरी बहन हो। तुम वहाँ आकर उन्हें संबोधित करो।''

''लेकिन तुम लोगों की किस विषय में दिलचस्पी है?''

''तुम एक चतुर निवेशिका हो। अत: महिलाओं को बचत करने और

अपनी तरह उसे उच्च आयवाली लाभप्रद योजनाओं में निवेश करने के सुझाव दो।''

'मैं तुम्हारी बात ठीक से समझ नहीं पाई। क्या तुम इसके बारे में थोड़ा खुलकर बता सकती हो?''

''ठीक है। हर आदमी जानता है कि कैसे तुमने इन्फोसिस में दस हजार रुपए निवेश किए और बदले में लाखों रुपए बना लिये।''

मैंने गंभीर स्वर में कहा, ''मैंने वह निवेश के लिए नहीं किया था। वे पैसे अपने पति के स्वप्न को पूरा करने हेतु बीज धन के रूप में दिए थे। वह ऐसा स्वप्न था, जिसे उन दिनों असंभव माना जाता था। अब वह सफल हैं, इसीलिए तुम मुझे बुद्धिमती अरबपति बता रही हो। यदि सफल नहीं हो पाते तो तुम मेरे उसी फैसले को एक मूर्खतापूर्ण कदम बतातीं। तुम सबको गलतफहमी है। मैं निवेश के विषय में बात करने योग्य सही व्यक्ति नहीं हूँ। इसके बजाय तुम मुझसे पैसा कैसे खर्च करना चाहिए, इस विषय में राय ले सकती हो। मेरी दक्षता के अनुसार यह अधिक उपयुक्त रहेगा।''

मेरे आस-पास बैठे लोग हँस पड़े।

तीसरी बहन बोली, ''मैं एक विशेष अनुरोध करना चाहती हूँ। मेरी सहेली की लड़की बड़ी तेज विद्यार्थी है और…''

''क्या वह इन्फोसिस में नौकरी हेतु आवेदन करने की योजना बना रही है?'' मैंने उसे इसलिए टोका, क्योंकि मैं सचमुच सहायता नहीं कर सकती थी।

''थोड़ा धैर्य रखो!'' कहकर उसने मुझे रोका, ''मुझे अपनी बात पूरी करने दो। मैंने सोचा था कि जिस क्षेत्र में तुम काम करती हो, उसमें अब तक तुमने अधिकाधिक धैर्य रखना सीख लिया होगा। लड़की तुम्हारा मार्गदर्शन चाहती है। उसके पास पहले ही एक अमेरिकी विश्वविद्यालय में प्रवेश-पत्र के साथ-साथ नौकरी का भी प्रस्ताव है। वह दोनों में से किसी एक का चयन करना चाहती है।"

"इस मामले में मैं अधिक मार्गदर्शन नहीं दे सकती। इसका निर्णय

परिवार की आर्थिक स्थिति, लड़की की महत्त्वाकांक्षा और कॅरिअर योजना के साथ-साथ परिवार के अन्य सामाजिक पहलुओं पर निर्भर है।''

''आओ, मिलो उससे। उसे वास्तव में तुम्हारी सहायता की आवश्यकता है।''

मैं उदासीन थी, लेकिन कहा, ''ठीक है, उससे कहो कि वह कल मेरे ऑफिस में प्रात: 9 बजे मुझसे मिले।''

अगली सुबह मैं जया नाम की ठिगनी सी लड़की से मिली। वह शरमीली और बेचैन थी।

मैं उसे सामान्य एवं संयत बनाना चाहती थी, अत: उसे बैठने के लिए कहा और एक कप चाय पिलाई। उसके बाद मैंने उसकी मार्कशीट माँगी। उसका शैक्षणिक रिकॉर्ड काफी अच्छा था। मैंने इधर-उधर की बात करने की बजाय उससे सीधे पूछा, ''जया, तुम्हारे मन में क्या चल रहा है? अगले दस वर्षों में तुम खुद को कहाँ देखना चाहती हो?''

वह चुप रही।

मैंने अपना प्रश्न फिर दोहराया, ''तुम कॉरपोरेट प्रोफेशनल बनना चाहती हो या शिक्षा के क्षेत्र में जाना चाहती हो या शायद कुछ और?''

उसने अब भी कोई उत्तर नहीं दिया।

मैंने मुसकराते हुए उससे पूछा, ''क्या तुम मुझसे डरी हुई हो? मैं शैतान जैसी दिखाई देती हूँ?''

वह मुसकराई और अपने सिर को जोर से हिलाया। उसके बाद वह अत्यंत कोमल स्वर में अपने भविष्य की योजनाओं के बारे में बताने लगी।

मैंने देखा कि उपलब्धियों के बावजूद उसमें आत्मविश्वास नहीं था।

मैंने कहा, ''जया, शैक्षणिक उत्कृष्टता ही सबकुछ नहीं है। तुम्हारे अंदर आत्मविश्वास होना चाहिए। हमारी शिक्षा-प्रणाली की एक कमजोरी यह है कि यह हमें गुणवत्ता नहीं सिखाती। हमारे माता-पिता, समाज और भरती प्रक्रिया सर्वाधिक ध्यान हमारे प्राप्तांकों पर देते हैं। मैं तुम्हें ऐसे अनेक लोगों के उदाहरण दे सकती हूँ, जो अधिक पढ़े नहीं थे, परंतु उन्होंने अपने

लिए अच्छा किया; क्योंकि उन्हें अपने ऊपर विश्वास था। आत्मविश्वास का यह अर्थ नहीं कि सबकुछ हमारे इशारे पर चलेगा। वह तो हमें हमारे मार्ग में आनेवाली अपरिहार्य असफलताओं को स्वीकार करने की योग्यता प्रदान करता है और आगे बढ़ने की आशा जगाता है।''

बिना किसी चेतावनी के जया बच्ची की तरह सुबकने लगी। हृदय-विदारक दृश्य था।

सर्वप्रथम मैं चौंकी। मैंने सोचा, शायद मैंने उसका स्वभाव जाने बिना ही उसे अधिक कड़ी खुराक दे दी थी। भारत में हममें से अधिकांश लोगों को अयाचित परामर्श देने में महारत हासिल होती है और मैं भी कोई अपवाद नहीं हूँ।

मैंने उसे एक टिशु पेपर दिया और कहा, ''जया, यदि मैंने तुम्हारा दिल दुखाया हो तो मुझे अफसोस है। परंतु मैं नहीं जानती कि तुम्हें क्या कहूँ। तुम मुझे ज्यादा बता भी तो नहीं रही हो।''

लड़की ने शांत होकर अपने आँसू पोंछे। बोलते समय उसकी आवाज काँप रही थी, ''नहीं मैडम, मैं आपकी सलाह सुनकर नहीं रोई। सच्चाई यह है कि अधिकतर लोगों के समक्ष मैं खुद को कमजोर महसूस करती हूँ।''

''क्यों? तुम्हारी उम्र का कोई भी व्यक्ति इतनी अधिक उपलब्धि प्राप्त करके स्वयं को गौरवान्वित महसूस करेगा।"

थोड़ी देर चुप रहने के बाद वह बोली, ''मैम, मेरे पिताजी शराबी हैं।''

मैं चुप रही।

इस बार वह कुछ अधिक स्पष्टता से बोली, ''अब वे 'ए ए' में हैं, परंतु मेरे बचपन में काफी भिन्न थे। वे अकसर शराब पीकर मेरी माँ को गाली देते थे। उन्होंने बहुत यातना सही और मेरे पास उनकी सहायता करने का कोई उपाय नहीं सूझ रहा था। मैं अपने पापा के क्रोध से डरी हुई, अप्रसन्न एवं तनावपूर्ण माहौल में बड़ी हुई। तब मैंने सोचा कि हालात को बदलने का मेरे पास केवल एक ही उपाय है कि मैं कड़ी मेहनत करके खूब पढ़ाई करूँ और कोई नौकरी हासिल करूँ, ताकि माँ को लेकर वहाँ से कहीं और चली जाऊँ।

मेरी एक छोटी बहन भी है। लेकिन माँ अपना घर नहीं छोड़ना चाहती। वह हमेशा चिंतित रहती है।''

''मैं तुम्हारी माँ की मजबूरियों को समझ सकती हूँ। हमारे समाज में अपने पतियों से अलग रहनेवाली महिलाओं के बारे में अनेक लोगों की यही चिंता होती है कि उनकी बेटी की वैवाहिक संभावनाओं पर कितना असर पड़ता है।''

''आप ठीक कह रही हैं, मैम। माँ कहती है कि मुझे बाहर चले जाना चाहिए और लौटकर फिर कभी भारत नहीं आना चाहिए। वह चाहती है कि मैं जाति और धर्म का विचार किए बिना किसी अच्छे व्यक्ति से शादी कर लूँ। उसकी केवल एक ही शर्त है कि वह पियक्कड़ नहीं होना चाहिए। परंतु मैं माँ और बहन को पीछे छोड़कर जाना नहीं चाहती। मैं उनकी खातिर यहीं रहना चाहती हूँ। मैं अत्यंत दिग्भ्रमित हूँ, मैम। इसी कारण आपकी सलाह चाहती हूँ।''

'ए ए' शब्द मेरे दिमाग में घूम रहा था। मैंने पूछा, ''ए ए क्या है?''

''गुमनाम शराबी। यह अल्कोहल के आदी स्त्री-पुरुषों की सहायता करनेवाला समूह है। पिताजी को संयमी बनने में अनेक वर्ष लगे। परंतु उनके कारण जो अँधेरा छाया, वह मेरे हृदय और जीवन पर स्थायी दाग छोड़ गया है। मैं उनके साथ अपनी कोई निजी बात साझा करना पसंद नहीं करती और न ही मैं उनसे कोई सलाह लेती हूँ। मेरे मन में उनके प्रति कोई आदर नहीं है।''

''जया, मैं 'ए ए' के विषय में ज्यादा नहीं जानती, परंतु हमें उन परिस्थितियों का ज्ञान नहीं है, जिन्होंने उन्हें शराब की ओर मोड़ा। वे अब बदल चुके हैं और ऐसा लगता है कि अच्छा आदमी बनने की जी-तोड़ कोशिश कर रहे हैं। सर्वोत्तम उपाय यही है कि न तो तुम रुष्ट होओ और न ही समस्याओं से भागने की कोशिश करो। उनके साथ बातचीत शुरू करने का कोई जरिया खोजो। तुम्हारे पिता अपने अतीत के कृत्यों हेतु खेद अवश्य जताएँगे। क्या तुम्हारी माँ के प्रति उनका व्यवहार अब ठीक है?''

''हाँ, जब से उन्होंने शराब छोड़ी है, वे माँ के साथ अच्छा बरताव करते हैं।''

मैंने जान लिया कि अब वह पहले से अच्छा महसूस कर रही है।

''जया, तुम उन्हें लेकर किसी सलाहकार के पास जाओ और चीजों को समझो। किसी तीसरे पक्ष की सहायता लेने से चीजों को अधिक स्पष्टता से समझने में मदद मिलती है। तुम एक वर्ष के लिए अपना प्रवेश स्थगित करके यहाँ काम करना शुरू करो। अवधि बीतने के बाद अपने जीवन का स्वयं या सलाहकार की सहायता से पुनर्मूल्यांकन करो और तब तुम सही निर्णय कर पाओगी। इतनी बड़ी जिंदगी में अपनी भलाई समझने के लिए एकाध वर्ष लगा देना लाभदायक है।''

वह मुसकराई और उसकी आँखें खुशी से चमक उठीं। उसने मुझे धन्यवाद दिया और विदा हो गई।

उस दिन मेरे विचारों पर 'ए ए' हावी रहा। फाउंडेशन में हम मुसीबतजदा लोगों तक पहुँचने हेतु पहले ही व्यथित रहते हैं। धर्म का स्वत: यही अर्थ है कि हम परेशान लोगों की सहायता करें, बिना यह सोचे कि वह कौन और कहाँ से है। यह बिल्कुल शुद्ध एवं सादा है और मेरे मन को आसानी से शांति नहीं मिलेगी। इसके अतिरिक्त, हमने इस प्रकार की समस्या पर पहले कभी काम नहीं किया था और मेरे लिए पहले उसे समझना जरूरी था। मैंने 'ए ए' के विषय में ऑनलाइन कुछ सूचना प्राप्त की, परंतु वह पर्याप्त नहीं थी। मेरे दिमाग में विविध प्रश्न दस्तक देने लगे। वह क्या था और एक शराबी के जीवन में उसने सचमुच क्या भूमिका निभाई? किसी भी स्त्री या पुरुष को कौन सी चुनौतियों का सामना करना पड़ता है? क्या किसी की आर्थिक या पारिवारिक स्थिति से इसमें अंतर पड़ता है? परामर्श से कैसे सहायता मिलती है? शराब छुड़ाने की सफलता दर क्या है और वहाँ से संयमित व्यक्ति कहाँ जाता है?

यह स्पष्ट था कि मुझे अधिक जानकारी प्राप्त करने की आवश्यकता थी। मैं किसी ऐसे व्यक्ति से मिलना चाहती थी, जो उस समस्या को थोड़ा बेहतर तरीके से समझता हो। मुझे एक पुरानी सहेली की धुँधली सी याद आई, जिसने कई वर्ष पूर्व बताया था कि उसका दामाद इस लत का शिकार है। मैं

संपर्क बनाए रखने के मामले में बहुत अच्छी नहीं थी और आशंकित रही कि वह मुझसे इस बारे में बात भी करेगी या नहीं।

एक चांस लेने के लिए मैंने उसे फोन किया। मैं संकोच कर रही थी। उसने फोन उठाया तो हम दोनों ने कुछ देर अपने गुजरे जमाने के बारे में बात की। अंततः मैंने उससे पूछा, ''कई साल पहले तुमने मुझे बताया था कि तुम्हारा दामाद रमेश नशा-मुक्ति केंद्र गया है। अब वह कैसा है ?''

''ईश्वर की कृपा और 'ए ए' की सहायता से अब उसकी लत छूट गई है और वह बड़े मजे में जिंदगी गुजार रहा है।''

''अगर मैं उससे उसके ग्रुप के बारे में कुछ प्रश्न करूँ तो क्या वह बुरा मानेगा ? मैं उसकी मरजी से ही बात करूँगी। मैं तुम्हें आश्वस्त कर सकती हूँ कि यह बात मैं अपने तक ही सीमित रखूँगी।''

''जरूर, मैं उससे इस विषय में बात करूँगी। यदि वह बात करने को तैयार होगा तो मैं तुम्हें उसका फोन नंबर मेसेज कर दूँगी।''

"धन्यवाद!"

दस मिनट के अंदर मुझे रमेश का संपर्क विवरण मिल गया और मैंने उसे तत्काल फोन किया। फोन के दूसरी ओर जो स्वर सुनाई पड़ा, उससे लगा जैसे वह व्यक्ति लगभग चालीस वर्ष की उम्र का होगा।

रमेश बड़ी गर्मजोशी से बोला, ''आंटी, मुझे इस बात की खुशी है कि आप 'ए ए' के बारे में कुछ जानना चाहती हैं। मैं आपको अपनी दास्तान सुनाऊँगा और आप चाहें तो उसके बारे में लिख भी सकती हैं। यदि मेरी गलतियों से किसी को कुछ सीखने का अवसर मिले तो इससे अच्छा क्या होगा।''

मैंने सुझाव दिया, ''तुम भोजन करने हमारे यहाँ क्यों नहीं आ जाते! तब हम आराम से बैठकर बातें करेंगे।''

जल्द ही हमने घर में लंच पर मिलने का निर्णय लिया।

अपने आत्मविश्वास और आचरण के अनुसार वह समय पर पहुँच गया। हम खाने की मेज पर बैठ गए। वहाँ किसी औपचारिकता एवं विनम्र वार्त्तालाप की कोई आवश्यकता नहीं थी।

बिना किसी लाग-लपेट के मैं सीधे मुद्दे पर आ गई और उससे कहा, ''ए ए के साथ अपने अनुभव के बारे में मुझे बताओ।''

''मैंने आपकी पुस्तक पढ़ी है, जिसका शीर्षक था—'वह दिन, जब मैंने दूध पीना बंद किया'। परंतु यदि मुझे लिखना होता तो उसका शीर्षक कुछ इस तरह होता—वह दिन, जब मैंने शराब पीनी शुरू की" कहकर वह शरमा गया।

''मैं बताता हूँ कि यह सब कैसे शुरू हुआ।

''मैं एक रूढ़िवादी परिवार में पैदा हुआ। जब हम बच्चे थे तो हमसे सूर्यास्त से पूर्व घर पहुँच जाने की अपेक्षा की जाती थी और यहाँ तक कि चाय या कॉफी पीने की भी अनुमति नहीं थी। तरल पेय के नाम पर केवल दूध, पानी और तीर्था (पवित्र जल) पी सकते थे। मैं अत्यंत मेधावी छात्र था और मैंने बारहवीं कक्षा उत्तम अंकों के साथ उत्तीर्ण की।

''कुछ दिनों के बाद मेरे कुछ सहपाठियों और मैंने जश्न मनाने का निर्णय किया। हमने एक रेस्त्राँ में जाकर हार्ड ड्रिंक का ऑर्डर दिया। उससे पहले मैंने एल्कोहल कभी नहीं चखा था। मेरा सहपाठी, जो कुर्ग के एक कॉफी किसान का पुत्र और मेरा करीबी दोस्त भी था, उसने मुझे विवश किया—'अरे, आओ न यार, एक-एक पैग ड्रिंक हो जाए! आजकल सामाजिक तौर पर पीना स्वीकार्य है और इसमें कोई हानि भी नहीं होती। एक या दो पैग पीने से तुम्हें परीक्षा में हासिल हुए अंकों से भी ज्यादा खुशी मिलेगी। इसे लो।' कहकर उसने बर्फ डालकर व्हिस्की का एक पैग मुझे थमा दिया।

''हममें से अधिकांश नौसिखिए थे। हालाँकि उसका स्वाद थोड़ा खराब था, फिर भी हम सबने पीने के बाद अच्छा महसूस किया और कुछ राहत भी मिली। कुछ समय तक मुझे ऐसे महसूस हुआ जैसे मैं हवा में उड़ रहा हूँ। संगीत अच्छा था और मेरे आस-पास की दुनिया बेहद खूबसूरत लगने लगी। वहाँ कोलाहल था, जिसका मैंने खूब आनंद लिया।

''शाम रात में बदल गई और हमने खाने का ऑर्डर दे दिया। हालाँकि उन दिनों मैं बड़ा पेटू था, फिर भी, मेरा मन कुछ भी खाने को न हुआ। खाने

के बजाय मैं चुपके से बार में पहुँच गया और वहाँ दूसरा पैग ले लिया। मेज पर बैठे दोस्तों ने तालियाँ बजाईं, 'पहले तुम कितना डर रहे थे और अब देखो अपने आपको।'

''पीते-पीते काफी रात गई। मेरे दोस्त ने अपनी कार में मुझे घर छोड़ा। चूँकि काफी देर हो चुकी थी, मेरे पैरेंट्स पहले ही सो गए थे, इसलिए अंदर जाने हेतु मैंने अपनी चाबी इस्तेमाल की और जाकर बिस्तर पर लुढ़क गया।

''अगली सुबह 7.30 बजे तक मैं हिला भी नहीं। जब मैंने अपनी आँखें खोलीं तो सूर्य की किरणें खिड़की के आर-पार तेज चमक रही थीं।

''उस दिन देर हो गई। आमतौर पर मैं सुबह 6 बजे उठ जाता हूँ। जब माँ ने मुझे देखा तो पूछा, 'तुम्हारी तबीयत ठीक नहीं है क्या?' मैंने अपना सिर हिलाया, जो भारी महसूस हुआ और मुझे हलका सिरदर्द भी था।

" 'कैसी रही पार्टी?'

" 'अच्छी थी।'

''बाथरूम में जाकर मैंने स्नान किया, उसके बाद थोड़ा बेहतर महसूस हुआ। उसके बाद मैं अपने दैनिक कार्यों में लग गया और दिन ढलने के बाद एल्कोहल के बारे में सोचा। पीने के बाद जिस ऊँचाई पर वह मुझे ले जाती थी, उससे मैं अत्यंत आनंदित होता।

''कुछ दिनों बाद मेरी दोबारा पीने की इच्छा हुई, अत: मैंने अपने दोस्त को फोन किया। वह हँसकर बोला, 'नो प्रॉब्लम, मैन। आओ, एक और पार्टी कर लेते हैं।'

''इस बार केवल हम दोनों ही थे। मेरे दोस्त ने मुझे भिन्न-भिन्न प्रकार के एल्कोहल की क्वालिटी और कीमत के बारे में सिखाया, क्योंकि मैं उत्सुकता से अपने पैग का इंतजार कर रहा था। हमने नियमित तौर पर मिलना शुरू कर दिया और मैं अनजाने ही एल्कोहल का आदी हो गया। मेरा मन अब पीने के लिए रोजाना ललकने लगा।

''एक महीने बाद मुझे मुंबई के एक कॉलेज में प्रवेश मिल गया और मैंने घर छोड़ दिया। अब मैं पूरी तरह आजाद था और मुंबई में मेरा हाथ

पकड़नेवाला कोई नहीं था। मैंने अलग-अलग सहपाठियों के साथ पीना शुरू कर दिया। हैंगओवर के कारण या पिछली रात ठीक से न सो पाने के कारण कक्षाएँ छोड़ने के बावजूद मैंने अच्छे अंक पाने का प्रबंध कर लिया। यहाँ तक कि मुझे अच्छी नौकरी भी मिल गई, जिससे मुझे अच्छी आय होने लगी। वह भी मेरे लिए अभिशाप बन गई, क्योंकि अधिक व्यय वहन कर सकने के कारण मैं पीने भी अधिक लगा।

''कुछ वर्षों बाद मुझे बेंगलुरु ट्रांसफर कर दिया गया। तब तक मेरे पैरेंट्स ने ऊपरी मंजिल पर घर बनवा दिया था और मैंने उनसे कहा कि मैं उसी में रहना पसंद करूँगा। एक सुंदर लड़की के साथ व्यवस्थित रूप से मेरा विवाह हो गया। परंतु जब पत्नी ने मेरे साथ रहना शुरू किया तो कुछ ही दिनों में उसे मेरी पीने की लत का पता चल गया। रुष्ट होकर वह मेरे बेबस माता-पिता से लड़ पड़ी, क्योंकि उसे लगा कि उन्हें मेरे शराब पीने की लत की जानकारी थी और उन्होंने जान-बूझकर उससे छिपाया था।

''माँ अत्यंत भयभीत हो गई। उसे मेरी लत की कोई जानकारी नहीं थी। जिस एकमात्र लक्षण का उसे ज्ञान हुआ, वह यह कि मैं जरा-जरा सी बात पर क्रोधित होने लगा था; लेकिन उसकी मायूसी ने मेरे कार्यस्थल पर तनाव अवश्य बढ़ा दिया। निश्चय ही उसके क्रोध का कारण मैं ही था। अतः मैं पत्नी के साथ एक धर्मोपदेश प्रतिदिन सुनने लगा, जिससे मुझे बड़ी खीझ होने लगी। पत्नी मुझे खींचकर मंदिरों और गुरुओं के पास ले जाने लगी। उन्होंने मुझ पर जितना अधिक दबाव डाला उतना ही अधिक मैं क्षुब्ध होने लगा। इन सबके बावजूद पत्नी ने मुझ पर अपना विश्वास बनाए रखा। वह कहती, 'आप बुद्धिमान हैं और यह आदत छोड़ सकते हैं। मैं यह भी जानती हूँ कि आप अपनी इच्छाओं को नियंत्रित कर सकते हैं।'

''कभी-कभी उसकी बातों से मुझे शक्ति मिलती, परंतु मैं एल्कोहल से दूर फिर भी नहीं हो पाया।''

मैं आश्चर्यचकित थी। इस आयु और ऐसे दिनों में यह किसी के साथ भी

हो सकता था। मैंने उसे रोक दिया। ''अच्छा, अब यह बताओ कि ए ए के विषय में तुम्हें जानकारी कैसे मिली ?''

''आंटी, अब आप मेरी यात्रा को अवश्य समझ सकती हैं। मैं दिनोदिन बदतर होता गया और अपनी ही पैदा की गई समस्या में डूबता गया। एक दिन मुझे कुर्ग के अपने पुराने मित्र का फोन आया। वह अपने कजन के साथ बेंगलुरु आ रहा था और उसने मुझे होटल में बुलाया। उसकी बात सुनकर मैं अत्यंत प्रसन्न हुआ और सोचा कि मित्र के साथ एक यादगार शाम बिताएँगे। अंत में जब मैंने उसे देखा तो चिंता में पड़ गया। जवान और सुंदर लड़का एक बूढ़े आदमी की तरह दिखाई पड़ा, जो अस्थिपंजर मात्र बनकर रह गया था।

''मुलाकात के थोड़ी देर बाद मैंने उससे पूछा, 'क्या हम कुछ पीने के लिए मँगाएँ ?'

" 'मेरे सामने शराब का नाम भी मत लो। यह मेरी जान ले रहा है। बहुत दिनों पहले मैंने शादी करने से इनकार कर दिया। मेरे माता-पिता ने मुझे इस नरक से बचाने की कोशिश की, परंतु अब मुझे लीवर सिरोसिस हो गया है। मैं तुम्हें बता नहीं सकता कि मुझे अपने अतीत के प्रति कितना खेद है ! मैं एक संभ्रांत परिवार में पैदा हुआ और कुर्ग जैसे अद्‍भुत स्थान पर बड़ा हुआ, जहाँ मैं कुछ अच्छा कर सकता था। लोग हमेशा वहाँ छुट्टियाँ बिताने की योजना बनाते हैं और मैं पहले ही स्वर्ग में रह रहा था। मुझे प्रकृति विशेषज्ञ होना चाहिए था, लेकिन मैं एल्कोहल विशेषज्ञ बन गया। मेरे पास अब अधिक समय शेष नहीं है। मेरे पुराने अजीज दोस्त, अपना जीवन बरबाद मत करो। मुझसे कुछ सीखो। मृत्यु के समीप बैठा व्यक्ति हमेशा सत्य ही बताएगा। यह रोग कैंसर से भी बुरा है। यदि तुम्हें कैंसर हो तो लोग तुम्हारे साथ हमदर्दी जताएँगे और ऐसी अनेक दवाइयाँ और शल्य चिकित्सा उपलब्ध हैं, जिससे तुम्हें पुराने जीवन में लौटने का अवसर मिल सकता है। लेकिन एक मैं हूँ, जिसके सामने अँधेरा-ही-अँधेरा है। ईश्वर का धन्यवाद कि मैं विवाहित नहीं हूँ, अन्यथा एक अन्य व्यक्ति का जीवन भी नष्ट कर देता।'

‘‘उसके शब्दों ने मुझे झकझोर दिया। यह सब इसके साथ कैसे हुआ होगा? हम जैसे लोगों ने ऐसी जिंदगी की कल्पना भी नहीं की होगी।

‘‘घर आकर मैं सारी रात करवटें बदलता रहा। मैं उसके और अपने बारे में सोचना बंद नहीं कर सका। मेरा जीवन नरक बन चुका था। कई बार रात को अधिक पी लेने के कारण अगले दिन काम पर नहीं जा पाता था। मुझसे कम होशियार लोग पदोन्नति पाने लगे और मुझे बार-बार नजरअंदाज किया जा रहा था। मुझे पर्याप्त भरोसेमंद नहीं समझा जा रहा था। इस बीच मेरी हालत के बारे में माँ और पत्नी से रिश्तेदारों द्वारा लगातार पूछताछ की जाती रही। यह बात दिन की रोशनी की तरह साफ थी कि मैं भी उसी नाव का मुसाफिर बन गया था, जिसमें मेरा दोस्त सवार था। प्रत्येक विचार ने मुझे अंदर तक हिला दिया।

‘‘अगले दिन प्रात:काल मेरे मित्र के होटल से उसके कजन का फोन आया। उसने कहा, ‘तुम्हारे दोस्त की कल रात मृत्यु हो गई है। उससे मिलनेवाले तुम आखिरी व्यक्ति थे।’

‘‘मैं आश्चर्य और डर के मारे थरथर काँपने लगा। वह मेरे जीवन का निम्नतम बिंदु था और मैं अपने शरीर को काँपने से नहीं रोक सका। कंपन बंद होने के बाद मैंने शराबवाली अलमारी से एल्कोहल की सारी बोतलें निकालकर कचरे में फेंक दीं।

‘‘अपने परिवार की सहायता से मैंने ‘ए ए’ के बारे में जानकारी प्राप्त की और शराब नशा-मुक्ति शिविर में भरती हो गया। मुझे संयमित होने में कुछ वर्ष लगे और तब से मैं ऐसा ही हूँ। अब मैंने अपना जीवन उन लोगों की सहायता में अर्पित कर दिया, जो शराब के कारण दयनीय दशा में हैं। मैं उनके साथ काम करता हूँ और उन्हें समझाता हूँ कि जीवन में अब भी आशा है। वे अब भी ठीक हो सकते हैं।’’

अपनी बात पूरी करने के बाद उसने अपना बैग खोला। उसने उसे कुछ सेकंड तक उलट-पलटकर उसमें से एक पुस्तक निकाली और मुझे थमा दी। “यह पुस्तक ‘ए ए’ और उनके बारह सिद्धांतों (स्टेप्स) पर है। इनमें जिन

लोगों को हमने व्यथित किया है, उनसे क्षमा-याचना, दूसरों की सहायता और ईश्वर को आत्मसमर्पण शामिल हैं।''

पढ़ने की इच्छा से मैंने उससे वह पुस्तक ले ली।

उसने कहा, ''आंटी, मैं अपने अतीत पर बेहद शर्मिंदा हूँ; परंतु मुझे इस बात का गर्व भी है कि मैं उसे पीछे छोड़ चुका हूँ। मुझे वापस लाने में मेरी पत्नी और माँ ने महत्त्वपूर्ण भूमिका निभाई है।''

इतना सबकुछ जानकर मैं अचंभित थी। उसने मेरे लिए एक नया द्वार खोल दिया था।

उसने कहा, ''आंटी, आप एक 'ए ए' मीटिंग में अवश्य जाइए, प्लीज। वहाँ खुली और बंद दो प्रकार की बैठकें होती हैं। खुली बैठकों में कोई भी जा सकता है, जबकि बंद बैठकें केवल सदस्यों के लिए होती हैं। इलेक्ट्रॉनिक सिटी में कल एक खुला सत्र आयोजित है, जहाँ मैं चेयरमैन हूँ।''

मैंने चौंकते हुए ऊँची आवाज में पूछा, "चेयरमैन ?"

''हाँ, परंतु शब्द के नियमित अर्थ में नहीं। वहाँ चेयरमैन एक प्रकार से गुरु होता है, जो अपने अनुभव बताता है, अपनी यात्रा की चुनौतियों और कमजोरियों के बारे में भी बताता है। वह सदस्यों को कुछ मिनटों की नशे की इच्छा पर विजय पाने के नुस्खे भी देता है, ताकि व्यक्ति पीने की इच्छा त्याग सके।''

मैंने कहा, ''मैं कल तुम्हारी बैठक में शामिल होऊँगी। तुमने अपनी कहानी मुझे इसलिए बताई, क्योंकि तुम मुझे जानते हो; लेकिन अन्य लोग अपने जीवन के अंधकारमय क्षणों को मेरे साथ क्यों साझा करना चाहेंगे ?''

''एक बार मैं आपको खुले सत्र में ले जाने की अनुमति अन्य सदस्यों से ले लूँ तो कोई दिक्कत नहीं होगी। उनमें से ज्यादातर लोग बात करने के इच्छुक होते हैं, क्योंकि वे समस्या को पहचानते हैं और वास्तविक रूप से संयमित बनना चाहते हैं। वे नहीं जानते कि इसके लिए वे कहाँ जाएँ, तभी 'ए ए' उनके जीवन में प्रवेश करता है।'' उसने धैर्यपूर्वक स्पष्ट किया।

''अब तुम स्वयं गुरु हो तो तुम्हारे बारे में क्या कहूँ ? अब तुम्हें किससे बात करनी है ?''

उसने मुसकराते हुए कहा, ''मेरा भी एक गुरु है और मैं उससे साप्ताहिक भेंट करता हूँ। आखिरकार मैं भी तो इनसान ही हूँ न!''

हमारी बातचीत दूसरी दिशा में मुड़ गई और हमने कुछ देर दर्शनशास्त्र पर बात की। उसके वापस जाने का समय हो गया तो उसने कहा, ''कल मिलूँगा आपसे। मैं आपको चर्च की जगह के बारे में सूचित कर दूँगा।''

मैंने उत्सुकता से पूछा, ''तुम चर्च में क्यों मिल रहे हो?''

''हम कहीं भी मिल सकते हैं, आंटी। बेंगलुरु जैसे शहर में हम तीस लोग औसत आकार के कमरे में नहीं समा सकते। यदि किराए पर कोई स्थान लेने के बारे में सोचें तो खर्च का बजट बनाना पड़ेगा। जब हम लोगों से अनुरोध करते हैं कि वे अपवाद के तौर पर अपने परिसर का उपयोग न्यूनतम किराए पर या निःशुल्क करने दें तो हमारा उद्देश्य जानने के बाद वे तत्काल इनकार कर देते हैं। हम अपने मिलने के स्थान को खोजते हुए भटक रहे थे, इसलिए हमने एक चर्च से संपर्क किया। चर्च का मैनेजमेंट दयालु था, अतः उसने परिसर में एक स्थान का उपयोग करने की अनुमति दे दी।''

मैंने अपने मन में पाप को माफ कर देने की मानव प्रकृति को बढ़ावा देने के लिए चर्च के अधिकारियों को धन्यवाद दिया। यही जीवन का सार है।

''उन्होंने कहा कि हम अपनी सामर्थ्य के अनुसार कुछ दान भी दे सकते हैं, परंतु इस बात पर बल दिया कि हम स्थान को स्वच्छ रखें।''

मैंने अज्ञानतावश पूछा, ''चर्चवालों ने ऐसा क्यों कहा? क्या लोग अपने ड्रिंक्स वहाँ ले जाते हैं?''

''छोड़ो भी न, आंटी। 'ए ए' नशा छुड़ाने के लिए काम करता है और पूरा सत्र भी इसी विषय पर है। शराब पीनेवाले बहुत से लोग धूम्रपान भी करते हैं। यदि हम ड्रग एडिक्शन को तीन भाइयों में से एक मानते हैं तो यह सबसे बुरा है। एल्कोहल का नंबर उसके बाद आता है। धूम्रपान उनका सबसे छोटा तीसरा भाई है। सबसे बड़े भाई के साथ दो किशोर होते हैं, जबकि मझला भाई हमेशा सबसे छोटे के साथ होता है। इसलिए हम मेज पर ऐश ट्रे (राखदानी) रख देते हैं और जाने से पहले उसे साफ कर देते हैं।''

"उन बैठकों का खर्च कौन उठाता है? क्या इन्फोसिस फाउंडेशन सहायता कर सकता है?"

उसने उत्तर दिया, "धन्यवाद, आंटी! परंतु 'ए ए' इस मोरचे पर किसी से कोई सहायता नहीं लेता।"

शीघ्र ही रमेश चला गया।

अगले दिन मैं बताए गए स्थान एवं समय पर एक क्रिश्चियन स्कूल में पहुँच गई। वहाँ स्त्रियों एवं पुरुषों की संयुक्त भीड़ बाहर खड़ी थी। शाम ढल रही थी और रात लगभग होने ही वाली थी।

अचानक मैंने असहज महसूस किया। लेखक होने के कई बार नकारात्मक पहलू भी होते हैं। चाहे वह किसी का मेरी उपस्थिति के बारे में किया गया प्रश्न ही क्यों न हो।

"ये क्यों आई हैं?"

"क्या ये हमारे बारे में कुछ लिखने जा रही हैं?"

तभी रमेश ने मुझे अंदर बुलाया। उसने कहा कि वह आज सत्र नहीं लेगा। मैं कमरे में प्रवेश करके एक कोने में बैठ गई। वह मेज और बेंचवाला एक नियमित क्लासरूम था। वहाँ डी.वी.डी., ओवरहेड प्रोजेक्टर या अन्य कोई आधुनिक उपकरण नहीं था।

पाँच मिनट के अंदर कमरा भर गया। वहाँ विभिन्न आयु एवं लिंग के लोग थे, परंतु स्त्रियों एवं लड़कियों की संख्या पुरुषों से कम थी। उनमें कुछ विदेशी भी थे। विद्यार्थियों के एक दल ने कमरे में प्रवेश किया और कमरे के एक कोने में पीछे जाने से पूर्व अपनी उपस्थिति की उद्घोषणा की। किसी ने मेरी ओर ध्यान नहीं दिया और मैं अब भी अपने आप में डूबी हुई थी।

एक अधेड़ व्यक्ति आश्वस्त भाव से कमरे में आया और उसने सबका अभिवादन किया। इसके बाद वह हमारी ओर मुँह करके बैठ गया। उसने एक पुस्तिका खोलकर वे बारह बिंदु पढ़े, जिनके बारे में मैंने एक दिन पूर्व ही जाना था। मैंने कुछ चेहरों पर तनाव और चिंता की रेखाएँ महसूस कीं। उसके बाद चेयरमैन ने कहा, "सभी साथी सदस्यों, अतिथियों और विद्यार्थियों का स्वागत

है। आज का यह खुला सत्र है। आज मैं आपको कुछ खुशखबरी देना चाहूँगा। साथी भरत, आप कहाँ हैं?''

चालीस साल के एक आदमी ने अपना हाथ उठाया।

''भरत आज यहाँ अपना पहला जन्मदिन पूरा कर रहे हैं। सत्र के अंत में हम केक काटेंगे।''

सबने तालियाँ बजाईं। मेरी समझ में कुछ नहीं आया कि यह सब क्या चल रहा है। चेयरमैन के इस कथन का क्या अर्थ है कि आज उसका पहला जन्मदिन है?

''हमारे आज के मेहमान इस उत्सव को देखकर थोड़ा चकित होंगे, लेकिन पहला जन्मदिन एक बहुत बड़ी उपलब्धि है। इसका अर्थ यह है कि एक वर्ष से भरत ने शराब नहीं पी है।''

मैंने सोचा, 'अच्छा, तो यह बात है।''

''चेयरमैन होने के नाते पहले मैं अपना अनुभव शेयर करूँगा। मेरे पीने की शुरुआत कॉलेज में लोगों को पीते देखकर हुई। पीना शांतिदायक था और मुझे पार्टी में होने पर गर्व था। अगले कुछ वर्षों में मैं शराबी बन गया। उसके बावजूद मैं अच्छी नौकरी, सुंदर लड़की और लोगों की प्रशंसा पाने में सफल रहा। सही समय देखकर मैंने अपनी प्रेमिका से विवाह करने के बारे में पूछा, परंतु उसने इनकार कर दिया। उसने कहा कि मैं जब भी तुमसे मिली, तुम हर बार मुझे पिए हुए मिले। तुम तो बिना विचारे दिन में भी शराब पी लेते हो। इसलिए मैं दिल टूट जाने के बहाने पहले से भी अधिक शराब पीने लगा।

''अंततः एक दिन मेरे पैरेंट्स ने मुझे धिक्कारते हुए कहा, 'अब तो जागो! लड़की को तुम्हें छोड़कर गए हुए कई वर्ष बीत गए और अब वह दो बच्चों की माँ बन चुकी है। यहाँ एक तुम हो कि अपनी जिंदगी शराब में बरबाद किए जा रहे हो। इसका उसके साथ कोई लेना-देना नहीं है। तुम सिर्फ एक पियक्कड़ हो, बस! हम तुम्हारी जिंदगी को वापस पटरी पर लाने के लिए मदद करने को अब भी तैयार हैं, बशर्ते तुम इस बात को महसूस करो कि तुम क्या बन गए हो।'

''मैं अत्यंत रुष्ट हुआ। उन्होंने मुझे शराबी कहने की हिम्मत कैसे की? मैं जब चाहूँ, शराब छोड़ सकता हूँ। मैं नियंत्रित हो गया। अत: अगले दो दिनों तक मैंने शराब को हाथ भी नहीं लगाया और सोचा कि मैंने अपने आपको साबित कर दिया है। तीसरे दिन माता-पिता पास के ही एक मंदिर में जाना चाहते थे और मैंने उनसे कहा कि मैं आपको अपनी गाड़ी से मंदिर तक ले चलूँगा। मैंने फुरती से स्नान करके दाढ़ी बनाई और लोशन लगाकर एकदम अच्छा दिखने लगा।

''थोड़ी देर बाद हम मंदिर के लिए रवाना हो गए। गाड़ी चलाते समय मेरी जीभ हलके से मेरे होंठों पर लग गई। उसने लोशन का स्वाद चख लिया और मंदिर पहुँचते-पहुँचते मुझे शराब की तलब लग गई। मैं अपने पैरेंट्स को मंदिर पर उतारकर उसके समीपस्थ एक बार में पहुँच गया और वहाँ चार घंटे ठहरा। मेरी करतूतों से अनजान मेरे पैरेंट्स ने मंदिर में मेरे लिए पूजा की, मेरा इंतजार किया और उसके बाद ऑटोरिक्शा लेकर वापस घर चले गए।

''वही मेरा प्रस्थान बिंदु था। उस दिन मैंने महसूस किया कि मैं शराब के बिना जिंदा नहीं रह सकता। अत: मैं 'ए ए' में आ गया और उन्होंने मेरी कहानी ध्यान से सुनी। उस स्थान पर मुझे मेरे जैसे अनेक लोग मिले और मैं यह जानकर खुश हुआ कि इस कारोबार में मैं अकेला नहीं था। हमारा नारा है—'मैं नहीं, हम कर सकते हैं'।"

चेयरमैन ने अपने सम्मुख बैठी भीड़ को सीधे देखते हुए कहा, ''यदि आप ठहरना और हमारे साथ होना चाहते हैं तो वैसा ही कीजिए। आपका यहाँ सदैव स्वागत है। जो लोग सोचते हैं कि यह स्थान उनके लिए नहीं है तो मैं आपको बता दूँ कि इस गली के सामने दूसरी ओर बार (मयखाना) है। आपको वहाँ जाने की पूरी आजादी है।''

वह लोगों के निकलने की प्रतीक्षा में खामोश हो गया। एक आदमी कछुआ चाल से चला।

तब उसने कहा, ''केवल एक शराबी ही अपने दूसरे शराबी साथी को समझ सकता है। यहाँ आपका निर्णय करनेवाला कोई नहीं है। मैं आपको

अपने अनुभव एवं विचार साझा करने के लिए आमंत्रित करता हूँ।''

तब तक वातावरण एकदम अनौपचारिक हो गया और मैं जरा भी असहज महसूस नहीं कर रही थी।

बेंच पर बैठी एक युवा स्त्री खड़ी हुई और अपना परिचय देते हुए बोली, ''मैं रवीना शराबी हूँ।''

अन्य सदस्यों ने प्रतिक्रिया देते हुए कहा, ''हाय, रवीना शराबी!''

''मैं एक ऐसे संभ्रांत परिवार से आती हूँ, जहाँ सामाजिक मद्यपान हमारी संस्कृति का एक अंग है। हमारे पैरेंट्स ने फ्रांस में पढ़ाई की थी, अतः शराब और उसकी विभिन्न विशेषताओं की बार-बार चर्चा करते। शराब से मेरा परिचय सोलह वर्ष की उम्र में कराया गया, किंतु उसकी मात्रा सीमित थी। अगले वर्ष मैं कॉलेज में पढ़ाई हेतु दिल्ली गई और मेरे पैरेंट्स अच्छे वेतन की संभावनावाली नौकरी की तलाश में मध्य-पूर्व रवाना हो गए। मैं एक आवासीय छात्रावास में ठहरी, जहाँ लड़कियाँ अकसर वोदका और व्हिस्की जैसी कड़ी शराब पीती थीं। पहले तो उन्होंने मेरा उपहास किया और कहा कि चखकर तो देखो कि हम क्या पी रही हैं। अतः मैं चखते-चखते अन्य प्रकार की शराब भी पीने लगी। उस समय मेरे पैरेंट्स मेरे लिए मासिक भत्ता भेजते थे। जब कभी वे मुझसे मेरे खर्चे के विषय में पूछते तो मैं शराब पर होनेवाले खर्च को छुपा लेती। एक बार शुरू कर देने के बाद झूठ बोलने की मुझे आदत पड़ गई और मैंने शायद ही कभी उसके बारे में स्वयं को दोषी महसूस किया।

''मेरे ग्रेजुएशन के आस-पास मैं बार में गई और एक लड़के से मिली। हम काफी समय तक एक-दूसरे की आदतों और स्वभाव जानने की नीयत से साथ-साथ रहे। हमने अपने संबंधों की जानकारी पैरेंट्स को दी, जिन्होंने हमारे रिश्ते को मंजूरी दे दी और आलीशान तरीके से हमारी शादी संपन्न हो गई। उत्तर भारतीय रिवाज के मुताबिक रिसेप्शन के दिन भारी मात्रा में वाइन लिकर परोसी गई। मेहमानों ने मुफ्त समझकर जमकर पी। शादी के बाद मैं और मेरे पति बेंगलुरु शिफ्ट हो गए। पति के घर लौटने पर हम रोजाना साथ बैठकर शराब पीते। मुझे शुरूर लाने के लिए दो पैग से अधिक पीने की जरूरत पड़ने

लगी और पीने के बाद मुझे न तो उल्टी हुई, न ही सिरदर्द। मैंने उसे अच्छी किस्म की समझकर खुराक थोड़ी बढ़ा दी।''

अचानक रवीना का स्वर कोमल हो गया, ''कुछ सप्ताह बाद मुझे पता चला कि मैं गर्भवती हूँ। मैं एक गायनेकोलॉजिस्ट (स्त्री रोग विशेषज्ञ) के पास गई। मैंने उसे शराब के बारे में नहीं बताया। गर्भ-धारण के तीसरे महीने के दौरान मैंने पेट के आस-पास बड़ी बेचैनी महसूस की और डॉक्टर से दोबारा मिलने गई।

''नियमित जाँच के दौरान उसने पूछा, 'क्या तुम एल्कोहल पी रही हो? शायद वाइन?'

''तेज शराब लिकर, जो तब भी मैं कभी-कभार पी लेती थी, को छुपाते हुए मैंने कहा, 'वाइन।'

" 'बंद कर दो उसे।'

''मैंने कोशिश की, परंतु खुद पर नियंत्रण नहीं रख पाई। मैंने सोचा डॉक्टर इन चीजों के बारे में अधिक सावधान होते हैं। एक घूँट यहाँ-वहाँ पी लेने से बच्चे को कोई नुकसान नहीं होगा। यही सोचकर ठीक अगले ही दिन मैंने संतरे के रस में वोदका मिलाकर पी ली और अपने पति के साथ पीना जारी रखा।

''नौ महीने बाद मैंने एक लड़के को जन्म दिया, जिससे हमारे परिवार आनंदित हो उठे। घर में सबने वाइन और शैंपेन के साथ जश्न मनाया; लेकिन मेरे लिए वह पर्याप्त नहीं था। मुझे अधिक चाहिए थी। नवजात की देखरेख करना मेरी कल्पना से अधिक थकाऊ था। पैरेंट्स जब सोने चले गए तो मैंने डाइनिंग रूम में बने मिनी बार में वोदका पी।

''एक वर्ष बीत गया और मेरा बेटा तेजी से बढ़ने लगा। मैंने महसूस किया कि उसकी मानसिक वृद्धि क्षीण थी। मैं उसे लेकर डॉक्टर के पास भागी। एक महीने की जाँच के बाद इस बात की पुष्टि हो गई कि मेरा बेटा मानसिक रूप से कमजोर है और मंद बुद्धि ही रहेगा। डॉक्टर ने टिप्पणी की, 'मैं आशा करती हूँ कि तुम गर्भावस्था के दौरान पी नहीं रही होगी।'

''उसका असर मेरे घर पर पड़ा। पीने से मुझे तो कोई नुकसान नहीं हुआ, लेकिन मेरे बेटे को 'खास' बना दिया। उस बेचारे ने इसके लायक कुछ भी नहीं किया था, फिर भी वह मेरे गुनाहों की कीमत चुका रहा था।

''मैं खुद को माफ नहीं कर सकी और अपनी जिंदगी समाप्त करने के बारे में सोचने लगी; लेकिन बेटे के खयाल ने मुझे अगला कदम उठाने से रोक दिया। यदि मैं इसके पास नहीं रहूँगी तो इसकी देखभाल कौन करेगा? इसके भविष्य का क्या होगा? मैंने और मेरे पति ने एक-दूसरे को दोष देने की बजाय खुद को एक साथ बेटे का अपराधी माना। हमने एक-दूसरे से शक्ति प्राप्त कर शराब छोड़ने का फैसला कर लिया। वह बड़ा कठिन समय था और हम अपने प्रयास में विफल होते रहे। हाँ, हमने शाम को पीना जरूर बंद कर दिया।

''सौभाग्य से हमें 'ए ए' मिल गया और मैं शाम को इसकी बैठकों में शामिल होने हेतु समय अवश्य निकालती हूँ। विदड्राल अत्यंत कठिन एवं पीड़ादायी था। एक बार शाम बीत जाने के बाद मैं अधिक नियंत्रित हो जाती हूँ और घर वापस लौट जाती हूँ। मेरे बेटे का चेहरा मेरे लिए संपूर्ण स्मरण-पत्र है, जो मुझे शराब को हाथ न लगाने की प्रेरणा देता है। भगवान् ने ऐसी खतरनाक चीज धरती पर क्यों बनाई?'' उसकी आंतरिक भावनाएँ प्रबल हो उठीं और आवाज काँपने लगी, ''मुझे दूसरा बच्चा पैदा करने में डर लगता है। यदि दूसरा बच्चा भी मेरे पहले बेटे जैसा ही हुआ तो क्या होगा?''

चेयरमैन ने प्रवेश किया, ''अपनी निजी कहानी साझा करने के लिए आपको धन्यवाद, रवीना शराबी! लोग 'ए ए' में तब आते हैं, जब वे अपने जीवन के न्यूनतम बिंदु पर पहुँच जाते हैं। यह बिंदु व्यक्ति-दर-व्यक्ति भिन्न होता है। हमारे पास एक बार एक किशोर वय लड़का आया, जिसने अपनी माँ से शराब खरीदने के लिए पैसा माँगा। जब माँ ने इनकार कर दिया तो उसने उसे धक्का देकर उसका पैर क्षतिग्रस्त कर दिया। वह लँगड़ाने लगी। चलने-फिरने में माँ की अक्षमता बेटे के लिए शाश्वत चेतावनी थी कि कैसे उसने अपनी माँ को दुःखी कर दिया और यही उसका प्रायश्चित्त बिंदु था। जब लोग

अधिकतम संभव ईमानदारी से परिवर्तन हेतु यहाँ आते हैं तो उन्हें इस बात का भरोसा होता है कि हम उसे संभव बनाने में उनकी सहायता कर सकते हैं।''

इसके बाद अगली पंक्ति में बैठे एक अधेड़ व्यक्ति ने अपना परिचय दिया। उसने कहा, ''मैं हैरी एल्कोहलिक हूँ और एक संपन्न परिवार से आता हूँ। मेरे पास कोई बहाना नहीं है। मुझे पीने की लत अपने मित्रों के साथ शराब सेवन का आनंद लेने के कारण लगी। चूँकि मेरे पिता का अपना व्यापार था, इसलिए मैंने ग्रेजुएशन के बाद उनके साथ काम करने का फैसला किया और मारिया नामक सेक्रेटरी से मुझे प्यार हो गया। वह मेरी कमजोरियों और पीने के बारे में भी जानती थी। समय गुजरने के साथ हम विवाह के विषय में गंभीरता से सोचने लगे। उसने मुझसे कहा, 'मैं चाहती हूँ कि तुम शराब पीना छोड़ दो। ईश्वर की कृपा और प्यार से तुम इसे छोड़ दोगे, इसका मुझे पक्का यकीन है।'

''पहले मेरे पैरेंट्स हमारे रिश्ते को लेकर झिझक रहे थे, परंतु जल्द ही उन्होंने मारिया को अपना लिया और धूमधाम से हमारी शादी हो गई। मैंने अब भी पीना जारी रखा। दो वर्षों के बाद मेरे माता-पिता की एक कार दुर्घटना में मृत्यु हो गई और जो कुछ उन्होंने बनाया था, उसका अकेला वारिस मैं ही था। मैंने ऑफिस सँभाला और मारिया ने वित्त सहित घर की पूरी जिम्मेदारी अपने ऊपर ले ली। हमारी एक लड़की भी हुई और जिंदगी बड़े मजे से कट रही थी। मेरा मद्यपान अब भी जारी था।

''जब मारिया इस विषय में मुझसे बात करती तो मैं उसे अनसुना कर देता और उसके शब्दों पर ध्यान न देता। मैं बार में खर्च करने के लिए उससे रोजाना पैसे माँगता था। एक दिन उसने हाथ खड़े कर दिए—'नहीं, अब तुम्हें इसके लिए आगे से कोई पैसा नहीं मिलेगा। मैं तुम्हें प्यार करती हूँ। मैंने तुमसे इस उम्मीद में शादी की कि तुम सुधर जाओगे। तुम पिता बनने के बावजूद जस-के-तस हो।'

"उसकी बातों से मैं भड़क उठा और उसे गालियाँ देने लगा। मैंने उससे कहा कि यह मेरा पैसा है और इस पर तुम्हारा कोई अधिकार नहीं है। आँखों

में आँसू भरकर उसने मुझे कुछ पैसे थमा दिए और मैं सीधे बार की ओर निकल गया। अगली सुबह मुझे अपनी हरकत पर अफसोस हुआ और मैंने उससे माफी माँग ली, 'मुझे बेहद अफसोस है, मारिया, कि मैंने तुम्हारा दिल दुखाया। मैं गलत था। मैं फिर कभी ऐसा नहीं करूँगा।'

''लेकिन मैंने फिर वही किया, बार-बार किया।

"एक दिन वही घटना स्वत: दोबारा घट गई और मारिया ने मुझे पैसे देने से इनकार कर दिया। मेरी बेटी पास ही खेल रही थी और मैं नफरत से मारिया पर चिल्लाया, 'जो मैं चाहता हूँ, यदि तुम वह मुझे नहीं दोगी तो मैं बेबी के साथ कुछ कर दूँगा और तुम पछताओगी।' मैं अत्यंत क्रोधित था, इसीलिए वह सब कहा था। मैं अपनी बेटी से जान से बढ़कर प्यार करता था।

''परंतु मारिया पीली पड़ गई। शायद उसने सोचा होगा कि मैं जो कह रहा हूँ, वो कर भी सकता हूँ। उसने सारा पैसा निकालकर मेरे हाथ पर रख दिया, 'लो इसे।' कहकर वह मेरी बेटी के साथ कमरे से बाहर निकल गई। सारा पैसा लेकर मैंने अपने कुछ दोस्तों को फोन किया और पसंदीदा बार में पहुँच गया। उसके मालिक को मैं जानता था। लोग मुझसे मिलने अकसर वहाँ आते और मेरे अच्छे स्वभाव की तारीफ करते, क्योंकि उन सबका भुगतान मैं ही करता था; परंतु मन-ही-मन मैं मारिया के लिए अब भी पागल था। मैं उसे दिखाना चाहता था कि मैं कोई 'जोरू का गुलाम' नहीं हूँ, इसलिए आम दिनों की अपेक्षा उस दिन ज्यादा पी। मालिक ने मुझे बार के ऊपर बने एक कमरे में सोने की इजाजत दे दी, क्योंकि मैं चलने या गाड़ी चलाने की हालत में नहीं था।

''अगली सुबह जब मैं घर आया तो मुझे फ्रिज पर एक संदेश मिला। वह मारिया का हस्तलिखित नोट था—'मैं अपनी बेटी के साथ जा रही हूँ। तुम कभी नहीं बदलोगे। तुमने मेरी जिंदगी तबाह कर दी, लेकिन मैं नहीं चाहती कि मेरी बेटी का जीवन भी एक शराबी बाप के हाथों बरबाद हो।'

''मैंने अपार्टमेंट में आस-पास देखा, उसके सारे कपड़े गायब थे।

''लेकिन मुझे पता था कि वह वापस आ जाएगी। अपनी घरेलू समस्याओं

को भुलाने के लिए मैंने और अधिक शराब पीना शुरू कर दिया। बहरहाल, मारिया वापस नहीं आई। हफ्ते महीनों में और महीने सालों में बदल गए। मैं नहीं जानता कि वह कहाँ थी।

''कुछ सालों के अंदर प्रॉपर्टी और कारोबार सहित मेरा सबकुछ खत्म हो गया।

''अब उसी लोकप्रिय बार के मालिक ने अपने बाउंसरों को हिदायत दी कि वे बिना पैसे के मुझे अंदर न आने दें। मेरे दोस्त भी मुझे भूल गए। मेरी हालत इतनी बुरी हो गई कि मैंने चौराहे की लाल बत्तियों पर भीख माँगना शुरू कर दिया। भीख माँगने से जो पैसे मिलते, वे सब देसी शराब खरीदने और पीने में उड़ जाते।

"एक दिन मैंने चौराहे की ट्रैफिक लाइट पर मारिया को एक वाहन में बच्ची के साथ बैठे देखा। जब मैं उसके निकट गया तो पता चला कि वह मेरी बेटी के साथ सचमुच मारिया ही थी। मैंने खुश होकर कार की खिड़की पर दस्तक दी। बहरहाल, उसने हाथ लहराते हुए मुझे खारिज कर दिया और बेटी से कहा, 'अनजान लोगों से कभी बात मत करना। इस गंदे आदमी को देखो, यह कहीं काम करने की बजाय भीख माँग रहा है।'

''उसने मुझे नहीं पहचाना! इससे पहले कि मैं कुछ बोल पाता, बत्ती हरी हो गई और कार दौड़ गई।

''वह मेरे जीवन का न्यूनतम बिंदु था—मैं अपनी पत्नी, बेटी और जो कुछ मेरे बाप-दादा ने बनाया था, सबकुछ गँवा चुका था। मेरे परिवार ने बहुत नीचे से शुरुआत की थी। मेरे दादा एक क्लर्क के रूप में कोलार से बेंगलुरु आए थे। कड़ी मेहनत से काम करके उन्होंने पैसे बचाए और अपना व्यापार शुरू किया। उन्हें अमीर बनने में दशकों लग गए। उनका नाम हैरी था और मेरा नामकरण भी उन्हीं के नाम पर हुआ। लेकिन मुझे देखिए, मैंने उनका सारा खजाना लुटा दिया और भिखारी बन गया। वहीं, उसी समय मेरी आत्महत्या कर लेने की इच्छा हुई।

''मैं नहीं जानता कि कौन मुझे एक चर्च के खुले 'ए ए' सत्र में ले गया और कई वर्षों बाद पहली बार मैंने उम्मीद की किरण देखी। मैंने लोगों को अपने अंधकारमय समय के विषय में बात करते सुना। वे लोग भी मेरी ही तरह थे और अपना सबकुछ लुटा चुके थे। इसके बाद अपने जीवन को नए सिरे से सुखमय बनाया। संभवत: मैं भी कोशिश कर सकता था। यह पंद्रह वर्ष पुरानी बात है और अब मैं काफी समय से नशा-मुक्त हो चुका हूँ। अब मैं अपना जीवन अपने जैसे अन्य लोगों की सेवा में बिताता हूँ और उन्हें 'ए ए' में लाकर नई यात्रा शुरू करने में उनकी सहायता करता हूँ।"

हैरी की तारीफ के बाद कमरे में खामोशी छा गई। हममें से प्रत्येक अपने-अपने विचारों में मग्न हो गया।

मैंने सोचा, 'उसकी बेटी अब अवश्य ही नौकरी कर रही होगी और संभव है कि उसकी शादी भी हो गई हो। उसकी पत्नी एक साहसी महिला है। उसने अपने और अपनी बेटी के लिए सही फैसला लिया। लेकिन उन्होंने कैसी जिंदगी गुजारी! शराब की लत के कारण सबको जीवन भर कष्ट सहना पड़ा।'

मैं नहीं जानती कि मद्यपान कोई औपचारिक तौर पर मान्यता प्राप्त रोग है, परंतु 'ए ए' जिनके लिए काम करता है, उनके लिए एक वरदान है।

कागज के कपों में हम सबको कॉफी परोसी गई और एक डोरीवाला पर्स तथा एक गोल मेडल वितरित किया गया। चेयरमैन ने घोषणा की— ''यदि आप 'ए ए' के सदस्य हैं, तभी आर्थिक योगदान कर सकते हैं। हम अन्य लोगों से धन स्वीकार नहीं करते।''

उपस्थित लोगों में से कुछ ने योगदान किया तथा अधिकतर ने मेडल खरीद कर अपने हृदय से लगाया और प्रार्थना की।

अंत में चेयरमैन ने भरत को केक काटने हेतु आमंत्रित किया। उन्होंने कहा, ''हमने आज भरत के परिवारवालों को भी आमंत्रित किया है, क्योंकि उनके सहयोग के बिना भरत इस मुकाम तक नहीं पहुँच सकता था।''

भरत ने बड़े गर्व से केक पर लगी इकलौती मोमबत्ती जलाई और केक

काटा। उसके पश्चात् भरत ने नई जिंदगी देने के लिए अपने परिवार और 'ए ए' के लोगों को कोटिशः धन्यवाद दिया।

उसके पिता ने तब उसे एक मेडल प्रदान किया। वे अत्यंत भावुक हो गए और कुछ बोल नहीं पाए। स्वयं को संयत करने के बाद उन्होंने कहा, "भरत मेरा इकलौता बच्चा है और मैंने उसके साथ उसके जन्मदिन एवं विवाह सहित अनेक कार्यक्रम मनाए हैं; परंतु आज उसका असली जन्मदिन है। लंबे समय तक मैं उसके जैसा पुत्र होने के कारण शर्मिंदा रहा; परंतु अब वह बदल चुका है और मुझे उसका पिता होने पर गर्व है।"

भरत ने मुसकराते हुए अपने पिताजी के कंधों को थपकाते हुए वहाँ एकत्र लोगों की ओर कृतज्ञता से देखा। उसने कहा, "शराबी हमेशा शराबी ही रहता है। मैं कभी अस्वस्थ होता हूँ तो एल्कोहल-युक्त कोई दवा, यहाँ तक कि एक चम्मच कफ सीरप भी नहीं लेता। परंतु आज मैं जहाँ हूँ, वहाँ खुश हूँ और मैं इस प्रकार का जन्मदिन हर साल मनाते रहने का वचन देता हूँ।"

मैंने पास ही खड़ी भरत की पत्नी पर दृष्टि डाली। उसके लिए खुशी मनाने जैसा कोई कारण नहीं था, क्योंकि उसने अपने पति के कारण सामाजिक उलाहना झेली थी। सच्चे साथी के बिना उसका जीवन दुःखद हो गया था। फिर भी आज वह अपने पति की बगल में खड़ी थी।

कुछ देर बाद सभा समाप्त हो गई और लोग प्रस्थान करने लगे। मैं भी खड़ी हो गई और रमेश बाहर इंतजार कर रही गाड़ी तक मेरे साथ आया।

मैंने रमेश से पूछा, "क्या प्रत्येक व्यक्ति संयमी बन जाता है?"

"यह निर्भर करता है, आंटी! लोगों के पुनः बिगड़ जाने के अवसर होते हैं। यही कारण है कि हम अपनी तलब पर काबू रखने के लिए नियमित तौर पर मिलते रहते हैं। यहाँ तक कि अब भी जब कभी मैं शराब का विज्ञापन या टी.वी. पर किसी फिल्म में पीने-पिलाने का दृश्य देखता हूँ तो उसे फौरन बंद कर देता हूँ। मैं ऐसी किसी शादी में नहीं जाता, जहाँ शराब परोसी जाती हो। राह से भटक जाना बड़ा आसान है। ईश्वर के प्रति आत्मसमर्पण 'ए ए'

में एक महत्त्वपूर्ण कदम है और यह बड़ा सहायक है। ईश्वर का अर्थ कोई विशेष धार्मिक देवता नहीं है। प्रत्येक व्यक्ति के हृदय में उसका भगवान् है। सरल अर्थों में इसे सर्वोच्च शक्ति कह सकते हैं। 'ए ए' में हमारे पास अपने भगवान् के चयन की आजादी है। यह एक महान् संगठन है और अकेले बेंगलुरु में इसके 80 केंद्र हैं। 'ए ए' 186 देशों में कार्यरत है। आंटी, इसमें कोई आश्चर्य नहीं कि हमारे पूर्वज बुद्धिमान थे। उन्होंने हमें बुरी आदतों से दूर रहना सिखाया था। इसकी शुरुआत सामाजिक मद्यपान से हो सकती है; परंतु दुर्भाग्यवश कुछ लोग इसमें फँसकर रह जाते हैं तथा एक बार फँस जाने के बाद उनका जीवन दयनीय हो जाता है। यदि उन्होंने पहली बार इसका स्वाद नहीं चखा होता तो वे कभी शराबी नहीं बनते।''

कार में बैठकर मैंने सन् 1940 के मशहूर एवं लोकप्रिय मराठी नाटक 'एकाच प्याला' के बारे में सोचा। एक अन्य नाटक था 'देवदास', जो ऐसे व्यक्ति के बारे में था, जो लोगों के विश्वास के अनुसार इसलिए बोतल की ओर मुड़ा, क्योंकि वह अपनी प्यारी पारो के साथ शादी नहीं कर सका। किंतु सत्य यह है कि वह केवल एक शराबी था।

एक अन्य मराठी नाटक 'नायक' में सुधाकर एवं उसकी पत्नी सिंधु प्रसन्न दंपती हैं। एक दिन उसका शराबी दोस्त सुधाकर पर जश्न मनाने के लिए एक घूँट पीने का दबाव डालता है। यहाँ तक कि वह उसे एक पैग भी लाकर देता है। सिंधु अपने पति के पीने का विरोध करती है तो उसका उपहास करते हुए वह कहता है, ''ओ सिंधु, चिंता मत करो। एक पैग में हमारी जिंदगी का जहाज तो नहीं डूब जाएगा।''

दुर्भाग्य से, उसके पति को उसका स्वाद अच्छा लगा और वह देखते-ही-देखते शराब का गुलाम बन जाता है। नाटक में दिखाया गया कि कैसे उनकी जिंदगी तबाह हो गई। यदि मद्यपान की आपकी नीयत है तो तबाही की यात्रा में पहला पैग ही काफी है। दुर्भाग्यवश जब तक आप पहला गिलास नहीं चखते, तब तक कोई भविष्यवाणी नहीं कर सकता।

कौन कहता है कि धन जीवन का अंतिम उद्‌देश्य है ? नहीं! सही समय पर आपको इसका पता चल जाएगा।

जीवन के अनेक उद्‌देश्यों में एक उद्‌देश्य मानव-स्वभाव को समझने की योग्यता प्राप्त करना और किसी गिरे हुए साथी को ऊपर उठाकर समाज का उपयोगी सदस्य बनाना भी है। हम सभी अपने जीवन में कुछ लड़ाइयाँ हार जाते हैं, परंतु हम युद्ध जीत सकते हैं।

आशा सदैव विद्यमान है।

□□□